suhrkamp taschenbuch 1746

Bertolt Brecht wurde am 10. Februar 1898 als Sohn eines Papierfabrikanten in Augsburg geboren. Am 14. August 1956 starb er in Ost-Berlin. 1933-1948 Emigration in Dänemark, Schweden, Finnland, den USA und in der Schweiz. Friedrich Dürrenmatt hat Brecht den größten Dramatiker unserer Zeit genannt. Das Gesamtwerk Brechts, u. a. *Baal; Trommeln in der Nacht; Die Dreigroschenoper; Leben des Galilei; Der gute Mensch von Sezuan; Mutter Courage und ihre Kinder; Herr Puntila und sein Knecht Matti; Der kaukasische Kreidekreis,* betreut der Suhrkamp Verlag.
Schon 1913 schreibt Brecht aber auch Erzählungen wie *Die Geschichte von einem, der nie zu spät kam* und veröffentlicht sie in der Schülerzeitschrift des Augsburger Realgymnasiums *Die Ernte.* Mitte der zwanziger Jahre beschäftigt ihn das Thema Boxsport, und es entstehen – neben Gedichten – die Geschichte *Der Kinnhaken* und die Biographie *Der Lebenslauf des Boxers Samson-Körner* (beide 1925). Der Wohn- und Lebensstil dieser Zeit ist Anlaß für *Nordseekrabben* (1926). Er schreibt auch eine »Weihnachtsgeschichte« *Das Paket des lieben Gottes* (1926) oder die Erzählung *Die Bestie* (1928) für ein Preisausschreiben der *Berliner Illustrirten Zeitung*, für die er den 1. Preis bekommt. Insbesondere in den Jahren des Exils widmet sich der Stückeschreiber der Prosa und schreibt so bekannte Geschichten wie *Der verwundete Sokrates, Das Experiment, Der Mantel des Ketzers* oder *Die unwürdige Greisin* und *Der Augsburger Kreidekreis.*

Bertolt Brecht
Die unwürdige Greisin

und andere Geschichten

Suhrkamp

Zusammengestellt und mit Anmerkungen versehen
von Wolfgang Jeske

Umschlagabbildung: Hanne Hiob als Frau B. in dem Film
Die unwürdige Greisin (Fernsehen der DDR, 1985)

suhrkamp taschenbuch 1746
Erste Auflage 1990
Die Texte folgen der Werkausgabe
Bertolt Brecht, Gesammelte Werke, 20 Bände.

Satz: IBV Satz- und Datentechnik GmbH, Berlin
Druck: Nomos Verlagsgesellschaft, Baden-Baden
Printed in Germany
Umschlag nach Entwürfen
von Willy Fleckhaus und Rolf Staudt

2 3 4 5 6 - 95 94 93 92 91

Inhalt

Die Geschichte von einem, der nie zu spät kam

Satire

Es war einmal einer, der war klug. Sehr klug. Ungeheuer klug. Der war so klug, daß er in stillen Nächten die Bäume wachsen und schwindsüchtige Eidechsen husten hörte. Ja – er war sogar noch klüger. Das glaubten auch alle Leute und am festesten natürlich er selber. Und das ist doch unbedingt maßgebend. Er mußte sich doch selbst kennen. Also: er war einmal sehr klug. Das war viel wert. Aber er hatte eine Eigenschaft, die war noch hundert, nein tausend, nein hunderttausendmal und mehr wert. Er kam nämlich niemals zu spät. »Alles, alles kann auf der Welt geschehen, aber, daß ich einmal zu spät komme, ist so vollständig ausgeschlossen, als ein Esel ein Kamel ist. Jawohl!« So sagte er selbst. Und er mußte es doch wissen. Nicht?

So wuchs der Jüngling zum Manne heran und nahm zu an Weisheit und Tugend. Und seine Verwandten überlegten schon ernsthaft, wie denn das weitergehen solle und ob es so viel Schläue, wie der Bub hatte, überhaupt gebe.

Inzwischen, während die Bekannten und Verwandten beratschlagten und große Worte sprachen, was denn der so begabte Junge einmal werden solle, überlegte sich dieser gerade angelegentlichst diese wichtige Frage.

Er schwankte noch zwischen einem Dichterfürsten und einem Soldatenkaiser.

Es hatte jeder von beiden Berufen sein Gutes.

Dichterfürst? Hm, das könnte man ja schließlich werden. Dagegen hätte die Verwandtschaft nichts einzuwenden gehabt. Er hatte schon wundervolle Gedichte gemacht. Seine Begabung war erwiesen. Sein prächtiges Gedicht »Die Liebe« war ja ein klassisches Musterwerk. Schon der Refrain

»die herrliche, göttliche Liebe,
aus vollem fühlendem Herzen,
ist einer der schönsten Triebe,
besieget alle Schmerzen«,

war über jede Kritik erhaben. Die Vorzüglichkeit eines anderen Gedichtes von ihm war schon dadurch erwiesen, daß dasselbe Gedicht auch in einem der letzten Jahrgänge der »Gartenlaube« stand. – Also, Dichterfürst, das käme schon in Betracht.

Nr. 2: Soldatenkaiser wär' auch nicht übel.

Natürlich, *unter* einem Kaisertum Frankreich-Spanien hätte es der begabte Junge nicht getan. Ausgeschlossen! Es war ja auch ganz einfach, das zu erobern. Da schloß man einfach mit dem gewesenen König von Portugal Duzfreundschaft, kehrt mit diesem nach Spanien zurück und ruft sich, nachdem dieser getötet ist, zum Kaiser aus. Höchst einfach! Nicht wahr? Seine militärische Begabung hatte er schon frühzeitig verraten.

Soldatenkaiser also wäre auch nicht zu verachten gewesen. – So schwankte der Arme, so sehr Begabte nun zwischen zwei Berufen hin und her. Denn beide Berufe hatten auch ihre Nachteile. Der Dichterfürst, der mußte leider etwas dichten können. Und der Soldatenkaiser muß eben den dummen König, den er absetzen will, erst suchen.

Lang schwankte er.

Endlich entschloß er sich, Kommis in einem Warenhaus zu werden. Und er wurde es. Denn was er sich einmal vorgenommen hatte, das führte er auch aus. Und er war glücklich zwischen den Heringsbüchsen und Hutschachteln.

Sein Ideal war jetzt, Börsenkönig zu werden. Aber schon einer, der die Rotschilds Bettelbuben nennen konnte! – Da, in diese Zeit, als er gerade 15 Jahre alt war, fiel ein Ereignis. Der junge, talentierte Mann verliebte sich. Die erste Folge davon war, daß der von dem rosenhungrigen Eros berührte Ladenschwengel, alias Dichterfürst, ein Gedicht losließ, ein Gedicht... oh, oh! was war das für ein Gedicht? Ein Werk wars, eine Offenbarung. Es war 20 Strophen lang und füllte ein ganzes Oktavheftchen. Jede Strophe hatte 10 Zeilen, jede Zeile 12 Wörter. – Es war kolossal. Gigantenhaft grandios! – Aber das war erst das erste. Zum zweiten schwor er, sich die »dunkeläugige Schöne« zu seinem Weibe zu machen. Das schwor er beim nächtlichen, geheimnisvollen Scheine einer Kerze und bei seinem Barte. Dabei faßte er seine zwei, je 1 cm langen Barthaare, wobei das eine der beiden leider herausging. – Und dann ging es los. Dabei zeigte es sich, daß unser lieber Dichterfürst einen kleinen Fehler hatte. Er war schüchtern. – So oft er seinem zukünftigen Weibe begegnete, wich er ängstlich in weitem Umkreis aus.

Und so verging Monat um Monat, Jahr um Jahr, Jahrzehnt um Jahrzehnt. Jahrhundert um Jahrhundert. – Ja so, ich gehe zu weit. Es vergingen nur zwei Monate. Da erblickte er sie eines Tages, als es regnete, am Arm eines anderen. Wie er heimgekommen war, wußte er nicht an diesem Abend. Er saß in seinem einsamen Kämmerlein allein und verlassen von Gott und Menschen und weinte.

Es ist ein schlimmes Zeichen, wenn ernste Männer weinen... Dann aber raufte er sich den Bart, das heißt er zupfte sein letztes Haar vom Kinn. – Er wurde schwermütig. Er saß tagelang in trübes Sinnen versunken hinter den Heringsschachteln und dachte nach. Dachte nach über ein Problem: *ein seltsames Problem.* Es lautete: Wie kann es geschehen, daß einer, der *so* klug ist, zu spät kommt???

Lang saß er und dachte...

Mit der Zeit wurde er irrsinnig. Er murmelte nur immer: Und ich komme nicht zu spät.

Und wenn er noch nicht gestorben ist, lebt er noch heute...

Bargan läßt es sein
Eine Flibustiergeschichte

Um Mitternacht seilten wir das Schiff in einer Bucht fest, die unter dicken und fettlaubigen Bäumen schlief, steckten Zwieback und gedörrte Datteln zu uns und drangen, indem wir vorsichtig, wie auf Eiern, liefen, durch das Dickicht gegen Westen vor. Bargan, der uns führte wie eine Schar Kinder – und wir Flibustier glichen sonst nicht eben den Säuglingen –, Bargan verstand es mit den Sternen, was die Orientierung betrifft, wie der liebe Gott. Wir gelangten richtig durch den ungeheuren Wald, der verwickelter war als ein Garnknäuel, auf die Blöße, und in mildem Licht lag die Stadt vor uns, die wir suchten wie unsere Heimat, bevor es Tag wurde. In aller Stille fingen wir unser scheußliches Geschäft an; zunächst störte uns keiner von ihnen, aber dann wurden sie böse, die aus dem Schlaf geweckt wurden durch Würgengel, und es gab einen gemeinen Kampf in den Häusern. Wir liefen immer alle zusammen in ein Haus, balgten uns mit den Männern, die im Hemd mit Tischen und Türen zuschlugen, und verteidigten uns gegen die Weiber, die wie Hyänen vorgingen. Ihr Schreien füllte die Luft wie ein eisiger Nebel, als wir Schritt für Schritt gegen die Zitadelle vordrangen, die an einem kahlen Berg lehnte und aus hölzernen Bauwerken bestand. Ein Teil von uns, darunter ich selbst, drängte sich noch durch ein geöffnetes Holztor, dicht hinter Fliehenden, das Tor ging zu, und die Weiber, die im Hemd auf Mauern und Gerüsten standen, warfen Steine und Holzdinge auf unsere Köpfe, so daß wir uns in unserer Haut nicht wohl fühlten. Als wir schon blutige Köpfe hatten und furchtbar pfiffen, damit Bargan uns hörte, kam er schon mit einigen Leuten von hinten. Er war allen voraus in dem kleinen reißenden Fluß unter dem Fachwerk in die Zitadelle eingeschwommen, wobei ein Fisch sich den Bauch an den spitzigen Steinen zerfleischt hätte, aber Bargan konnte keinen von uns allen sterben sehen. Von da ab ging es schneller, um so mehr als Bargan einen seiner unglaublichen Einfälle hatte. Die zähesten von den Feinden hatten sich nämlich in dem höchstgelegenen Holzhaus verbarrikadiert, in das man nicht gelangen konnte außer mit Flügeln. Dorthin liefen von allen Seiten die noch nicht Erschlagenen zusammen, wodurch das Haus bald sehr stark wurde und, wenn es in dieser Weise weitere Feinde verschluckte (die sich im Innern bewaffnen konnten), leicht zu einer verdammten Rattenfalle werden konnte, denn wir Flibustier waren über die ganze Niederlassung zerstreut und viele hatten schon begonnen, die Weiber zu befriedigen, und Schildkröten kann man von Kindern schlachten lassen. Deshalb ließ Bargan eine Anzahl von Frauen auf einen Haufen zusammenkoppeln, und nun fingen einige von uns an, in guter Sichtweite von dem Blockhaus die Frauen zu vergewaltigen, was sehr gut aussah und auf die Holzwürmer solchen Eindruck machte, daß sie gegen alle Regeln des Gefechtsverkehrs wie junge Stiere aus dem sicheren Holz brachen und abgeschlachtet wurden wie junge Lämmer, zitternd und hilflos, einer nach dem anderen, oder zu zehn und zehn. Damit war die Stadt durch Bargans Weisheit und Menschenkenntnis erobert, und als die guten Häuser aufwachten, rumorten *wir* in ihnen herum und bewunderten unsere neuen Besitztümer. Es war ein guter Streich, aber wenn wir den Haken daran gesehen hätten, scharf und gekrümmt und mörderisch, so wie heut und fünf Wochen nachher, dann hätten wir alle lieber das höllische Fegfeuer erobert als die schöne Stadt, die mit brauchbaren Dingen zum Platzen überfüllt war. Die Gefangenen, von denen es etwa siebzig gab – die anderen schliefen in ihren Häusern weiter bis zum jüngsten Tag, es regnet nicht auf sie –, trieben wir in einem Hof des Rathauses zusammen, wo sie auf den Steinen sitzen konnten und ausruhen. Niemand hatte in den ersten Stunden des Siegesrausches Zeit, sich mit ihnen abzugeben, erst gegen Mitternacht kam Bargan zum Appellblasen, und da ging er auch schon zu ihnen hinein, um die Frauen anzuschauen. Sie erhoben sich und standen zitternd vor Kälte im Hof herum, denn sie hatten meist nur Hemden an, es war so verflucht rasch gegangen, daß Gott sein Gesicht von ihnen abwandte, um die Ernte in Brasilien zu besehen. Übrigens steckten einige hübsche Frauen darunter, das heißt sie waren im Hemd und zitterten, und wir hatten seit sieben Wochen keine junge Haut mehr gesehen. Ein Haifisch würde geglaubt haben, daß wir darauf aus waren wie Gott auf einen bekehrten Sünder, und Bargan machte gleich den Anfang, indem er ein junges Weib zeichnete, das in sein Zelt kommen sollte. Wir sahen sie nicht deutlich an zuerst, Bargan hatte nicht den besten Geschmack, er lag bei allerlei Gelichter, und es hieß nicht umsonst, daß er die amerikanische Krankheit hatte, die einen Christenmenschen stückweis verfaulen läßt. Aber da erhob sich ein Zank zwischen Bargan und seinem Freund Croze, dem ›Klumpfuß von St. Marie‹, und es handelte sich um das junge Weib, das beide haben wollten. Jeden anderen hätte Bargan sofort niedergeschlagen, denn um Branntwein oder Geld, auch um Ehre nicht, schlugen wir uns unter Freunden nie, sondern nur um Weiber, aber der Teufel weiß, warum Bargan an dem fetten Burschen einen Narren gefressen hatte, der wie ein Hund, den niemand will, auf der Straße gelegen hatte, bevor Bargan ihn an seinen Busen nahm. Aber nun war er geschwollen wie ein vergifteter Hund, soff überall herum, spielte mit Bargans Goldstücken, an denen von uns allen, ausgenommen ihm selbst, guter Schweiß klebte, und stritt mit Bargan selbst vor unser aller Augen um ein Weib, das Bargan so sicher gehörte wie sein eigener Fuß. Wir fingen bald alle zu schreien an, daß Bargan, der keineswegs sicher war, ob ihm sein eigener Fuß gehörte, das Weib schließlich nehmen mußte, worauf er wie gewöhnlich Appell abhielt, bei dem der Klumpfuß von St. Marie hinter ihm drein die Front abstampfte. Dabei sahen wir ihm in die

Augen, und ich kann euch sagen und konnte es damals schon, es lag Verrat auf ihrem Grund, Schleim und verfaulte Fische.

Den ganzen Tag verbrachten wir mit Trinken und mit den Weibern, wir hielten es mit dem Bettler, der ein altes verlaustes Hemd über den Zaun warf und sagte: Leben und leben lassen! Nur Bargan arbeitete im Zelt – er zog nie in ein Haus, meinte immer, die Decke könne herabfallen – so ziemlich den ganzen Tag, unter anderem an der Verteilung der Beute, soweit sie aus reinem Gold bestand. Er sah das junge Weib nicht *ein*mal, und am Abend schüttelten wir schon alle die schweren Köpfe darüber, daß Croze das Weib hatte, Bargan selbst hatte sie hinüber führen lassen in das Haus, wo der Klumpfuß von St. Marie den ganzen Nachmittag mit einem anderen Mensch gelegen hatte. Wir sagten später, seine Feindschaft gegen Bargan, der ihn wie ein Kind liebte, sei dadurch entstanden, daß Croze am Abend, als er das Weib bekam, schon nicht mehr konnte, und das ärgerte ihn. Jedenfalls fanden einige von uns noch in derselben Nacht das junge Weib mit durchschnittener Kehle in Crozes Zimmer auf, der aber hatte sich, nachdem er sie wie ein Huhn abgeschlachtet hatte, bei Nacht und Nebel aus dem Staub gemacht. Mit ihm noch sieben bis acht Burschen, die Bargan nicht grün waren, weil sie dereinst eine schäbige Seele abbekommen hatten. Als wir es Bargan in der Frühe sagten, ließ er sich nichts merken, aber danach trank er und stierte immer in ein Loch hinein, mitten in unserem Siegesjubel, der noch drei Tage dauerte. Am Abend des dritten Tages, als die Weiber aufgebraucht waren und der Schnaps bitter wurde, kam der fette Croze zurück, aber allein, und tat, als sei er im Gebüsch beim Verrichten seiner Notdurft gewesen, und sah uns allen fragend ins Gesicht. Und obgleich wir ihm gern die dicke Haut über die knorpeligen Ohren gezogen hätten, taten wir, als hätten wir ihn nicht vermißt und auch das Huhn nicht gefunden, nur weil Bargan gar nichts tat, um seine Freude über seine Rückkehr zu verdecken, die ihm keine Ehre machte. Und in den darauffolgenden Tagen, wo wir den Abmarsch in Gang brachten, lebten die beiden zusammen wie früher, wie Brüder, die zusammen einen Mord begangen haben.

Wie luden das Beste von all dem Zeug, von dem wir noch das Gute zurücklassen mußten, auf die Ochsenwagen, suchten die Gäule aus und machten alles fertig, denn wir hatten für unseren Ausflug drei bis vier Tage in Aussicht genommen und jetzt war es eine Woche geworden. Aber als wir aufbrachen, fehlte die Munition. Es war massig Pulver dagewesen, wir hatten noch *dazu* erbeutet, jetzt war alles verschwunden, ohne einen Laut in die Luft geflogen. Die Wachen hatten nichts gehört, vielleicht hatten sie ihren Rausch ausgeschlafen; merkwürdig war freilich, daß die Kisten oben droben die alten waren, nur war Sand drinnen, und statt der Fässer unter ihnen lagen Kisten und Heringstonnen, allerlei altes Gerümpel. Wir suchten wie Spürhunde und verschoben den Abmarsch. Am anderen Tag stießen wir in einem Weiher auf die guten Pulverfässer, man hätte drauf schlafen können. Es war ein tüchtig Stück Arbeit gewesen, sie dahin zu bringen, ohne daß sich fremde Leute drum bekümmerten, niemand hatte die Ahnung eines Beweises, aber niemand im Lager zweifelte daran, daß Croze mit der üblen Sache zusammenhing, wie die Mutter mit dem Nabel des Kindes. Die Nabelschnur war abgebissen, aber von nun an hatten wir ein Auge auf den Klumpfuß von St. Marie, der zwischen den leeren Heringsfässern herumharpfte wie ein Kürschner, dem die Felle weggeschwommen sind, nachdem er sie schon verkauft hatte, und auch auf die Burschen, die der Wald verschluckt hatte.

Unsere Kolonne hatte einen geschwollenen Bauch, was den Haufen Wagen und Zugochsen betrifft, und eine lahme Faust, was die leeren Pulvertonnen anlangt, wir watschelten gemütlich durch das Holz, das wir mit den Äxten niederlegen mußten, und in die Erdrisse mußten wir Zeug stopfen, daß wir hinüberkamen. Das war langweilige Arbeit. Da bekamen wir Unterhaltung, mehr als uns lieb war und bekam.

Wir zwängten uns am zweiten Tag unseres Marsches gerade durch eine malerische Felsgegend, mit hübschen Wänden rechts und links, da begann es Steine zu regnen in der Größe von Straußeneiern, oder noch bedeutender. Wir steckten zwischen Ochsen und Fahrzeugen, die in verschiedener Richtung auseinanderwollten, weil die Steine härter schienen als wir, und konnten uns nur unter die Räder verkriechen und warten, bis der Himmel ein Einsehen oder keine Steine mehr hatte. Unter anderen Umständen hätten wir hinaufgeschossen, dann wären außer den Steinen noch ein paar dürre Engel heruntergekommen, aber mit Heringen konnte auch Bargan nicht feuern. Wir hätten uns langsam oder schnell begraben lassen müssen, und dann hätten die Burschen oben, die es regnen ließen, den Anblick eines Feldes gehabt, auf dem zuerst nützliches Zeug wuchs, aber nach dem Hagel nur noch Steine liegen, auf denen kein Name steht – aber da kam einem von uns eine Erleuchtung, und er nahm, unter Lebensgefahr, den Klumpfüßigen von St. Marie am Kragen und zerrte ihn aus seinem Wagen heraus, in dem er sicher hockte wie der Dotter im Ei. Und die oben mußten gut sehen und seinen Wagen in dankbarer Erinnerung haben, denn der Regen hörte sofort auf und wir konnten weiter.

Es war ein deutliches Zeichen des Himmels, und wäre Bargan nur blind gewesen, hätte er es gesehen. Aber er liebte den fetten Croze und sagte zu uns: Es gäbe keinen Beweis und wir sollten uns schämen. Da gab ihm Croze, der dabei stand und auf die Sonne guckte, die Hand vor unseren Augen. Da machten wir aus, daß immer einer von uns auf Croze aufpassen sollte, bei Tag und bei Nacht, denn Bargan tat es nicht, er schloß seine Augen, er lebte mit Croze wie zwei Freunde im finsteren Gehölz, die sonst niemand haben. Also mußten wir die Augen aufmachen, denn Bargan war so, daß wir lieber mit ihm alle zum Teufel gehen wollten als ihm ein Leids tun.

Es kam aber dann die Sache mit der Windrichtung.

Wir mußten irgendwie irr gegangen sein. Der liebe Gott täuschte sich mit den Sternen. Früher hatte Bargan nachts einen Blick auf den Himmel geworfen und wir konnten auf einen Pflock im Urwald zumarschieren danach. Jetzt stand er stundenlang vor seinem Zelt und rechnete, wie unsere Wachen sagten, manchmal stritt er auch dazwischen drin mit Croze herum, der immer frecher wurde. Und dann irrte er sich auch noch, und wir mußten uns zusammenreißen, daß wirs ihn nicht merken ließen. Später klappte auch sonst ab und zu etwas nicht mehr mit seinen Anordnungen, das fing mit der Sternensache an.

Wir dachten, er habe Kummer mit Croze, auf den er sich nun einmal verlegt hatte, es ging ihm wohl so wie einem Mann, der lieber fünfmal eine Ankerkette flickt, als daß er eine neue anschafft, wiewohl es Stürme gibt. Kurz, wir sahen ihm nach, auch die üble Sache mit Jammes, den Croze beschuldigte, er habe ihm sein Messer gestohlen, und den Bargan auspeitschen ließ, obwohl wir alle wußten, daß Jammes das Messer gehörte, und Bargan wissen mußte, daß Croze das Messer nicht gehörte. Croze stand da und fand es nicht einmal nötig, irgendeinen Beweis zu erlügen. Er starrte nur seinen Freund an, als wolle er ihn erproben. Nachher lief sogar das Gerücht um, der Klumpfuß von St. Marie habe zu Bargan gesagt, das Messer erkenne er genau als das seine, weil es dasjenige gewesen sei, mit dem er dem Weibe, das ihm Bargan schenkte, den Hals abgeschnitten habe. Das war der Gipfelpunkt. Er sah Croze ähnlich.

Der Irrtum mit der Richtung wurde sehr peinlich. Wir kamen viel zu weit unterhalb der Buchtstelle an, wo das Schiff lag. Da entschloß sich Bargan nach all dem noch, Croze vorauszuschicken, um die Mannschaft des Schiffes von unserer Ankunft in Kenntnis zu setzen. Wir waren alle dagegen, es half jedoch nichts. Der Klumpfuß von St. Marie setzte seinen Willen durch und ritt uns allen voraus. Wir sahen ihm nach, wie er, dick und gallig, auf seinem Gaul durchs Gehölz fortsprengte. Wir hatten alle einen Krebs im Hals.

Wir marschierten kaum zwei Stunden, da kam der Mann, der mit Croze geritten war, mit der Botschaft zurück, jener und die ganze Schiffsmannschaft würden uns in einem ausgetrockneten Wasserlauf, der in die Bucht führte, entgegenkommen, wir sollten also dort marschieren. Wir witterten Unrat, jedoch dirigierte uns Bargan wirklich in das Flußbett hinüber, und wenn wir auch heraus hatten, daß der Teufel sich der Sache annehmen würde, wußten wir doch nicht, was er vorhabe, und darum und Bargans wegen gehorchten wir. Unter kühlem Wind setzten wir auf den dichten Steinen des Flußbettes unseren Marsch in den Abend hinein fort. Das Flußbett verbreiterte sich sehr stark, schließlich verloren wir die Ufer aus den Augen und schworen, das Bett sei vollends ausgetrocknet, oder wir hätten es schon verlassen. Bargan auf seinem dunklen Hengst hatte die Richtung im Kopf wie seine Augen. In dem milden Licht der ersten Sterne, die aus dem dunkler werdenden Himmel quollen und an die ich mich aus bestimmten Gründen deutlicher erinnere als an die irgendeiner anderen Nacht, in guter Ordnung vorwärtsgedrungen, spürten wir bei zunehmender Dunkelheit plötzlich Wasser in den Schuhen und merkten bald mit wenig Freude, daß es stetig und nicht zu langsam stieg. Auch hatten die Wellen seichten Wassers eine bestimmte Richtung, die gegen uns lief, so daß uns auf die Idee geholfen wurde, daß wir unser Flußbett so wenig wie unsere Schuhe unter den Füßen verloren hatten, daß es aber kein Flußbett, sondern eine Meeresbucht war und daß die Flut ernstliche Anstrengung machte, uns alle, Mann und Roß und Wagen vor dem ersten Hahnenschrei zu ersäufen. Anfangs gestattete uns die Dunkelheit noch freundlich, einander anzuglotzen, aber dann verhüllten weiche und ekelhaft weißliche Nebel die wenigen Sterne, und das Wasser um unsere Knöchel stieg mit dem Ernst einer Erscheinung, die ihr Handwerk versteht. Die Erwerbung unsrer Beute hatte uns und ihren früheren Besitzer viel Schweiß und Blut gekostet, aber nun mußten wir sie den kalten Wassern lassen, die, ganz mit sinnlosem Steigen beschäftigt, sich um uns nicht mehr kümmerten als um trockene Steine. Der Fluß sah aus wie ein Auge, das aus irgendwelchen Gründen dunkler und dunkler wird, wie es in der Liebe geschieht, wenn die Berauschtheit herannaht. Als die Wasser hoch genug geworden waren, um auch dann peinlich zu werden, wenn sie still gewesen wären, begannen sie sich mit Leben zu füllen und gerieten in die Aufregungen eines Strudels. Schon blieben die Karren stecken, und wir schwangen uns auf die Stiere. Aber dann fingen auch die Stiere an, die Sache schwierig zu finden, und es mochte nach unserem Gefühl etwas über Mitternacht sein, als der erste Stier wortlos in der Flut versank und irgendwohin hinunterschwamm. Um diese Zeit mußten wir uns aufs Schwimmen verlegen und taten es brüderlich mit hölzernen Planken zusammen. Wir konnten uns noch zusammenhalten, freilich nicht alle, einige schwammen auf lange Zeit fort, ich habe sie bis jetzt nicht wiedergesehen. Aber Bargan blieb in unserer Mitte.

Etwa zwei Stunden nach Mitternacht spürten wir festen Boden unter den Klumpen, die an unseren Knien hingen, und klommen, Bargan voran, auf eine kleine Insel, wo wir, ohne Feuer und Decken, hungernd und in nassen Kleidern in unterhaltender Besorgnis, daß das Wasser nachkommen könnte, den Morgen erwarteten, wie der Sünder am Tag des Gerichts auf Gottes Stimme wartet mit der Erlaubnis, daß er durch die Tür rechts in die berühmte Seligkeit eingehen kann.

Bargan ließ all diese Stunden über kein einziges Wort fallen, obwohl wir alle an die siebenzig Männer und Weiber dachten, die Bargan vor unserem Abmarsch hatte schlachten lassen auf Crozes Bitten.

Gegen Morgen verlief sich das Wasser, und wir konnten weiter, unser Schiff suchen, ohne Beute und sogar ärmer um Dinge, die wir mit in den Wald genommen hatten, sowie um viele Kameraden, nachdem der eiskalte Wind der Frühe unsere Kleider getrocknet hatte. Und erst gegen Mittag fanden wir die Bucht. Es war uns nicht sehr gut gegangen, wir hatten in kalten Wassern und unter dem Regen von Steinen gestanden und gefroren wie Hunde, die nachts auf eine Läufige warten, aber es mußten noch unsere Augen sein, die wir im Kopf hatten, und es war auch die Bucht, wir erkannten sie wie unsere Mutter an dem fetten Laub der Bäume. Nur von unserm Schiff, das doch zwei Segel aufgesteckt hatte und an diesen fettlaubigen Bäumen angeseilt war, konnten wir mit unseren geschwächten Augen nichts sehen. Nicht einmal der Strick hing noch irgendwo. Aber zwischen den Bäumen heraus harpfte der Klumpfuß von St. Marie, bleich und etwas verlotst im Gewand, und schwenkte den Steiß, als sei alles gut aufgehoben. Dann sagte er zu Bargan, wo er denn gesteckt habe, er warte seit Stunden mit Schmerzen, es sei niemand da und ob man ihn allein unter den wilden Tieren lassen wollte? Bargan sah ihn nur an und fragte nicht einmal nach dem Schiff, sondern ging von uns weg und an Croze vorbei in die Stämme hinein, als suche er was, was man von weitem nicht so gut sieht. Uns aber sagte Croze nur schnell über die Achsel, das Schiff sei fortgewesen, als er gekommen sei, es sei voll von Schuften gewesen oder der Wind und die Flut habe die Seile zerrissen. Dann hinkte er seinem Freund nach, wohl weil er unsere Gesichter richtig beurteilte.

Wir standen zwischen den Bäumen herum mit schwachen Knien und schauten uns die Augen aus dem Kopf; aber wenn einer seine Brille verloren hat, kann er nichts mehr sehen und seine Brille auch nicht mehr finden; aus demselben Grund. Er bleibt für alle Ewigkeit blind, wenn ihm keiner hilft. Also konnten auch wir unser Schiff nicht mehr einholen, wenn uns nicht Flügel wuchsen, und dazu hätten wir vorher zumindest krepieren müssen. Dennoch wollten wir nicht die Flinte wegwerfen, für die wir kein Pulver mehr hatten, wenn nur Bargan wieder gesund gewesen wäre. Wir schickten also einige Leute zu ihm, und sie fanden ihn auf einer Wurzel sitzend, den Arm um Crozes Schulter. Da sagten sie ihm in dürren Worten, er sei schuld an der Hinschlachtung der siebenzig, an den sieben Toten im Steinbruch, daran, daß viele von uns in unbekannter Richtung fortgeschwommen seien und daß das Schiff in den Himmel gefahren sei; daran sei er, Bargan, schuld, nicht etwa der Klumpfuß von St. Marie, denn den hätten sie beim ersten Mal wie einen fetten Hund ersäuft. Jedoch wollten sie ihn, Bargan, bitten, sie jetzt weiter zu führen, denn er sei alles wert. Aber Croze wollten sie schnell niederlegen und nicht unter sieben Schuh tief eingraben. Sie wollten lieber vor Ekel eine Warze abbeißen, als daß sie den ganzen Mann wegwarfen. Dieses hörte Bargan mit großer Ruhe an. Und als sie ausgeredet hatten, fragte er sie: Was sie zu tun gedächten, wenn er seinen Freund nicht im Stiche ließe, auf einige Verdachtsgründe hin, die nicht stichhaltig seien. Da fingen sie an, ihm alles vorzurechnen, und fügten Beweis auf Beweis, wie Croze zuletzt noch den Mann weggeschickt habe, von dem er wußte, daß er ihm auf die Finger sehen würde mit der Botschaft, die ihn und alle andern ins Wasser tauchen sollte, während er selber das Schiff besorgte. Und während ihnen beim Reden nur noch alles durchsichtiger wurde, saß der Klumpfuß von St. Marie grinsend auf seinem Baumstumpf und fuhr mit der gespreizten Hand durch das schwarze Haar, das er lang zurückgekämmt trug und das vor Schmutz in glatten Strähnen zusammenklebte. Aber Bargan fragte, was sie also zu tun gedächten, wenn er nun einmal nicht wolle. Da ging den Unsern ein Licht auf, was es für eine Bewandtnis mit Bargan habe, daß er alles selber wußte, besser wie sie, und doch den fetten Hund nicht aufgeben wollte, Gott weiß warum. Sie kehrten also wortlos um und sagten uns alles.

Wir wurden nun sehr traurig, denn wir merkten es alle, daß dem Bargan jetzt eben etwas zustieß, was diesem Mann nicht an seiner Wiege noch an den Särgen seiner Feinde gesungen worden war und was jeden von uns treffen kann: Daß wir in der hellen Sonne mit vollen Segeln verunglükken. Das geschah aber mit Bargan, als er allein mit dem Klumpfuß von St. Marie im Gehölz saß und einen dicken Kopf machte. Wir schwatzten nicht lang, weil der beste Mann von uns einen Krebs gekriegt hatte, sondern machten das Kreuzzeichen in der Luft und einen scharfen Schnitt zwischen ihm und uns. Einige wollten ein Säcklein Datteln dalassen für ihn, der nichts hatte als den Freund, der ihn verriet, aber wir waren alle dagegen, daß man einen Leichnam mit Speisen vollstopft, wenn die Lebendigen leere Magen haben. Also gingen wir weg, ohne daß wir Bargan noch einmal sahen, der uns sehr lieb gewesen war, an einem warmen Tag im Sommer und in dem Gehölz an der Marienbucht in Chile.

Zwei Tage lang fahndeten wir auf das Schiff mit dem Gefühl im Leib, daß ein Krebs keinen Windhund einholen kann, aber dann fanden wir auf der Bucht einen Kasten schwanken mit zwei Segeln, der stark wie St. Patricks Weihnachtskrippe aussah, wie ein Zwillingsbruder von unserm Schiff. Der Zwillingsbruder schwamm mitten in voller Mittagssonne. Wenn wir bis zur milden Abenddämmerung hätten warten können, wäre es eine kleine Spazierfahrt mit Eiern und Weinpullen gewesen, St. Patricks Weihnachtskrippe mit unserm Besuch zu beehren; denn ein hübsches Floß war schneller gebaut als wir einstens unsere liebe Schale erworben hatten. Jedoch schien die liebe Schale ihre Fracht bereits innen zu haben, denn sie mißbrauchte mit allen Tüchern den Wind, obgleich er, der die Sachlage wohl witterte, sich reichlich bitten ließ und sie so schlecht segelten, als seien sie frisch aus der Steuermannsschule auf einen modernen Zweimaster losgelassen worden. Immerhin mußten wir uns beeilen, und so sprangen wir aufs Floß und ruderten mit gewaltiger Behaglichkeit auf unsern fetten Fisch zu. Er vertrödelte seine kostbare Zeit, bis wir in Schußweite lagen, mit höchst possierlichen Tanzübungen, und wir lagen in den Riemen wie bei eines anderen Mannes Weib und als hätten wir das Floß gestohlen. Dann pfiffen die ersten Kugeln über uns weg zum Willkommenssalut. Einer von uns, der seinen Pulverbeutel am Hals gerettet hatte, schoß auch, der Ehre wegen, aber da geschah etwas, was uns sehr über die Rücken hinunterlief. Auf unseren ersten Schuß erschien an der Reling aufrecht eine gute Zielscheibe, die wir gut kannten und die mit Namen Bargan hieß. Wir waren nicht erfreut, daß der Mann Bargan hieß, der unsere Schale so schnell als möglich auf die hohe See hinausbringen wollte, ohne daß wir dabei waren. Und jetzt verließ er sich so fest auf unser weiches Herz, daß er alle seine neuen Schiffsmannschaften deckte gegen unsere Schüsse! Wir wußten noch nicht, daß wir ihm unrecht taten, als wir nicht mehr schossen, weil *er* es war.

Als wir auf das Schiff kletterten – Bargan selbst ließ ein Seil herunter – war es dort still wie in der Kirche und nichts zu sehen. Bargan selber war keine Sehenswürdigkeit mehr, er hatte ein schlechtes Kleid an, das ihm wohl sein Freund Croze geschenkt hatte, und er hätte besser getan, wenn er eine Maske aufgesetzt hätte, so wenig konnte er mit seinem neuen Gesicht Staat machen. Aber er sah wohl so aus, weil er ein so schlechtes Kleid anhatte. Guten Tag, sagten wir, auf St. Patricks Weihnachtskrippe, du hast wohl auf uns gewartet? Nein, sagte er. So bist du wohl sehr allein, fragten wir und schielten nach den Treppen. Nein, sagte er. Da sahen wir, daß er nicht mehr herausbringen konnte als *ein* Wort, und weil das wenig ist für einen Mann wie es Bargan gewesen war, schämten wir uns unseres ungerechten Zorns und fragten ganz mild: Du hast wohl das Schiff wiedergefunden? Sie waren uns wohl entgegengefahren und dann kamen sie wieder zurück? Damit wollten wir ihm draufhelfen, weil er wie ein Kind dastand und wir es nicht ertrugen. Aber er brachte seinen Mund auf und sagte: Nein, es sei nicht so. Da sahen wir, daß er nicht lügen konnte, das hatte er nicht gelernt. Und wir ließen ihn stehen und stiegen ins

Schiff hinab, und er blieb stehen am gleichen Platze unbeweglich, als sei er ein Gefangener.

Unten im Schiff fanden wir denn auch die lieben Burschen, die seinerzeit aus der Stadt ausgewandert waren und sich mit Regnen beschäftigten und Pulver mit schwerer Mühe in Brunnen wälzten und zuletzt zur Erholung eine kleine Partie auf St. Patricks Weihnachtskrippe für nicht zu viel hielten. Sie hockten an den Wänden herum und unterhielten sich mit Zittern. Mitten drin saß auf einer Seilrolle ihr lieber Gott, der Klumpfuß von St. Marie, fett und schamlos und schaute uns entgegen wie seinen Hochzeitsgästen; nur sein Schädel zitterte etwas, und seine Vorderansicht war etwas bleich beim Grinsen. Wir erlaubten uns die ergebenste Frage, was er momentan glaube, nach seiner Religion, seinen geschäftlichen Erwartungen, der Zukunft seiner ungeborenen Kinder und was er von einem Leben nach dem Tode halte. Dann stellte einer die Frage, warum sie so sündhaft gesteuert hätten, wo doch Bargan bei ihnen sei? Da kam es heraus, daß Bargan dazu angestellt sei, das Verdeck zu wischen, so wollte es der Klumpfuß, und sie hatten ihn mit Messern an den Waschtisch geschleift; denn er sollte sich seine Mahlzeit auf Crozes Schiff redlich verdienen. Wir waren eben dabei, dem lieblichen Scheusal eines in die Zähne zu geben, da kam Bargan die Treppe herunter und bat uns, wir sollten Croze in Ruhe lassen und uns an *ihn* halten. Dabei machte er nicht viele Worte. Da sahen wir uns an und einer warf, nur um was zu sagen, eine kleine Frage in die schwarzen Abwässer, die lautete: Wißt ihr vielleicht etwas, wo die guten Jungen sind, die das Schiff gegen Feinde verteidigen sollten, während wir die Stadt eroberten und so große Beute machten? Aber es kam keine Antwort aus dem Schlund des Untiers, der schwarz war und verfaulte Zahnstumpen hatte, man erstickt drinnen. Da verstanden wir, daß die armen Jungen fortgeschwommen waren, um uns zu benachrichtigen, daß St. Patricks Weihnachtskrippe in die See stechen sollte und wir sollten uns beeilen, wenn wir mitwollten. Und zwei von uns nahmen Bargan ohne ein Wort zwischen sich und gingen mit ihm die Treppe wieder hinauf, während wir andern in der halben Dunkelheit unsre Hände der Erinnerung an unsre lieben Brüder hingaben. Nur Croze ließen wir seinen Hals dick, denn er ging hinter seinem Freund hinauf, und wir wollten ihn aufsparen.

Als wir hinaufkamen, sperrten wir den Klumpfuß von St. Marie in einen Holzkäfig, in dem ein Affe gesessen hatte. Bargan ließen wir herumlaufen, denn was nützt es mit einem Mann zu reden, der eine Krankheit hat und über die Sterne nachdenkt? Wir setzten die Segel auf und liefen aus der Bucht.

Am Abend feierten wir die Wiederkunft sowie das Andenken an unsere lieben Leichname, die jetzt, wie einer schön sagte, unter dem milden Sternenlicht aufwärts schwammen, mit dem Gesicht nach oben, irgendwohin mit einem Ziel, das man vergessen hat und wie einer, der keine Heimat hat, aber wohl Heimweh, mit einigen tüchtigen Schlucken Schnaps. Bargan ließ sich nicht sehen, erst ganz am Schluß, als die meisten schliefen, kam er zu mir her, der vor dem Holzkasten saß und wachte, und sagte: Willst du mich nicht in den Kasten hineinlassen oder hast du etwas dagegen? Er stand im Sternenlicht, ich sehe ihn noch heute und höre ihn auch noch, und jetzt ist er doch schon lange abgehalst oder auch nicht, was weiß ich. Und zu der Frage brauchte er eine große Anstrengung. Man sah nicht in den Käfig hinein, aber drin saß der Klumpfüßige und hörte jedes Wort. Darum sagte ich und ließ in nichts von der Ehrfurcht nach, die ich immer vor ihm hatte, denn er war der beste Flibustierkapitän weit und breit bis nach Ecuador hinauf gewesen: Willst du nicht lieber in deine Kajüte gehen? Er besann sich und sagte: Hältst du etwas von dem Schiff? Ich sagte: Ich gäbe einiges darum. Da besann er sich wieder und sagte: Ich liebe den da drinnen. Da verstand ich ihn und konnte mich doch nicht recht halten und sagte: Und du gibst wohl nicht viel auf das Schiff? Das verstand nun er nicht, drum sagte er nach einer Weile: Aber ich bitte dich, laß uns fort! Ich muß sagen, daß ich etwas Branntwein in mir hatte, aber das griff mir doch ans Herz, daß er von dem Schiff fortwollte und davon gar nicht sprechen konnte und nur ›aber‹ sagte, worin alles lag, was er vorbringen konnte, und das alles las er sicherlich in meinem Gesicht, denn er fuhr fort: Wenn ich euch das Schiff lasse und ihr laßt mir den da, dann sind wir wohl quitt, ich meine, was mich betrifft, denn ich habe nicht viel mehr, was ich für ihn geben könnte. Ich überlegte mirs, und er sagte noch: Freilich wärs auch eine Gnade; welches Wort ein Stich mit einem guten Messer in meine Krokodilshaut war. Ich überlegte mirs lang, und während der ganzen Zeit, wo wir unter leichtem Wind übers Wasser schaukelten, das man hörte, stand er ruhig da, und ich konnte sein Gesicht nicht sehen, das im Dunkeln lag. Und obgleich wir mit jedem Windhauch tiefer in die See und weiter weg vom Land kamen, wo er hinwollte, sagte er nichts, um meine Entscheidung zu beeilen.

Ich aber dachte an sein ganzes Schicksal in dieser Nacht, und alles lag klar vor mir wie eine Wiese in vollem Morgenlicht, die von einem Wald langsam gefressen wird und nur vorerst noch da ist. Dieser da hatte sein Geld auf eine Karte gesetzt, und nun verteidigte er sie. Aber die Karte war eine Niete, und je mehr er draufsetzte, desto mehr flog auf, das sah er selber ganz genau, aber er wollte wohl sein Geld los haben, er konnte nicht mehr anders. So ging es ihm, der ein großer Mann war, eine Anstrengung Gottes, so konnte es jedem von uns gehen, mitten im Licht wurde man überfallen, so unsicher sind wir alle auf diesem Stern.

Und dann sperrte ich den Käfig auf und trug den fetten Croze mit eigenen Händen in das kleine Boot, und Bargan ging hinter mir her. Er sah nicht nach rechts noch nach links, als er ins Boot stieg, und es war doch sein Schiff, auf dem er zehn Jahre lang nicht immer Gutes getan hatte, wiewohl Gutes darunter war, aber doch gelebt hatte und viel gearbeitet und gerecht gewesen war und ein Ansehen hatte, er sah es nicht an, als er zu seinem Freund ins kleine Boot stieg, und er redete auch nichts.

Und in der Nacht, als er langsam fortruderte und ich ihm nachsah, dann sah ich ihn niemals wieder, hörte auch nichts von ihm, noch von dem Klumpfuß, fiel mir manches ein über das Leben auf diesem Stern, und ich kam Gott näher als in vielen Gefahren, in denen ich selber war.

Denn ich verstand mit einem Male Gott, der wegen einem so räudigen, fetten Hund, der kein Messer wert war, den man nicht schlachten, sondern verhungern hätte lassen sollen, einen solchen Mann wie Bargan hergab, für den es keinen Vergleich gibt, der ganz und gar dafür geschaffen wurde, den Himmel zu erobern. Und der nun, nur weil er etwas haben wollte, dem er nützen konnte, sich an diesen Aussatz gehängt hatte und alles sein ließ für ihn und wohl noch froh war, daß es kein guter Mann war, den er liebte, sondern ein böses gefräßiges Kind, das ihn ausschlürfte wie ein rohes Ei, mit einem einzigen Zug. Denn ich will mich vierteilen lassen, wenn er nicht noch Genuß daran hatte, an dem kleinen Hund, auf den er sein Auge geworfen hatte, mit allem, was sein war, zu Grunde zu gehen und drum alles sonst sein ließ.

Der Javameier

Wenn ich es recht bedenke, so war Samuel Kascher einer der eigenartigsten Menschen, die mir unter die Augen kamen. Er war Fischhändler von Beruf, aber das hatte, wie er bewies, wenig zu sagen, da sein Vater die Fischhandlung erheiratet hatte. Daß es ihm selber freigestanden wäre, sich einen Beruf zu wählen, kam ihm auch viele Jahre, nachdem dieser Einfall zu spät gekommen wäre, nicht in den Sinn. Übrigens hing über seinem kleinen, weißen, einstöckigen Haus immerfort der Bankrott. Trotzdem konnte man an ihm nur eine einzige Passion entdecken, die mich mit ihm auch zusammenführte; denn er hielt, und das bedeutete einen über seine Verhältnisse weit hinausgehenden Luxus, fast alle wichtigen deutschen Zeitungen, die er eingehend las. Die für ihn hohe Ausgabe dafür begründete er kurzerhand damit: er brauche im Geschäft Einwickelpapier für die Fische. Überhaupt hatte er gelegentlich interessante Anfälle offensichtlicher Gewissensqualen, in denen er nicht ohne Aufwendung von Scharfsinn jedermann bewies, alle seine scheinbaren Unterhaltungen betreibe er einzig und allein für sein Fischgeschäft (das sein Vater erheiratet hatte). Einzig und allein für sein Fischgeschäft befaßte er sich auch mit gewissen kriminalistischen Übungen; denn wie er eine gute Zeitung für eine gute Reklame für darin eingepackte Fische hielt, so glaubte er auch die Liebhaber von Fischen durch interessante Gespräche anlocken zu können. Wenigstens glaubte er das während seiner Gewissensanfälle. Einer seiner merkwürdigsten Fälle war die Geschichte mit dem Javameier.

Eines Abends saß ich bei ihm in dem braunen Bretterverschlag hinter dem Laden, in dem es nach Tran und Fischen roch, zwischen alten Zeitungen und hinter einer weißen Gardine am Fenster, das auf den Hof hinausging, Kascher malte Initialen in sein Hauptbuch, sowie auf das Fließblatt und berichtete in seiner langsamen Art von dem Ereignis der letzten Nacht in der Brunnengasse (in der sein Laden sich befindet), das er von den Köchinnen der Nachbarschaft gehört hatte; denn er selber hatte wohl den Schuß gehört, war aber nicht »eigens« aufgestanden.

Die Sache war die, daß nachts zwischen zwölf und eins die Bewohner der Brunnengasse durch einen Revolverschuß auf der Straße geweckt und an die Fenster gelockt wurden. Mitten in der Gasse vor dem Haus Nummer sieben, in dem der Ingenieur Meier wohnte, stand ein Mann mit einem Fahrrad und einem Revolver, und als, wie die Nachbarn von gegenüber sahen, Meier im Hemd ans Fenster trat, schrie der Mann etwas hinauf.

Der Fischhändler, als er es erzählte, öffnete die Tür zum Laden und trat in den dunklen Raum hinaus, in dem die Fischleichen in den Bottichen schwammen. Er öffnete ein Fenster nach der Straße und sagte halblaut: »Er muß da vorn gestanden sein und sehr laut geschrien haben in der Nacht.« Aber ich wollte nicht durch die Fische durch und konnte mir den Mann an der Ecke gut vorstellen und auch den Ingenieur, der jetzt schon steif in dem Haus davor lag, wahrscheinlich unter einem Leinentuch, wenigstens bis übers Kinn hinauf.

Der Mann hatte geschrien: »Vergiß nicht Java, Hütte 17 und die arme Lizzie und reis' nicht ab!« Der Mann hatte sein Rad bestiegen und war fortgefahren.

Den Ingenieur Meier aber hatte man heute vormittag erhängt im Wäldchen aufgefunden, wohin er täglich spazieren zu gehen pflegte, aber etwas abseits vom Weg. Der Strick war zerrissen, mitten entzwei, ein Ende baumelte am Ast, der Ingenieur lag am Boden. In der Zeitung stand, die Gründe des Selbstmordes lägen im Dunkeln, »vielleicht in den unergründlichen Wäldchen des fernen Java, wo Meier einmal bei einem Brückenbau gearbeitet hatte.«

Der Fischhändler zeichnete immerfort kunstvoll Initialen, während er diesen Bericht gab, den er in nichts ausschmückte. Dann sah er mich mit seinen Schildpattaugen an und sagte: »Im Grunde liegen alle Argumente auf dem Tisch, wenn auch noch einiges fehlt. Ich könnte vielleicht noch hinzufügen, daß es heut vormittag nicht regnete, daß der Ast, an dem Javameier hing, ein dicker Ast war und daß Javameier ursprünglich, das heißt noch gestern abend beabsichtigt hatte, heute eine kleine Reise nach Frankfurt zu machen. Sie sehen aus all dem zweifellos sofort, daß es sich um einen soliden Mord handelt.«

Damit stand Kascher auf und ging in seinem braunen Anzug wieder durch den Laden ans Fenster, um hinauszublikken. Er hatte eine gerissene Art, seine Schauergeschichten zu inszenieren, verwendete umsichtig die stinkenden Fische, die Dunkelheit des unerhellten Raumes und die weiße Gardine und verschmähte keineswegs den brutalen Effekt, mich allein sitzen zu lassen.

»Ich sehe es nicht ein. Ziehen Sie mir den Skalp ab! Es ist glatter Selbstmord. Der Mann will reisen und reist nicht, hat also ein schlechtes Gewissen, geweckt durch den Alarmruf des Mannes vom Abend vorher. Das ist alles.«

Der Fischhändler wandte sich im Nebenraum halb um und sagte, etwas ausdruckslos: »Einige halten dafür, der Mann habe ihn warnen wollen!« Ich merkte deutlich, wie meine Idee Oberwasser kriegte:

»So, und der Javameier, der genug Respekt hatte, um diese sogenannte Warnung, nicht abzureisen, zu beherzigen, hält zu wenig von ihr, um seinen gewohnten Spaziergang zu unterlassen?«

»Sie vergessen«, sagte der Fischhändler ungeduldig, »Sie scheinen zu vergessen, daß er gewarnt wurde, wegzufahren, daß er also, insofern er an die Warnung glaubte, hier ruhig ausmarschieren konnte.«

»Geben Sie das zu? He? Freut mich. Eine nette Warnung, nicht? Eine ganz ausgezeichnete Art von Warnung, hier zu bleiben, und dann wird der Hiergebliebene aufgeknüpft... Hm, wie ist das eigentlich, das meinen Sie doch nicht, wie?«

»Nun, die Mörder können hier gewesen sein, noch nicht in Frankfurt, von der Sache gehört, oder in der Frühe auf dem Bahnhof umsonst gewartet haben. Außerdem kann der Mann im Komplott gewesen sein, nicht?«

»Was glauben Sie da, Kascher? Daß man glaubte, einen Mann weniger gut in seiner Heimat, die ein Interesse an ihm hat, mitten in seinen Gewohnheiten, die man studieren kann, als auf Reisen beseitigen zu können? Wenn er ihn aber wirklich warnen wollte, welch eine öffentliche, theatralische Art, wie unnütz, wie sehr den Mördern ins Ohr geschrien! Und wie ungenau! ›Vergessen Sie nicht!‹ Nein, mein lieber Schwan, es handelt sich um ein ›in Schrecken versetzen wollen‹, nichts sonst!«

»Das glaube ich auch«, sagte der Fischhändler tonlos. »Darum wird es sich wohl handeln.«

»Wenn man jemanden in Schrecken versetzt, dann ist es doch in der Regel schwieriger, ihn zu töten, nicht? Er gibt Obacht, er hört jedes Blatt rascheln, er geht nicht mehr in den Wald, wo die dicken Äste sind. Übrigens, woher wissen Sie, daß der Ast gerade dick war?«

»Ich habe den Milchhändler gefragt, der dort war.«

»Sie waren also nicht dort?«

»Dachten Sie? Ich bin doch kein Hund. Der Milchhändler gab mir eine Schilderung.«

»Aber Sie beschäftigen sich doch den ganzen Tag mit der Sache! Warum fragen Sie übrigens gerade danach?«

»Weil es nicht geregnet hat.«

»Ich verstehe Sie nicht. Sie sind, meine ich, zu sehr auf den Effekt aus. Wen halten Sie also für den Mörder?«

»Der Mörder ist der Mann mit dem Fahrrad.«

»Der Mann, dessen Warnung zu der Ermordung, wie Sie es nennen, führte? Und der sich, um seinen Mann hier zu halten, wo es zweifellos schwieriger war als irgend sonstwo, ihn zu töten, sich der ganzen Gasse präsentierte, und der doch durch sein Auftreten nicht bezwecken konnte, daß sein Opfer, das ihn kennen mußte, wenn es ein schlechtes Gewissen hatte, unterließ, in den Wald zu stapfen?«

»Ja, einige Punkte sind noch dunkel, das heißt nur einer. Er ist bei den von Ihnen angeführten nicht dabei. Aber lassen wir das. Die Sache ist ja noch nicht abgeschlossen. Es ist ein ausgezeichneter Fall, glauben Sie mir!«

Als mich Samuel Kascher hinausgeleitet hatte und ich die dunkle Gasse hinabging, kam ich am Haus des Javameier vorüber. Es lag dunkel da.

Als ich drei Tage später wieder in den Fischladen kam, war er voll von Leuten, da frische Kabeljaus eingetroffen waren. Der Fischhändler holte mir rasch die gewünschte Zeitung und fragte dabei, etwas uninteressiert:

»Wissen Sie übrigens, daß Meier, der Ingenieur, Sie erinnern sich doch, Javameier? Daß Javameier von Geburt Italiener war? Ja, seine Mutter war Italienerin, wurde von einem deutschen Ingenieur geheiratet: Was das will? Ach so? Besuchen Sie mich doch wieder! Ich habe auch neue Ausschnitte!«

Kascher schnitt nämlich aus den Zeitungen interessante Fälle aus, und ich besuchte ihn auch schon am gleichen Abend. Er räumte noch im Laden auf.

»Habe ich Ihnen schon erzählt, daß ich anfangs Soldat werden wollte?« begann er die Unterhaltung. »Es scheiterte einzig daran, daß ich keine besondere Stube zum Schlafen bekommen konnte, das hielt ich nicht aus. Hier stinkt es wenigstens nur nach Fisch!«

»Es erstaunt mich nicht übermäßig«, sagte ich interessiert. »Einen Zug zum Grausamen müssen Sie wohl haben. Ihr Gesicht ist auch so sanftmütig.«

»Nun, ich las zuviel Stendhal. Und die Welt ist zu unherrisch. Sie entschließt sich mehr und mehr für den Fischhandel.« Er schleifte ein Faß mit Kabeljaus in die Ecke.

Ich lachte und fragte ihn nach dem Javameier.

»Er ist schon begraben«, sagte er. »Und dabei war es der Falsche.«

»Sie sagten heute früh, er sei Italiener gewesen? Was macht das aus?«

»Es war dies der dunkle Punkt, wie mir scheint. Aber die Haushälterin selbst erzählte es mir.«

»Glauben Sie denn nicht, daß er sich durch seine Gewissensbisse verriet?« fragte ich etwas ungeduldig.

Der Fischhändler wurde etwas unruhig. Er schaute von seinem Faß auf und musterte mich.

»Doch, das glaube ich. Haben Sie es heraußen?« Es klang enttäuscht. Er war ein alter Effekthascher!

»Ich meine: Er hängte sich doch auch auf darnach. Er muß tüchtig erschrocken sein, nicht?«

»Gewiß.« Der Fischhändler atmete auf. »Er ist so gut erschrocken als alle anderen Leute in der Gasse. Ich bin froh, daß ich nicht auch hinaussah. Ich wäre auch erschrocken.«

»Was heißt das? Er unterließ die Reise.«

»Ja. Und lief spazieren vor dem Essen. Übrigens hätte er Fische zu essen bekommen, Stockfisch von mir, der Idiot!«

»Was haben Sie eigentlich?«

»Oh, nichts. Es ärgert mich ein wenig, daß ihm so etwas passierte. Ein solcher Druckfehler!«

»Wem, dem Javameier?«

»Nein, dem Mörder!«

»Welcher Druckfehler?«

»Ihrer! Daß der Javameier Gewissensbisse haben mußte, um nicht abzureisen! Das ist idiotisch! Apropos, ich wollte Sie übrigens um eine Gefälligkeit bitten, es ist für einen anderen, das heißt eigentlich doch für mich. Ich wollte Sie bitten, in der Fachzeitung für Ingenieure zu annoncieren. Etwa so: Ingenieur Meier, seinerzeit beim Brückenbau auf Java tätig, gesucht. Wollen Sie das?«

»Ja, aber zum Teufel, wozu?«

»Er wird Ihnen schreiben, seine Adresse oder so. Sicherlich aber die Stadt, in der er sich aufhält.«

»Und was wollen Sie in der Stadt?«

»Die Zeitung abonnieren!«

»Sie sind... Soll das etwa eine Falle sein? Daß Sie nach dem toten Meier annoncieren? Das verstehe ich nicht.«

»Es ist auch der lebende. Der lebende Javameier! Keine Verwechslung! Der jetzt noch lebende, wahrscheinlich noch am Leben ›befindliche‹ Javameier!«

»Ja, zum Teufel mit Ihrer Geheimniskrämerei! Was wollen Sie eigentlich? Wollen Sie die Karten aufdecken oder nicht?«

»Nicht. Lieber nicht. Sie sind zu energisch. Zu willensstark, Sie sind etwas zu unternehmend, sagen wir: westlich. Etwas, eine Kleinigkeit zu westlich.«

»Was heißt das wieder? Wollen Sie wieder allein schlafen? Stinkt der Fisch besser als ich?«

»Sie mißverstehen mich. Es ist viel einfacher: Wollen Sie eine Geschichte haben oder nicht?«

»Ja doch, Sie wissen doch. Also los!«

»Nein. Eben wenn Sie eine Geschichte wollen, müssen Sie noch warten. Annoncieren Sie einstweilen!«

»Ich begreife Sie nicht, Kascher!«

»Ja, für Leute, die alles begreifen, gibt es keine Geschichten!«

Hol mich der Teufel, ich annoncierte in der Fachzeitschrift für Ingenieure. Das war am Dienstag, am Montag mußte die Annonce kommen, am Samstag winkte mir der Fischhändler.

»Ihre Geschichte ist fertig, alles in Ordnung, hier steht sie, fertig gedruckt. Sie wurde etwas früher druckreif, als ich annahm. Er war ein Idiot, aber das reißt ihn wieder heraus! Man darf hoffen, daß er entkommt.«

Der Fischhändler führte mich in den Laden. Es war Dämmerung. Er zündete nicht das Gas, sondern er zündete eine Kerze an.

»Wenn Sie aufspringen«, sagte er, indem er einen Bottich mit Karpfen vor meinen Schemel stellte, »vergessen Sie den Bottich nicht!«

»Handelt es sich um Javameier?« fragte ich. »Ich habe noch keine Antwort.«

»Bekommen Sie auch nicht, mein Lieber. Die Stadt heißt Hamburg, und die Zeitung von dort habe ich abonniert. Aber: Wollen Sie, daß wir die Geschichte von Anfang an nochmals durchgehen? Obgleich der Witz ganz einfach ist, nämlich: daß der Strick gerissen war. Bläuen Sie sich das gefälligst ein. Warum riß er, was war sein Grund, he, da es nicht geregnet hatte? Ein Strick hält nicht, und dann kann man sich nicht damit aufhängen, oder er hält, und dann muß man ihn auseinanderreißen, wenn er gerissen sein soll. Und da er gerissen war, gab es keinen Selbstmord in der Sache. Sagen Sie nichts, noch nichts, ich weiß: Der Mörder benahm sich sehr auffallend, auch abgesehen davon, daß er sein Opfer wieder herunterriß – er konnte es, der Ast war dick, ein dicker Ast! – er zeigte sich dem Publikum, er schrie in der offenen Gasse herum, damit ein Herr ans Fenster kam, der in Java gewesen war, nachts mit einer Kerze ans Fenster kam. Gewiß, er schrie ihn an, er solle gefälligst dableiben, Lizzies wegen, wegen einer gewissen Lizzie! Obwohl es besser gewesen wäre, der Herr wäre fortgegangen, nicht etwa, weil man ihn dann leichter um die Ecke hätte bringen können, sondern vielmehr, weil man ihn dann gar nicht um die besagte Ecke hätte bringen müssen. Es handelte sich lediglich darum, ob der Herr Lizzies wegen gesonnen war, hier zu bleiben. Und nun kommen wir zu einer großen Überraschung, mein Lieber, die darin besteht, daß der Herr wirklich blieb. Jawohl, er reiste nicht weg, sondern er ging spazieren, obwohl Lizzie damit nichts zu tun hatte, ich würde schwören, daß er sie gar nicht kannte, so wenig wie Sie und ich. Aber sein Verhalten ließ darauf schließen, daß er sie gekannt habe? Jawohl: einen Idioten! Der Herr blieb daheim, weil er erschrocken war und sich wunderte und geweckt worden war, er war um seinen Schlaf gebracht worden. Zum Beweis dazu brauchen Sie nur zu benutzen, daß er ruhig in den Park geht und wehrlos abgeschlachtet wird. Ja, er hatte sich gezeigt, in einer ganz bestimmten Art, wie man ihn auf der Straße nicht sehen konnte, mit einer Kerze in der Hand am Fenster und mit etwas Schrecken. Und dann war er nicht abgereist, das genügte für den Mörder. Aber ich sage Ihnen, hängen Sie nie jemanden auf auf Grund solcher Beweise, solcher Schatten von Beweisen, Sie könnten ihn nimmer herunterkriegen, wenn Sie zurückgelaufen kommen, oder nurmehr tot. Ja, nichts, die nächtliche Komödie nicht und die Strafe für das scheinbar schlechte Gewissen des Javameiers nicht, weist so deutlich auf die schreckliche, auf die ganz unglaubliche und lächerliche Unsicherheit des Mörders hin wie die Baumabnahme seines Opfers, nachdem er schon erhängt war, eine Unsicherheit in bezug auf den Javameier. Es war der Falsche. Das ist der Witz, etwas blutig, wenn Sie wollen, aber ausgesucht jedenfalls, nicht ohne Gerissenheit ausgewählt. Sie fragen: Was hat den Mörder, der sich vor und während der Tat nicht darüber unklar war, daß der Meier, den er hatte, der Meier war, den er suchte – was hat ihn in der kurzen Zeit zwischen Mord und Rückkehr zu der Klarheit gebracht, der Meier sei falsch, der vom Gewissen scheinbar gebissene, im schwankenden Schein einer Kerze vorgeführte, nunmehr getötete Meier? Damit haben Sie den toten Punkt.«

Der Fischhändler ging in den dunklen Ladenraum, er ging drinnen auf und ab, ins Dunkle schauend. Dann fuhr er, etwas matter, fort: »Es scheint sicher, daß der gesuchte Meier schwer rekonstruierbar im Gehirn seines Jägers war, er war ihm wohl nur ganz ungenügend bekannt, er hatte nur eine schwache Vorstellung von ihm, so stark sein Haß gegen ihn war... Java liegt weit weg. Und doch mußte er in der viel zu kurzen Zeit seiner ehemaligen Erscheinung etwas getan haben, was sich dem Jäger eingegraben hatte, etwas, das unverwischbar war, deutlicher als ein Gesicht, unverkennbarer als eine Handbewegung im Schrecken, etwas, das man in ganz kurzer Zeit tun konnte, in einer ganz großen Erregung tat und was, hören Sie zu, und was man im Moment seines Todes wieder tut, so daß es dem Mörder nicht gleich auffällt, nicht im Moment des Mordes, der schweren Arbeit – knüpfen Sie einmal einen schweren Mann an einen Baum! – Aber doch bald darnach, schon auf dem Weg durchs Gebüsch, gleich darnach, fast noch zur rechten Zeit! Nun, ich habe Ihnen gesagt, daß dies ein dunkler Punkt war, solange bis ich hörte, daß Javameier ein Italiener von Geburt war, seine Muttersprache also italienisch. Verstehen Sie? Er schrie, bevor er starb! Er sagte irgend etwas zur Sache, er sprach zum Projekt, er ereiferte sich wohl. Und er sprach italienisch. Er hatte den natürlichen Einfall, seine Muttersprache zu wählen, als er fühlte, daß er erwürgt werden sollte, das heißt ich denke mir das so. Und der andere Meier, der wirkliche Javameier, der die Lizzie kannte und die Hütte 17, der hatte in einer anderen Sprache geschrien, als er seinerzeit so sehr in Erregung geriet und am Fenster auftauchte!«

Der Fischhändler schwieg wieder, aber er schnaufte etwas; sein Atem zitterte ein wenig. Er sah wohl alles ziemlich deutlich. Er war nicht aus seinem Laden herausgekommen und hatte doch alles gesehen im Dunkel, während der Arbeit!

Ich wollte etwas sagen, gegen die Stille, aus keinem andern Grund.

»Wie stellen Sie sich die Geschichte auf Java eigentlich vor?«

Er fuhr sich mit der Hand über die Stirn:

»Es wurde eine Brücke gebaut. Es waren Brückenbauingenieure drunten, eine ganze Anzahl, es gab über 17 Hütten, und ich nehme an, daß Meier eine Frau gehabt hat, oder der Mörder, vielleicht hat auch der Mörder eine Frau gehabt. Sicher scheint mir, daß Lizzie dabei etwas zustieß: War es, daß sie Meiers Frau war und in Hütte 17 wohnte und der Mörder bei ihr war, als Meier heimkam, oder war es umgekehrt, es ist ziemlich das gleiche: jedenfalls stand der Mörder unten und erblickte, ob anstürmend oder fliehend, wahrscheinlich fliehend, Meier oben am Fenster, zum ersten Mal in seinem Leben auf alle Fälle, und jedenfalls geschah dann Lizzie irgend etwas, ich möchte annehmen, sie erhängte sich oder sie wurde aufgehängt, das ist gleich. Jedenfalls sollte Meier auch hängen, das ergab sich aus den Umständen anscheinend.«

»Sagen Sie mir«, sagte ich nach einer Weile, »warum sahen Sie sich eigentlich die Leiche und den Tatort nicht an, wenn Sie sich so mit der Sache befaßten?«

»Wozu? Vielleicht bin ich zu östlich, vielleicht fühlte ich mich doch noch zu westlich. Leichname erbittern einen. Sie schaden der Objektivität. Ich habe Lizzie nicht hängen sehen. Wenn ich ihren Mörder hängen gesehen hätte, wäre ich gegen den seinen leicht ungerecht geworden. Und damals war Javameier noch unter den Lebenden, die Sonne beschien ihn noch.«

»So ist er jetzt tot?«

Der Fischhändler gab mir die Zeitung. Ich fand drinnen, daß ein Ingenieur namens Meier in einem Hotel auf eigenartige Weise erhängt aufgefunden worden war. Und ich hörte den Fischhändler sagen in seiner sanften Art:

»Sollten Sie aufspringen, vergessen Sie, bitte, den Bottich nicht, es ist mein Geschäft. Mein Geschäft ist es, Fische zu verkaufen.«

Bargans Jugend

Niemand weiß, wo der Bargan eigentlich hergekommen ist. Viele aber meinen, er sei in den Wäldern geboren worden. Solche Wälder gibt es ungeheure in Chile. Sie sind dort dicklaubig und von fettem Grün und so verwirrt wie sonst nirgends, mit goldbraunen Tümpeln, in denen der Mord haust, und vielen Niederschlägen, bissigen Tieren und gierig wachsenden Drosselpflanzen, alles von einer großen Heiterkeit und heller als im Norden. In die jungen Blattdächer brechen Affenhorden in ihren mörderischen Kämpfen mit den faulenden Schlangen, die in ihrer Jugend Mustangs verschlungen haben. Die Sonne treibt grünes Gewindezeug gegen dorre vierschrötige Stämme, und das Ungeziefer der brodelnden Teiche frißt sich grinsend auf.

Es gibt etliche, die sagen, der Bargan sei in den Küstenstädten aufgewachsen, die einen lasterhaften Handel mit Gold, Sklaven, Tabak und was weiß ich alles treiben und allesamt wie kleine, vergiftete Zähne sind, im Maul einer faulen, schillerhäutigen Schlange, die jung, faul und am Ausfallen sind. Aber wer sein Gesicht noch selber gesehen hat, der glaubt lieber an die Wälder.

Aber woher immer Bargan kam (in einer Ballade über ihn, die in den Bars im Küstengebiet zu den kleinen spanischen Gitarren häufig gesungen wird, heißt es, er sei auf einem Baum gewachsen): er muß schön, rund und goldhäutig gewesen sein, wie die Inkabronzen, die indianischen Götzen, die genau wie goldene Früchte sind (an denen man sich übrigens die Zähne ausbeißt!). Denn auch in späteren Jahren noch, zu allen Zeiten, sah man ihm an, daß er irgendeinmal auch schön gewesen sein mußte, und die Weiber schnupperten das auch auf, unter seiner Blatterhaut und allerhand wenig Lieblichem.

Er war etwa vierzehn Jahre alt, als er auf den Feldern in Chile auftauchte, wo ihn Farmer in Arbeit nahmen. Es ist nicht ganz sicher, ich habe keinen von ihnen gesprochen, aber man erzählt es. In den ersten Wochen zeigte er, sagt man, Scheu vor den Leuten, arbeitete niemals mit dem Rükken gegen irgendjemanden und schlief nachts außerhalb der Palisaden. Er war groß und stark, und wenn er auch seiner bösen und kalten Augen wegen alle abstieß, so hätte man sich doch an ihn gewöhnt, wenn er nicht sehr bald sich von jeder Arbeit gedrückt hätte. Denn er wurde fauler als ein Neger. Vor allem wollte er nie lange die gleiche Arbeit tun, ging mit Vorliebe aufrecht, wiegend und leicht, überhaupt wie ein Waldtier, er trat mit weichen Ballen auf. Das Singen einiger Männer bei der Arbeit in den Maisfeldern war ihm unangenehm, das Rauchen ekelte ihn an, und wenn sie ihm Branntwein in die Kehle schütteten zum Spaß, zeigte er heimtückisch das Gebiß und schlich ins Dunkle. Obwohl er gefährliche Schultern hatte, fing er gehörige Trachten Prügel, aber das machte ihm wenig aus, was immer die Burschen ihm darüber zukommen ließen, was sich für einen weißen Mann schickte. Er war faul und wollte in der Sonne liegen wie der Kies: essen und den Wind in den Ulmen beobachten, so wie die Insekten, die man mit dem Ohr auseinanderkennt, und die Tiere ihrerseits liefen ihm nach und redeten mit ihm in ihrer Sprache.

Die erste Geschichte, die in den Maisplantagen, habe ich von Edvard Glump, mit dem Bargan zeit seines Lebens in seiner Sprache redete, einem schlechten Menschen, weiß Gott.

Es gab nach E. G. noch einen zweiten schlechten Arbeiter in der Pflanzung, einen breitschultrigen, gedörrten Mestizen, der Branntwein soff wie ein gelber Tümpel und dann in der Scheune nachts unverständliche Songs krächzte. Er schlich eine Zeitlang mit etwas zu gleichgültiger Visage zwischen den Maisstauden hinter Bargan her und griff ihm einmal zwischen die Beine, wofür ihn dieser auf den Magen boxte. Im Herbst verwickelte er sich in eine Feindschaft mit der ganzen Farm, da er in der Besoffenheit sich immerfort zu einem Küchenmädchen legte, die genau eingeteilt war. Er schlug dann Bargan vor, die Plantage in Brand zu stekken. Bargan, der ihn übrigens als einziger nicht mehr verachtete als die übrigen, hatte keine Lust dazu. Jedoch hatte er Lust, von der Farm wegzukommen, und als eine Abteilung Soldaten einmal zwischen den Palisaden kampierte, gefielen ihm zwar nicht ihr Geschrei und ihre Späße, aber daß sie marschierten, und er sagte dem Farmer, daß er wegwolle. Der Farmer liebte ihn nicht, bezahlte ihn aber auch nicht und spuckte ihm also Kautabak ins Gesicht. Da machte er mit dem Mestizen, der seinerseits wieder das Küchenweib beschwatzte, für die Nacht die Flucht aus: sie sollte Pulver und ein Gewehr stehlen und alle drei wollten sich in der Pflanzung treffen. Sie tat es hauptsächlich des Jungen wegen; denn obwohl sie ein unzüchtiges Knäuel dürrer Glieder war und allerhand konnte, hatte sie ihn nie auf sich bekommen. Sie gab ihm abends das Pulver und wartete in der Pflanzung auf ihn. Der Mestize stellte sich ein, und sie warteten auf Bargan, als die Farm laut wurde mit vielen Stimmen und einige Schüsse in den Mais fielen. Sie lagen eng zusammengedrückt hinter einem Kehrichthaufen an einer vollen Scheune und begannen sich trotz der Gefahr zu vergnügen, als ein roter Schein nicht weit von ihnen wuchs und ein Prasseln in den braunen Pflanzen entstand. E. G. sagt, so etwas knattere etwa wie wenn man Katzen das Fell ansengt. Bargan hatte fliehend das Erwachen der Farm bemerkt und rasch den Mais angezündet. Er war Gottseidank dürr und brannte rasend gegen die Farm hin vor. Dort gab es Menschen und Tiere und kein Wasser, und wenn man nur mit den Ohren aufpaßte, wie bei den Insekten, dachte man nur an Tiere; es ist ungefähr wie wenn Katzen in sehr hohem Ton schreien, nicht das gewöhnliche Miauen, sondern anhaltendes Brüllen, aber dünner. In dem Mais selber lagen steif das Halbblut und der Gliederhaufen, die auf Bargan gewartet hatten, und wurden schnell schwarz. Bargan aber hatte Mühe mit den Pferden, die unruhig geworden waren, als er an ihrem Kraal vorbeigeschlichen war, und durch Stampfen die Farm geweckt hatten, und Bargan hatte sich bei ihnen zu lang aufgehalten, vor er anzündete, und jetzt ritt er mit ihnen die dunklen Straßen nach dem Süden hinunter, worauf zwei Tage vorher die Soldaten marschiert waren.

Man erzählt, damals sei es zum ersten Mal gewesen, daß Bargan beinahe gehängt wurde, als ihn Farmer mit den zwanzig Pferden erwischten. Er hatte keinen Namen und sprach keine Sprache und sah keinem Vorbild ähnlicher als einem Pferdedieb. Man sagte, sie hätten ihn schon, auf ihren Pferden in den Bügeln stehend, hochgehoben, als er einen widernatürlichen Schrei ausgestoßen und dadurch die Pferde scheu gemacht habe, mit einem Satz in das Baumgeäst geflogen und dort über ihren Köpfen, von Baum zu Baum springend wie ein großer Affe verschwunden sei.

Wir bekamen später auf das Schiff einen Mann namens Patry, der zur damaligen Zeit Soldat gewesen war bei dem Trupp, zu dem Bargan stieß, und der sagte, er sei ohne Pferde, nur mit einer zerrissenen Hose bekleidet, zu ihnen gekommen. Man habe ihn für die Pferde verwendet, da er sich sonst mit niemand verständigen konnte.

Patry setzte sich oft zu ihm und brachte ihm einige Worte bei, und er sagte, er habe niemals einen Burschen gesehen, der ihm in einem halben Jahr, voll von Gefechten, Hunger, Anstrengungen so fremd geblieben sei. Man hätte ihn in einen Wald lassen können, wo nichts war als Baum um Baum, ohne daß er etwas gebraucht hätte, so wenig langweilte er sich.

Die höflichen Chinesen

Weniger bekannt in unserer Zeit ist es, wie sehr ein der Allgemeinheit geleisteter Dienst der Entschuldigung bedarf. So ehrten die höflichen Chinesen ihren großen Weisen Laotse, mehr als meines Wissens irgendein andres Volk seinen Lehrer, durch die Erfindung folgender Geschichte. Laotse hatte von Jugend auf die Chinesen in der Kunst zu leben unterrichtet und verließ als Greis das Land, weil die immer stärker werdende Unvernunft der Leute dem Weisen das Leben erschwerte. Vor die Wahl gestellt, die Unvernunft der Leute zu ertragen oder etwas dagegen zu tun, verließ er das Land. Da trat ihm an der Grenze des Landes ein Zollwächter entgegen und bat ihn, seine Lehren für ihn, den Zollwächter, aufzuschreiben, und Laotse, aus Furcht unhöflich zu erscheinen, willfahrte ihm. Er schrieb die Erfahrungen seines Lebens in einem dünnen Buche für den höflichen Zollwächter auf und verließ erst, als es geschrieben war, das Land seiner Geburt. Mit dieser Geschichte entschuldigen die Chinesen das Zustandekommen des Buches Taoteking, nach dessen Lehren sie bis heute leben.

Der Kinnhaken

Nach einem Großkampfabend im Sportpalast saßen einige Leute, mit mir im ganzen vier, immer noch in relativ blutrünstiger Stimmung, bei einem Glas Bier in einer Bierquelle Potsdamer Straße, Ecke Bülowstraße, und einer, ein Professionalboxer, erzählte die lehrreiche Geschichte vom Untergang Freddy Meinkes, des »Kinnhakens«.

»Freddy«, erzählte der Mann, heftig schielend und mit einem Ellenbogen in einer Bierlache ausruhend, »Freddy stand vor zwei Jahren vor der Chance seines Lebens. Freddy hieß natürlich Friedrich. Aber er war ein halbes Jahr drüben gewesen, übrigens ein ziemlich dunkles halbes Jährchen, über das er auf gar keinen Fall sprechen wollte, und da hatte er außer einigen völlig unbekannten Namen auf seiner Rekordliste und zwei bis drei Dollarnoten, die er mitunter wie aus purer Vergeßlichkeit aus seiner Hosentasche zog, hauptsächlich den Vornamen Freddy mitgebracht.

Er boxte unter diesem Kosenamen als Freddy einige Monate in kleineren Städten wie Köln und so in der Provinz herum, und dann hieß er plötzlich ›der Kinnhaken‹ und hatte einen erstklassigen Namen.

Als wir ihn hier zum ersten Male in Sicht bekamen, grinsten wir zuerst nicht wenig über die Art, wie er seinen Start aufzog, sich fotografieren ließ und ein direktes Damenhöschen anhatte, lila. Es war das Koketteste, was Sie je in einem Ring sehen konnten, Herr. Er ging herum wie auf dem Theater. Aber dann machte er seinen Mann in der ersten Runde k. o., und zwar vermittels eines Kinnhakens, der sich gewaschen hatte. Sie wissen übrigens doch, daß er Bantam war? Diese Leute haben im allgemeinen keinen Schlag, und Freddy war noch dazu eine ganz besonders windige Erscheinung, wenn man ihn so sah. Aber dann hatte er plötzlich ein Tempo wie ein Propeller und dazu ein Hineingehen wie mit fünfzig Pferdekräften, und am Schluß war der ganze Mann wirklich ein einziger Kinnhaken.

Als wir danach beisammensaßen und ihm die Schulter und den Rücken fast kaputt klopften, sagte er, es sei lediglich eine Folge von Sichzusammennehmen. Man könne nur dann wirklich ungemütlich werden, wenn man genau wüßte, daß man sich auf jeden Fall in der Hand hätte. Er selbst müsse von Anfang an das Gefühl haben, daß er nicht an einen Mann hinschlage, sondern durch ihn durch, und daß also die Hand durch so eine Sache wie ein Kinn überhaupt nicht aufgehalten werden kann. Solche Sachen sagte er noch mehr, und jedenfalls war es gut für ihn, sie zu glauben, wie wir ja gesehen hatten. Er hatte an diesem Abend einen ausgewachsenen Erfolg und steuerte direkt auf den Meisterkampf zu.

Uns allen schien es reichlich früh, als wir dann das Datum hörten, es war kaum acht Wochen später. Freddy schwamm flott in seiner Glückssträhne, er trainierte mit Wucht. Unter anderen suchte er als Trainingspartner sogar mich aus. Die Schnelligkeit schien er sowieso gepachtet zu haben, und meine dreißig Pfund Mehrgewicht waren ihm gerade genug, seinen unnatürlichen Schlag auszuprobieren. Trotzdem war er beim Training eine Enttäuschung. Es kam wahrscheinlich davon, weil er sich eben nicht so ›zusammennahm‹ und man ja auch nicht mehrere Wochen lang durch Leute ›hindurchschlagen‹ kann. Das hatte also nicht sonderlich viel zu bedeuten. Wichtiger aber war, daß er überhaupt soviel Sums machte. Es ging mich natürlich gar nichts an, wenn er sich ein Motorrad auf Abzahlung hinstellte und ausgerechnet in diesen Tagen das Motorradfahren lernen wollte. Ich dachte mir, er hätte damit noch ruhig warten können. Aber wenn er sich auch noch eine Braut zulegte mit solider Verlobung und einem regelrechten Hausstand am Horizont, womöglich noch mit Nußbaumbetten und Bücherschrank, eine ganz dicke Sache, dann war das zweifellos zu weit gegangen. So einer, der in ein solches Riesenunternehmen wie eine Verlobung hineinstiefelt in einem Moment, wo seine Existenz doch einfach an einem Faden hängt, bringt es dann glücklich zustande, daß eine Unmasse und womöglich sein ganzes Lebensglück von irgend etwas abhängt, was doch immerhin noch erst kommen muß. So einer darf dann eben einfach nicht mehr verlieren. Aber ich sage Ihnen, Herr, wenn von etwas zuviel abhängt, dann ist die Sache schon faul. In einen Meisterschaftskampf sollte einer hineingehen wie ein Verkäufer in seinen Laden. Verkauft er was, gut. Verkauft er nichts, gibt es noch einen Ladenbesitzer für die schlaflosen Nächte. Nun, der Kampf war am 12. September.

Freddy war am 10. fertig mit dem Training, und am 12. abends um 7 Uhr saßen wir in diesem Lokal, Freddy, ich und sein Manager, der dicke Kampe. Sie kennen ihn, dort drüben, da, wo der Mann mit dem Zahnstocher sitzt. In einer Stunde sollte die Sache steigen. Es war natürlich falsch, sich hier hereinzusetzen. Sie sehen ja, wie rauchig und dumpf diese Budike ist, aber Freddy hatte Lust dazu, und er hielt gar nichts von Leuten, die ihrer Lunge wegen auf jedes Märzlüftchen aufpassen mußten. Kurz und gut, wir saßen da in einem Dunst, durch den man mit einer Dampfsäge nicht gekommen wäre, und Kampe und ich bestellten ein Glas Bier, und daraus entwickelte sich in den fünfzehn Minuten, die uns noch blieben, jetzt eine höchst scheußliche Angelegenheit, die übrigens nur ich merkte. Freddy bekam Lust, ein Glas Bier zu trinken.

Er rief auch tatsächlich den Ober. Aber da fuhr Kampe dazwischen und sagte energisch, das sei heller Wahnsinn, jetzt vor dem Kampf; er könne eher Schuhnägel essen als Bier trinken.

Freddy murmelte ›Unsinn‹, ließ aber den Ober wieder weggehen. Für Kampe war damit die Sache erledigt, aber für Freddy war sie es nicht. Kampe sprach noch einmal alles, was er über Freddys Gegner Ungünstiges und Günstiges wußte, durch. Freddy las in einem Abendblatt. Ich hatte den

Eindruck, daß er hinter seinem Anzeigenteil sich immer noch mit dem Bier beschäftigte, genauer gesagt, mit seinem Wunsch nach Bier.

Gleich darauf stand er auf und schlenderte an den Schenktisch hinter, Kampe bemerkte es gar nicht. Dort stand er eine Zeitlang, ohne sich übermäßig vorzudrängen, ein-, zweimal ließ er einen anderen und einmal einen Kellner vor. Dann nahm er mit einem ziemlich blöden Ausdruck einige Zigaretten, die er in die Westentasche steckte.

Als er an den Tisch zurückkam, sah er irgendwie verändert aus, er spielte mit den Zigaretten in der Westentasche und sah entsetzlich mürrisch aus. Er setzte sich aber wieder ganz ruhig hinter sein Achtuhr-Abendblatt. Jetzt fing ich an, ohne auf Kampes Redefluß zu achten, auf das Bier zu schimpfen. Ich weiß noch, ich sagte, es sei ein lauwarmes, ekelerregendes Gesöff, dem man seine zweifelhafte Herkunft aus irgendeiner Mistlache direkt anschmecke und in dem ein solider kleiner Thyphus stecke. Freddy grinste.

Ich glaube, er war mit seinem Kampf gegen sich selbst ziemlich zu Ende. Es war ihm ganz unerträglich, daß er hier sitzen sollte und nichts trinken durfte, weil irgend etwas davon abhing, daß er nicht schlapp machte, und daß er doch Lust hatte, diese Typhuslache in sich hineinzubekommen, und zu schwach war, es einfach zu tun, wonach ihn unvernünftigerweise gelüstete, und daß er sich vor allem ärgerte, daß er diese Unvernunft hatte. Gleichzeitig sah er wahrscheinlich das Mädchen mit dem Verlobungsgesicht, die Nußbaumbetten und den Bücherschrank, und er stand auf und zahlte.

Wir fuhren in einer Autotaxe schweigend zum Sportpalast.«

Als der Boxer mit seiner Erzählung so weit gekommen war, bemerkte er, daß sein Ärmel in einer Bierlache lag, und trocknete ihn mit dem Taschentuch. Obwohl wir uns alle schon über den Ausgang des Kampfes ziemlich klar waren, fragte ich dennoch der Vollständigkeit halber:

»Ja, und –?«

»Er wurde in der zweiten Runde k. o. geschlagen. Hatten Sie etwas anderes erwartet?«

»Nein, aber warum glauben Sie also, daß er k. o. geschlagen wurde?«

»Ganz einfach. Als wir das Lokal verließen, wußte ich, daß Freddy eine schlechte Meinung von sich bekommen hatte.«

»Das ist ziemlich klar«, sagte ich, »aber was sollte nach Ihrer Ansicht ein Mann in Freddys Lage machen?«

Der Mann trank sein Glas aus und sagte:

»Ein Mann soll immer das tun, wozu er Lust hat. Nach meiner Ansicht. Wissen Sie, Vorsicht ist die Mutter des k. o.«

Der Lebenslauf des Boxers Samson-Körner

Wenn man etwas über sein eigenes Leben aufschreiben soll, ist es wirklich schwierig, alles unter einen Hut zu bringen. Aber das schlimmste ist es, daß jedes Ding, wenn man es genau betrachtet, seine zwei Seiten hat, und zwar ist es meistens eine Seite, die mehr oder weniger bezahlt wird, und eine Seite, die einen Haufen Geld kosten kann. Aus diesem Grunde ist es sehr wichtig, daß man jedes Ding nach dieser Seite hin betrachtet.

Ich will es daher gleich bemerken, das ich in Beaver im Staate Utah, U.S.A., geboren bin, im Mormonendistrikt, fast am Großen Salzsee. Ich kann auch andeuten, warum ich dort geboren bin: es ist, weil Beaver im Staate Utah, U.S.A., an keiner Eisenbahnlinie liegt. Sie können dort zwölf Frauen ehelichen, aber Sie können, wenn Sie nach meinem Geburtshaus schauen wollen, nicht anders als zu Fuß hinkommen.

Das ist die eine Seite von dem Ding. Sie ist sehr wichtig, weil ich nur dadurch ein richtiger Yankee war und nicht hinter einem Stacheldrahtverhau vier Jahre lang Poker spielen mußte.

Andererseits bin ich in Zwickau in Sachsen geboren, weil ich dort das Licht der Welt erblickte. In Zwickau hielt ich mich ungefähr dreizehn Jahre auf, und zwar vorwiegend im Hotel »Deutscher Kaiser«. Dieses Hotel gehörte einem Onkel von mir. Ich lernte dort spielend Tür aufmachen, Koffer tragen und Stiefel wichsen. Das war mir gelegentlich sehr nützlich, als mir in England, ein kleines Jahr später, das Wasser ziemlich an den Hals ging; ich konnte dadurch eine Stelle in Cardiff in einem Hotel bekommen, denn alles das ist überall gleich, was ich immer gesagt habe. Zwischen London und Hamburg ist der Unterschied nicht so groß, und wenn es Leute gibt, die andere Dinge für wichtiger halten, als daß einem die Tür aufgemacht, der Koffer geschleppt und das Schuhzeug geputzt wird, so sitzen diese Leute auf einem falschen Ast.

Zunächst wollte ich vier Monate lang in Zwickau Elektrotechniker werden, und ich wäre es auch ebensogut geworden wie irgendein anderer, wenn nicht mein Vater zum zweiten Male geheiratet hätte. Das war der Hauptgrund, daß ich aus Zwickau wegging und den Elektrotechnikerberuf an den Nagel hängte. An diesem Nagel hing bald noch eine hübsche Auswahl anderer Berufe. In Aue, wo ich zunächst hinging, übrigens, ohne daß mein Vater ein Wort sagte, weil ich ihn lieber nicht um Rat gefragt hatte, wurde ich Hausdiener in einem Restaurant. Dort traf ich jemand, durch den ich als Knecht auf ein Gut bei Altenburg kam. Dieses Gut ist der Hauptgrund dazu, daß ich mich bald darauf mit vierzehn Jahren auf dem Wege nach England befand. Dort bei Altenburg las ich nämlich zum ersten Male von Hamburg.

Ich richtete von nun an mein Hauptaugenmerk auf Hamburg. Ich kam zwar zuerst noch nach Eisenach, wo ich einen Herrn kennenlernte, der ein Biergeschäft hatte. Er ließ mich seinen Bierwagen kutschieren; aber dafür wollte er, daß ich die Fortbildungsschule besuchte. Und das brach sozusagen dem Bierfaß den Boden durch: ich ging nach Hamburg.

Ich machte die Strecke übrigens keineswegs mit dem Zug, obwohl ich von meinem Vater für Eisenach nachträglich 200 Mark bekommen hatte. Ich glaubte, daß ich sie in Hamburg sehr gut brauchen könnte, und »tippelte«.

Als ich in Hamburg ankam, waren wir etwa zu dritt. Es gab auf den Landstraßen immer Burschen in meinem Alter, deren Ziel Hamburg war. In Hamburg war ich sehr überrascht, daß es dort nicht gleich so viel Wasser gab, wie ich gebraucht hätte, statt dessen aber eine Menge Etablissements, wo man sein Geld los wurde. Ich wohnte für zwanzig Pfennig die Nacht in einer Herberge in St. Pauli, in der Dalbude. Wir suchten immer ein Schiff, auf dem wir ankommen konnten, aber sie waren furchtbar scharf nach Papieren und wollten einen außerdem nur als Segeljungen mitfahren lassen, was ein sehr unangenehmer Beruf gewesen wäre. Ich versuchte, mein Geld immer auf einer gewissen Höhe zu halten, indem ich allerhand kaufte und verkaufte, hauptsächlich angehende alte Schuhe, Sachen, die jeder braucht, bei denen man ein paar Groschen verdienen kann; aber das Geld ging direkt weg wie Butter in der Sonne, und außerdem wurde es jetzt »heiß«. Ich meine mit »heiß«, daß die Polizei ihre Blicke auf uns richtete. Diesen Polizisten hingen die Augen wie an Kirschenstielen aus dem Kopf, wenn sie einen Jungen sahen, der keine Papiere hatte. Ich wandte mich nach Bremerhaven.

Ich hatte jetzt in Bremerhaven schon die Erfahrung, daß man sich zunächst eine Schlafstelle suchen muß, damit das Geld nicht so schnell weggeht; denn in einem Hotel können Sie die Geldstücke nicht an einen Bindfaden anbinden wie in einer Schlafstube. Aber auch in Bremerhaven legten die Schiffe auf mich keinen Wert, und ich mußte die meiste Zeit in den Bierbuden herumsitzen, um wenigstens von der See erzählen zu hören. Und ich hatte unmenschlich viel Zeit. Ich war groß und stark wie mindestens ein Zwanzigjähriger und so frech, wie man nur sein konnte. Aber ich konnte nicht auf diese verfluchten Schiffe kommen, und mein Geld schwand wieder wie die Butter in der Sonne. Ich lernte da noch einen Jungen aus Sachsen kennen, der in einer ähnlichen Lage drin war, und wir fingen an, uns hauptsächlich zu den englischen Matrosen an den Tisch zu setzen. Die gingen nämlich lieber an Land, als daß sie ihr Schiff in Ordnung brachten. Aber dafür waren jetzt wir da, und sie zahlten uns gern etwas dafür, daß wir den Maschinenraum aufwuschen. Da kam mir die Idee, in dem Schiff, wo ich den Maschinenraum aufwusch, auch zu bleiben, wenn die Maschinen losliefen, und mal ein bißchen mit rüber nach London zu fahren, ob es ihnen nun paßte oder nicht.

Eines Abends sagte ich zu dem kleinen Sachsen: »Wir verstauen uns.«

Wie das Schiff nachts abging, saßen wir unten im Kohlenbunker und fuhren nach London. Es war zunächst ganz hübsch, obwohl es ziemlich dunkel und eng war; aber dann kam der erste gewaltige Haken zum Vorschein, den die Sache hatte. Gegen morgen zu wurde ich seekrank. Es ging immer herauf und herunter, und mein Magen machte alles das mit, und zwar so, daß ich sagte: »Ich bleibe nicht unten, ich gehe rauf.«

Sie machten keine große Sache daraus, als sie uns zu Gesicht bekamen. Ich sagte: »Ick mit!« Und das konnten sie verstehen, weil auf Englisch with das gleiche heißt. Sie gaben uns zu essen und ließen uns in der frischen Luft arbeiten.

Um 9 Uhr kam der erste Steuermann, und das erste, was wir hörten, war, daß das Schiff nicht nach London, sondern nach Antwerpen ging. »Gut«, sagte ich, »gehen wir nach Antwerpen.«

Es wurde bald sehr nett. Das Wetter wurde auch besser. Wir saßen auf Deck und schälten Kartoffeln. Wir sahen viele Schiffe. Das ging drei Tage lang. Dann kam die Schelde, die etwas langweiliger war, und am dritten Tag am Nachmittag kamen wir richtig nach Antwerpen. Da schmissen sie uns sofort runter.

Wir kannten Antwerpen nicht im geringsten und hatten Mühe, uns vier Tage lang durchzubringen. Es war gut, daß der Schiffszimmermann, der an meinem kleinen Sachsen einen Narren gefressen hatte, uns ein paar Schillinge gegeben hatte, bevor sie uns runterschmissen. Außerdem gingen wir immer pünktlich zum »Abkochen«, das heißt, wir stellten uns zur Essenszeit auf verschiedenen Schiffen ein und streckten unsere Teller hin. Wir hatten jetzt schon etwas Erfahrung.

Am vierten Tage sagte der Schiffszimmermann: »Heute nacht gehen wir ab; ich werde euch da wohl nicht wiedersehen.«

Am Abend steckten wir wieder im Kohlenbunker. Es ist

besser, wenn man die Leute, mit denen man zu tun hat, nicht zu oft wechselt. Bald darauf liefen wir wieder im Kanal, und ich wurde wieder seekrank. Ich ging wieder rauf, und sie waren froh, daß wir wieder da waren und Kartoffeln schälten. In Cardiff (England) schmissen sie uns wieder runter.

Der Schiffszimmermann gab uns wieder einige Schillinge und sagte: »Auf Wiedersehen.«

Aber wir wollten nach London. London lag zwar auf der anderen Seite der Insel; aber es war eine große Stadt mit vielen Möglichkeiten. Wir verstauten wieder.

Diesmal waren die Leute nicht so nett. Als sie uns herauszogen, mußten wir furchtbar arbeiten, und trotzdem setzten sie uns auf das Lotsenboot ab, und zwar mit einem Brief, auf dem »Police« stand. Sie sagten, wir sollten uns dorthin wenden. Wir dachten aber, daß die Polizisten nicht die richtigen Leute für uns wären, und warfen den Brief lieber ins Wasser. Auf dem Lotsenboot wurde ich fürchterlich seekrank. Der Lotse schmiß uns in Landsend raus, und wir tippelten niedergedrückt zurück nach Cardiff. London war so nicht zu erreichen. Wir erreichten es später über Alexandrien.

In Cardiff war wieder nichts los. Es war Zeit, daß wir jetzt einmal ernstere Maßnahmen ergriffen. Wir gingen nach Bristol zum deutschen Konsul. Er sah aber gleich, daß kein Geld hinter uns stand, und schmiß uns mit ein paar Schillingen raus. Darauf wollten wir wieder nach Cardiff.

Es lagen eine Menge Boote am Strand herum und kein Mensch darauf. Wir stiegen auf eins hinauf. Als wir loswollten, war überhaupt kein Wasser mehr da. Es war Ebbe. Außerdem aber war es sehr kalt. Mein Freund... aber die Sache, die jetzt kommt, hat natürlich zwei Seiten. Auf der einen Seite war es sehr kalt, und wir hatten nur ganz dünnes Zeug am Leibe, andererseits hätte der Mann, dem das Boot und die Jacke wie die Stiefel, die drin waren, gehörten, diese warmen Sachen sicher von selber meinem Freund geliehen, wenn er da gewesen wäre. Und wir wieder konnten nichts dafür, daß der Mann nicht den ganzen Tag in seinem Boot herumsaß. Wir nahmen also die Jacke und die Stiefel so mit. Dann erinnere ich mich, daß wir über eine lange Brücke marschierten, etwa eine halbe Stunde lang. Und dann wurde es ganz Nacht. Wir krochen in einer Scheune unter, und plötzlich stand ein langer Policeman da und winkte uns. Auf der Wache fragten sie uns nach unseren Papieren; aber wir verstanden sie nicht gut, und von der Jacke sagten wir vorsichtigerweise, wir hätten sie eben geschenkt bekommen. Sie hatten wenig Lust, das zu glauben. Sie fragten uns heimtückisch, woher wir kämen, und als sie hörten, daß wir über die Brücke gekommen seien, sagten sie, das sei ganz verboten, und schmissen uns für fünf Tage ins Loch.

Wir nahmen das nicht besonders ernst, weil solche Dinge eben die Spesen sind, wenn man irgend etwas unternehmen will. Wir waren nicht etwa über die Brücke gegangen, weil gerade das zu unserer Unterhaltung besonders nötig war, und wir hatten damit niemand direkt schädigen wollen; aber andererseits gab es natürlich eine Reihe anderer Unternehmungen von unserer Seite, für die man uns nur versehentlich nicht ins Loch steckte, wie es ja bei allen Leuten der Fall ist. Mit der Unmoral ist es nach meiner Ansicht so: Wenn es einen nicht frieren würde, wenn es kalt ist, und der Hunger nicht wegginge, wenn man ein Stück Brot ißt, dann stünde die Moral viel höher. Sicher hielten sich dann viel weniger Leute in den Gefängnissen auf.

Wir schmachteten für das bloße Gehen über eine Brücke, die noch dazu zum Gehen gar nicht besonders großartig war, weil sie eigentlich nur für die Eisenbahn bestimmt war (von der halb geschenkten Jacke will ich gar nicht einmal reden), fünf Tage im Bristoler Gefängnis.

Das Gefängnis war ganz angenehm. Wir mußten das Essen bekommen wie jeder andere, und wenn wir auch unsere Ehre leichtfertig verloren hatten, so war es doch eben angenehm, die Hände in den Hosentaschen, pfeifend in einem kleinen Kreis zwischen den Wänden herumzulaufen, die ganz besonders dick waren, damit gefährliche Leute wie wir nicht durchbrechen konnten und die Insel vor uns geschützt war.

Wir konnten auch die anderen Verbrecher betrachten soviel wir wollten, da der Wärter uns sehr anständig fand, und wenn er sagte, er habe ein scharfes Auge auf uns, so war das eher eine Schmeichelei. Er sagte beim Kartenspielen mitunter sogar, er halte es für nötig, uns Ketten anzulegen, es wären nur leider für so kleine Maße keine vorrätig. Er lehrte uns nämlich das Kartenspielen. Er war sehr dick und ziemlich krank und brauchte etwas Bewegung auf Verordnung des Arztes und mußte daher etwas Karten spielen. Da wir nun kein Geld bei uns hatten, das Spielen ohne Geld aber wie ein Essen ohne Salz ist, überlegten wir lange hin und her, bis uns der Dicke endlich den Vorschlag machte, er wolle uns dafür Geld bezahlen, daß wir Pfeife rauchten. Das hatten wir noch nicht getan, und der Wärter meinte, es würde ihm Spaß machen, uns rauchen zu sehen. Wir schlugen zu, und er lud zu der Sache noch seinen Freund, einen Bankmenschen ein, der zwei Zellen weiter vorn saß. Die Pfeife wurde von einem andern Häftling besorgt, einem Raubmörder, sagte der Wärter, und nach ihrem Zustand muß es ein mehrfacher gewesen sein. Wir verdienten uns das Geld verdammt schwer durch das Rauchen, und wir verloren es ungeheuer leicht durch das Kartenspielen.

Aber wir hatten die Zeit gut angewendet, als wir aus dem Gefängnis in Bristol herauskamen, und etwas gelernt fürs Leben.

Der Dicke gab uns noch etwas Geld mit, so daß wir, als wir wieder nach Cardiff kamen, ins Seemannsheim gehen konnten. Es gab einen Haufen Orte in England, das konnte man sich auch ohne Landkarte denken, aber wir kannten nur Cardiff, und darum gingen wir immer wieder einfach nach Cardiff. Und in Cardiff war es das Seemannsheim, das wir kannten. Hätte man uns an irgendeinem Ort der Welt in dieser Zeit ausgesetzt, wären wir sicher wieder in Cardiff ins Seemannsheim gegangen. So faul ist der Mensch.

Es war meine erste Liebe, die mich aus Cardiff wegbrachte. Eines Tages kam ein Mann ins Seemannsheim und fragte nach einem tüchtigen Burschen, der in einem Hotel arbeiten könne. Der Wirt sagte ihm, wir trieben uns wahrscheinlich am Strand herum, und er solle sich durch unser Äußeres nicht ungünstig beeinflussen lassen.

Wir standen tatsächlich gerade am Wasser und probierten, wer am weitesten spucken könne.

Der Mann beobachtete uns eine Weile, bevor er mit seinem Antrag herausrückte; er wollte wohl sehen, was an uns dran war und wer der bessere für seine Zwecke war. Ich spuckte weiter. Mich engagierte er.

Zuerst war ich Hausdiener und hatte die Schuhe, aber dann wurde ich schon rasch Bäcker und buk die Pfannkuchen für das Automatenrestaurant.

Mein Freund blieb im Seemannsheim, ich besuchte ihn immer abends, es ging ihm sehr anständig, er aß hauptsächlich Pfannkuchen. Aber er mußte jetzt allein ins Meer spukken und das gefiel ihm nicht. Er sagte mir nichts, aber eines Abends, als ich mit einigen Pfannkuchen kam, um bei ihm in Ruhe meine Pfeife zu rauchen, war er einfach fort. Ich sah ihn nie wieder.

Dagegen sah ich im Hotel jeden Morgen ein kleines Mädchen auf dem Korridor. Sie war etwa 13 Jahre alt und Dienstmädchen. Wenn sie mich sah, lächelte sie wie eine Lady. Ich selber war jedoch ein Gentleman und zwar, trotz meiner 16 Jahre, groß wie ein Mastbaum. Ich konnte es nicht hindern, daß ich sie mitunter auf dem Korridor traf, und vor allem gab es keinen Grund dagegen, daß ich ein paar unschuldige Worte mit ihr wechselte. Ich muß sagen, daß einen nichts so oft hineinreitet als das, daß gegen irgendwas »kein Grund vorliegt«. Solche Dinge, gegen die kein Grund vorliegt, tut man immerfort. Ich zum Beispiel wechselte mit ihr ein paar unschuldige Worte, und es stellte sich sofort heraus, daß es in Cardiff gerade jetzt einen Rummel gab und daß kein Grund dagegen vorlag, daß wir hingingen. In Cardiff auf dem Rummelplatz sah ich zum ersten Mal boxen.

Und wo ich zum ersten Mal boxen sah, dort boxte ich auch zum ersten Mal. Und das kam so:

Es gab eine Bude aus Leinwand, in der geboxt wurde. Und zwar waren zwei Leute da, die fest engagiert waren, sich gegenseitig die Köpfe zu verdreschen, und außerdem konnten sich auch aus dem Publikum Leute melden, die Keile haben wollten. Das Zuschauen kostete pro Person 20 Pence. Dieser Eintrittspreis war nicht sehr hoch, ich bin immer der Ansicht gewesen, daß für Boxen nicht genug bezahlt werden kann, aber für mich in Cardiff war es doch ziemlich hoch, besonders da ich für zwei Personen zu zahlen hatte. Wenn man boxte, fiel der Eintritt natürlich weg, und als wir eine Zeitlang vor der Bude herumgestanden hatten und die Sache schon peinlich für einen Gentleman wurde, sagte ich, möglichst gleichgültig im Ton, dem Unternehmer, ich wollte mal »mit seinem Mann ein wenig reden«. Der Herr lächelte etwas schief und führte meine Dame sehr höflich auf einen freien Platz in der ersten Reihe, damit sie gut sehen könnte, wie ich »mit seinem Mann redete«. Meinetwegen hätte sie ruhig ein wenig weiter hinten sitzen können. Was brauchte sie alles so genau zu sehen! Jedoch, nun saß sie eben.

Mir legten sie zwei Handschuhe an, ich dachte: damit ich ihrem Mann nicht zuviel Schmerz bereiten könnte, aber dann kam ihr Mann in die Seile geklettert. Er sah nicht einladend aus.

Ich habe inzwischen viele Burschen gegen mich in die Seile klettern sehen, zweifellos bessere Boxer, und ich sage die Wahrheit, wenn ich sage, daß ich eine Reihe von ihnen ganz aus dem Gedächtnis verloren habe, das heißt ich kann mich, auch wenn ich die Namen in meinem Rekordbuch lese, nicht mehr auf ihr Aussehen besinnen. Ich lese in einem

Zeitungsausschnitt, daß ich in der zweiten Runde sogar angeschlagen war, also scheint mir der Mann nicht nur Gutes getan zu haben, aber auf sein Gesicht kann ich mich nicht mehr besinnen. Meinen ersten Gegner aber sehe ich noch vor mir, als hätte ich ihm erst gestern die Hand geschüttelt. Er schüttelte mir übrigens nicht nur die Hand.

Es kommt mir heute noch vor, als sei er zwei und einen halben Meter groß gewesen und so dick wie ein Ochse.

Er schien einen ganz niederträchtigen Charakter zu haben. Er sah ganz danach aus, als mache es ihm weniger aus als Weihnachtspudding zu essen, einen lebendigen Menschen, der ihm nichts Böses tun wollte, wie einen Sack voll gefühlloser Kleie zu behandeln. Nun, ich hätte *vorher* seine Fotografie verlangen müssen. Als der Gong schlug, war es für das Nachdenken zu spät. Die Sache ging an einem Juniabend vor sich. Im Zelt war es sehr heiß, die Leute saßen in Hemdsärmeln um den Ring und rauchten trotz des Verbots so sündhaft, daß man im Ring, um was zu sehen, mit einem Drillbohrer den Rauch hätte durchbohren müssen. Ich erinnere mich, daß dann, während des Kampfes, langsam die paar Ölfunzeln über uns zu schwelen anfingen. Es konnte nicht mit rechten Dingen zugehen, daß sie nicht einfach an der Tabakrauchwolke anstießen, die über dem Ring hing. Außerdem hörte ich dumpf das heisere Brüllen der fünfzig bis siebzig Zuschauer, und all das in dem Höllenlärm von einem Dutzend Drehorgeln umliegender Karusselle. Ich hatte von Anfang an eine Vorahnung, was kommen würde, er war eine sehr blasse Vorahnung. Denn was nun kam, war kein Boxkampf, sondern ein Schlachtfest. Ich wurde einfach verprügelt. Ich war billig hereingekommen, zugegeben, aber ich war dazu hereingekommen, verhauen zu werden. Der Mann machte keine weiteren Umstände mit mir. Er langte mir einfach in die Visage und stellte dort ungeheure Veränderungen her. Er schlug von links, rechts, oben und unten, er schien gar nicht erst zu zielen, und er traf immer. Er schien es mit der Muttermilch eingesogen zu haben, friedliche Leute, die nichts wollten als schlafen, wie Raubmörder zu traktieren. Meine Boxhandschuhe benutzte ich nur dazu, sie vor das Gesicht zu halten. Durch die schlug er dann durch. Dennoch blieb ich, mit einigen Unterbrechungen, wo ich mich, nur zum Ausruhen, ein wenig auf den Boden legte, die ganze Runde durch irgendwie stehen. Ich hatte keine Zeit, irgend etwas zu merken, sonst hätte ich sicher gemerkt, was ich mir heute denke: daß er mich nämlich durchaus nicht etwa so schnell wie möglich totschlagen wollte, sondern eher so langsam wie möglich. Er konnte sich nicht einfach seiner Mordlust hingeben, sondern cr war verpflichtet, auf sein Publikum Rücksicht zu nehmen, das einen Kampf sehen wollte. Er gab mir also immer genügend Zeit, wieder ein wenig auf die Beine zu kommen, worauf er dann wieder seine Kunst zeigt.

Er zeigte mir die Kunst zwei Runden lang. Und es war eine große Kunst. Nach diesen zwei Runden war ich lebensmüde wie ein Hundertzwanzigjähriger, lag auf dem Rücken in einer Ecke und wünschte den Tod herbei.

Trotzdem, und obwohl ich nicht in der Lage war, Liebesabenteuer zu ersehnen, sah ich, allerdings verdammt undeutlich, an einigen Geschwülsten vorbei, über mir das Gesicht meiner Lady, die auch irgend etwas sagte. Was, konnte ich unmöglich verstehen, weil meine Ohren weiter hinten lagen. Ich hatte, was das Mädchen betrifft, mir zuerst gedacht, ich könnte ab und zu ein wenig zu ihr hinunterwinken, etwa, wenn ich gerade an ihrem Platz vorbeikäme. Das hätte sich sehr gut gemacht. Leider war ich dann durch den Kampf verhindert.

Aber ich muß auch sagen, daß sie sich ebenso gut benahm wie ich. Ich hatte vor dem Kampf, wenn auch nicht *sehr* verlockend, so doch sicher viel besser ausgesehen als danach, und doch hatte sie vor dem Kampf ihre Gefühle mir gegenüber so ziemlich verborgen. Sie hätte mich zum Beispiel niemals geküßt, wenn ich nicht ein scheußliches blaues Auge und an der Stelle, wo bei anderen Leuten ein zweites Auge sitzt, eine faustgroße Geschwulst gehabt hätte. So aber küßte sie mich.

Die Frauen sind eigenartig. Sie tun meistens etwas anderes als man will. Aber damals wollte ich doch, was sie tat. Wir gingen als weit bessere Freunde heim, als wir hergekommen waren, und im Korridor des Hotels lächelte sie von jetzt ab nicht mehr nur wie eine Lady.

Trotzdem entstand auch aus dieser angenehmen Sache eines dieser Dinge mit zwei Seiten, von denen ich schon einige geschildert habe. Die eine Seite meiner Liebe war nämlich, daß es angenehm war, aber über die andere Seite klärten mich meine Freunde auf.

Die Sache war, nach ihren Reden, verdammt gefährlich.

In England, sagten sie, ist das mit den Mädchen nicht so einfach.

In England, sagten meine Freunde in der Hotelküche, ist es bei Leuten, die sich küssen, Sitte, daß sie heiraten. Und zwar sofort. Sonst, sagten meine Freunde, interessiert sich der Sheriff für die Sache, und der Sheriff versteht weniger Spaß als das Mädchen.

Meine Freunde hielten meinen Fall nicht für direkt gefährlich, aber sie sagten, es sei jedenfalls besser, wenn ich verschwände. Ich muß zugeben, daß es, es mag sich handeln, um was es will, natürlich immer gut ist, wenn man verschwindet.

Ich lud meine Freunde zu einem Pfannkuchenessen ein, das dann in ein Kartenspiel überging – die andere Seite des Pfannkuchenessens: für die Reise! – und am anderen Morgen ging ich, mit etwas Reisegeld, nach Barrydock.

Barrydock ist ein kleiner Hafen.

Als ich hinkam, gab es überhaupt kein Schiff zu sehen, ein sehr seltener Fall. Nach vier Tagen war das Geld meiner Freunde weg, und ich ging nach Hause. Zu Hause, das war Cardiff.

In Cardiff aber saß meine Lady.

Ich hatte es dem Mädchen natürlich nicht gesagt, daß ich

fort wolle, sie hatte es sich aber wohl selbst gesagt, als sie mich vier Tage nicht lang nicht sah.

Mein Chef wollte mich sofort wieder nehmen, er wollte mich sogar zum Chauffeur ausbilden lassen, aber ich merkte zu schnell, daß mein Mädchen jetzt scharf auf mich aufpaßte, und der Sheriff stand für mich immer im Hintergrund.

Ich aß mich etwas satt und spielte etwas Karten mit meinen Freunden in Cardiff und ging wieder auf Abenteuer nach Barrydock.

Meine Lady habe ich nie mehr gesehen. Sie war sehr angenehm.

Dann saß ich in Barrydock auf einem Geländer am Kai und spuckte in den Atlantischen und hatte Lust, mir London anzuschauen. Wenn ich bessere Augen gehabt hätte, hätte ich über den Ozean Amerika sehen können, aber niemals London; denn das lag mir im Rücken. Nach London konnte ich nur auf einem Umweg über Alexandria in Ägypten kommen: auf einem kleinen Dampfer, der dorthin abging, konnte ich als Meßroomsteward unterkommen, und da mein Geld wieder einmal ausließ, schaute ich mir eben Alexandrien an.

Auf dem Schiff war es übrigens viel interessanter als in Alexandrien. Alexandrien sieht ungefähr so aus wie auf den Ansichtskarten, nur nicht so sauber. (Ja, wenn man keine Ansichtskarte von Alexandrien selber auftreibt, kann man auch eine von Konstantinopel benützen, mindestens die Ansichtskarten sind ganz ähnlich!) Wenn man noch sagt, daß die Frauen dort mit verbundenen Köpfen herumlaufen, kann jeder sich ein Bild machen. Ich gebe zu, ich habe etwas gegen Alexandrien, weil ich keinen Urlaub bekam und es nicht anschauen konnte.

Aber auf dieser Fahrt und den paar nächsten lernte ich eine Menge vom Leben kennen. Ich hatte lediglich den Offizieren die Betten zu machen, Stiefel zu putzen, Wäsche zu waschen. Das war sehr einfach, aber außerdem hatte ich noch mit den Leuten auszukommen, und das war viel interessanter. Es waren nicht die schlechtesten, die ich getroffen habe, nur war ihnen fast allen wohler, wenn sie einem langen und etwas langsamen Jungen mit den Stiefeln in den Rücken treten konnten, und sie legten großen Wert darauf, ihm im Vorbeigehen ein Bein zu stellen und ihn dann freundlich in die Nieren zu boxen.

Ich muß sagen, daß ich da von allem Anfang an direkt dagegen war. Es hat keinen Sinn. Ich habe es den Leuten sofort gesagt, und als es mit ihnen nicht besser wurde, habe ich einen Mann an die Kombüsenwand geworfen, damit er es merkte. Ich machte das so: es ist sehr wichtig, daß man bei einem Kampf möglichst zornig ist.

Freilich, manchmal ist man das ganz von selber, aber manchmal will es auch einfach gemacht sein. Hatte ich zum Beispiel meinen Mann an die Kombüsenwand zu schmeißen, dann gab ich mir vor allem zuerst einmal Mühe, gegen ihn aufgebracht zu sein. Ich sagte mir alles Schlechte, was zum Beispiel gegen seine Nase gesagt werden konnte, und wenn er nur herschaute, sagte ich mir gleich: wie frech der wieder herschaut! Außerdem ließ ich mir möglichst viel gefallen von ihm und sagte immer zu mir: tue erst was, wenn es gar nicht mehr auszuhalten ist. Das erzürnt einen nämlich am meisten, und am besten ist es, wenn man seinen Zorn so gut unterdrückt, als man kann, dadurch wächst er kolossal. Am Schluß genügt eine Fingerbewegung von deinem Mann und du wirfst ihn an die Kombüsenwand. Diese Methode ist viel besser, als wenn man mit kaltem Blut zuschlägt. Die meisten Roheiten, die ich gesehen habe, sind durch zu kaltes Blut entstanden, nicht durch zu heißes.

Wenn ich es blindlings gemacht hätte, hätte ich nie wissen können, ob ich nicht gerade zornig geworden wäre, wenn kein Mensch sonst dabei gewesen wäre, und dann wäre es ganz umsonst gewesen. So aber konnte ich es einrichten, daß genug Leute dabei waren, und einfach im günstigen Moment loslegen. So merkten sie es rasch, was ich nicht gern hatte.

Mein Leben wurde jetzt viel besser. Ich merkte, daß gerade der Mann, den ich geworfen hatte, mich zu einem Kartenspielchen herholte, und zwar nicht etwa aus Besorgnis, denn wenn er auch zornig gewesen wäre, hätte ich ihn nicht so leicht niederschlagen können, nur weil er an nichts Schlimmes dachte, sondern aus reiner Zuneigung, und weil ich eben in Betracht kam.

Es ist das wichtigste im Leben, daß man in Betracht kommt. Aber noch besser als das, daß ich darauf kam, wie gut es ist, wenn man stark ist und sich darüber nicht geniert, war es, daß ich sozusagen in der gleichen Zeit lernte, daß das Starksein allein nicht genügt. Und das lernte ich aus der Geschichte mit dem Schiffskoch.

Der Schiffskoch war ein Nigger. Er hieß Jeremiah Brown und war eigentlich nur der schwarze Inhalt einer weißen Uniform. Er war das Eingebildetste, was ich je gesehen habe. Wenn er mit einem von uns redete, sah er immer noch gleichzeitig auf die Uhr oder tat irgend etwas andres, damit man sehen konnte, daß ihm alles andere wichtiger war als das Gespräch. Seine ganze Küche hatte er austapeziert mit Fotografien, auf denen er vom General bis zum Hausbesitzer – in einem Schaukelstuhl, vor einer zweistöckigen Villa – alles war, was ein Niggerhirn an Glanz sich ausdenken konnte.

Dieser Mann erteilte mir eine empfindliche Lektion.

Die ganze Geschichte fing damit an, daß Brown mich meiner Stärke wegen zum Kohlenschleppen und Brotbakken heranholte, und gegen Brown konnte ich nichts machen, da er mit den Offizieren gut stand, die ihren Privatspaß mit ihm hatten. Aber als sich meine Arbeiten für die Küche in die späteren Abendstunden hinzogen, wurde ich doch ein wenig erfinderisch; denn auf der einen Seite braucht man allerdings zum Kohlenschleppen starke Leute, andererseits aber sind gerade starke Leute in der Lage, sich vor Zumutungen zu schützen. Ich begann damit, Jeremiah so oft wie möglich seine schwarze Hand zu schütteln, und zwar so herzlich wie möglich. Ich tat dies am liebsten, wenn Leute herumstanden, damit sie sehen konnten, wie sympathisch er mir war, und er konnte dann auch nicht fluchen, wenn ich ein wenig fest zufaßte. Leider machte ich von Anfang an den Fehler, die Leute davon zu verständigen, so daß er merkte, wie sie auf ein Schmerzensgeheul von ihm warteten. Er war so eitel, daß er lieber jeden Schmerz aushielt, als daß er vor allen Leuten geschrien hätte. Ich mußte also weitergehen. Ich glaube, dies war mein erster Kampf mit einem Mann, und ich lernte, wie gesagt, eine Menge dabei.

Eines Nachmittags kam Brown in seine Kombüse und merkte sogleich, daß ihm etwas fehlte. Es waren außer mir noch einige andere in der Kombüse, und Brown wußte, daß wir ihn beobachteten.

Die gesamten Fotografien waren verschwunden. Jedermann auf dem Schiff wußte, daß der Koch an nichts auf Erden so hing wie an seinen Fotografien. Wir waren auf sein Gesicht gespannt. Brown sah sich langsam um und betrachtete die leeren Wände. Er stand ganz ruhig da und schaute sie der Reihe nach an. Er sah eigentlich nur ein wenig nachdenklich aus.

Dann sah er gleichgültig zu uns herüber, drehte sich um und ging an den Herd, Tee kochen.

Wir waren sehr enttäuscht von der Sache.

Am nächsten Tag schickte der Koch nicht mehr nach mir, und von nun an schleppte ihm ein Schiffsjunge seine Kohlen herbei. Ich merkte nun, daß die Offiziere anfingen, mich schlechter zu behandeln. Er mußte ihnen etwas gesteckt haben.

Ich glaubte, er habe eingesehen, daß er mir doch nichts beweisen könnte, und wolle sich lieber gar nicht mehr mit einem solchen Menschen wie mir herumärgern. Er konnte ja bei seinen Verbindungen leicht erreichen, daß ich in Konstantinopel nicht mehr angeheuert wurde.

Aber nach zwei bis drei Tagen, als ich an der Reling lehnte, stand plötzlich Brown hinter mir; als ich mich zu ihm umdrehte, lächelte er. Dann fragte er, ob ich nicht Lust hätte, zu ihm in die Kombüse zu kommen und eine Tasse Tee mit ihm zu trinken. Und tatsächlich, als ich in der Kombüse saß, machte er Tee für mich und trank mit mir.

Ich dachte, er würde von den Fotografien anfangen. Er hätte sie vielleicht von mir wiederhaben können. Aber er sagte kein Wort über die Fotografien. Er redete über das Wetter und erzählte von San Francisco.

Ich weiß nicht mehr, wie er es anstellte, mich nicht mißtrauisch zu machen. Wir saßen jeden Tag zusammen, und er erzählte. Nach einigen Tagen bekam ich Lust, von seinen Fotografien zu reden, natürlich in ganz allgemeiner Weise. Ich sagte, daß es mir leid täte, ob er sie nicht vermisse und zurückhaben wolle.

Er sah mich freundlich an und lenkte das Gespräch ab. Es schien ihm nicht die Bohne mehr an seinen Fotos zu liegen.

In Konstantinopel wurde ich bezahlt und nicht mehr mitgenommen. Der Koch war in einer peinlichen Lage. Er hatte es erreicht, daß ich hinausgeworfen wurde, aber jetzt hatte er sich mit mir inzwischen angefreundet und konnte nichts mehr machen.

Wir gingen zusammen in Konstantinopel an Land, und Brown warnte mich, mein Geld hinauszuwerfen. Er redete mir ungeheuer eindringlich ins Gewissen. Er sagte, es sei ihm um jede Flasche Wein leid, die wir in Unverstand hinunterschütteten. Ich solle mein Geld aufsparen, bis es mehr sei und man damit etwas angefangen könne.

Am nächsten Tage kam er wieder und sagte mir, er habe auch genug von gerade diesem Schiff, er habe jemand getroffen, der ihm eine Stelle bei einem Boot verschaffen könnte, das mit Schnaps nach Trinidad gehe. Dabei könne ich als zweiter Koch mitkommen. Ich schlug natürlich sofort ein. Wir machten die Sache fest. Das Schiff lief zuerst London an.

Ich sollte in London erfahren, warum mich der Koch bei sich haben wollte. Auf dem Schiff konnte ich es nicht merken, ich dachte, es sei Sympathie für mich. Er hatte sich neue Fotos gekauft in Konstantinopel, und ich dachte, er hing sie hauptsächlich deswegen in seiner neuen Küche auf, damit ich wußte, er trauere den alten nicht mehr nach. Dabei hatte ich diese noch vollzählig in meiner Schiffskiste.

Ich hatte vor, in London abzuhauen und mit meinem ersparten Geld einen kleinen Besuch zu Hause zu machen. Es sollte nicht dazu kommen, denn ich war in einen Kampf verwickelt und, was schlimmer war, ich wußte es gar nicht. Die Freundschaft des Kochs war lediglich der zweite Teil unsres Kampfes: es war der weitaus gefährlichere.

Brown war direkt rührend zu mir. Er veranstaltete auf Deck kleine Schaukämpfe, »um meine Kraft zu zeigen, die es ihm, dem Koch, angetan habe«. Wir rangen aber mehr als wir boxten. Brown saß dann auf einem kleinen Schemel dabei, schaute mir entzückt grinsend zu und machte alle Augenblicke die Umstehenden auf einen Trick oder etwas Ähnliches von mir aufmerksam. Auch liebte er es sehr, meine Muskeln anzufassen und sie dann wie ein Kenner zu loben.

Es war ein gefährlicher Bursche. In London machte er mich fertig. Es geschah gleich am ersten Tag in London, einem sehr hübschen Tag mit einem sehr dicken Ende. Ich hatte Brown bei einem Glas Rum aus Freundschaft erzählt, daß ich in London abspringen wolle, und er hatte mir dringend geraten, meine Sachen schon am ersten Tag an Land zu schaffen. Er wollte mir selber dabei helfen, tat es auch, und so vertäuten wir meine Kiste in einem billigen Boardinghaus und gingen zu zweit Arm in Arm zu einem kleinen Bummel über.

Wir tranken zusammen in mehreren Lokalen mehrere Getränke, wir besuchten zusammen mehrere Tanzlokale; dazwischen aßen wir zusammen und unter anderm gingen wir zusammen, wie ich noch ganz deutlich weiß, auf besonderen Wunsch des Kochs zu einem Fotografen. Dort ließ mich Brown aufnehmen, und zwar mit hochgekrempelten Hemdsärmeln, in einer Art Boxerstellung. Wir holten das Bild ein paar Stunden darauf zusammen ab, und Brown ließ es sich nicht nehmen, es zu bezahlen. Dann gingen wir in einem ganzen Atlantischen Ozean von Whisky unter – zusammen, wie ich glaubte.

Aber als ich am nächsten Morgen in meiner Koje aufwachte, merkte ich, daß ich allein untergegangen war: der Koch sah sehr frisch und wohlbehalten aus. Ich begriff gar nicht, warum er um seinen Schädel kein nasses Gläsertuch gewickelt hatte. Erst als ich, am Nachmittag, in mein Boardinghaus ging, fing ich an zu begreifen.

Meine Kiste war weg. Ich hätte sie selber abgeholt, in einer Droschke, allerdings in angetrunkenem Zustand, nach Ansicht des Hoteliers. Wahrscheinlich hätte ich sie in der Droschke liegen lassen.

In der Kiste war alles, was ich hatte.

Ich ging sofort an Bord zurück. Der erste Mann, der mir begegnete, war der Koch Brown. Er sah ganz ungemein vergnügt aus und sagte mir sogleich, bevor ich überhaupt den Mund aufmachen konnte, er habe seine alten Fotos wiedergefunden, in einer dreckigen Kiste, die er gleich weggeschmissen hätte. Dabei schaute er mich aufmerksam und offen an. Ich weiß noch, daß in mir in diesem Moment nichts steckte, was wie Zorn aussah: es war mir einfach übel.

Ich ging ruhig an ihm vorbei und legte mich in meine Hängematte. Ich hatte genug von der Welt.

Nach ein paar Tagen, die ich immer auf Deck zubrachte, ging das Schiff nach Trinidad weiter. Von dieser Reise mag ich überhaupt nicht reden. (Am Schluß der Fahrt ließ mich Brown noch vier Schillinge »für einen angebrannten Topf« bezahlen!) Ich hatte meine Lehre zu verdauen, daß die Sache mit der Kraft ihre zwei Seiten hat. Einerseits bekamen die Schwächeren die Prügel, aber andererseits bekommen die Klügeren das Geld.

Dieser Nigger hatte jetzt in seiner Kiste wieder alle seine Fotos, an denen sein Herz hing, und außerdem noch eine dazu, eine neue, von einem frisch ausschauenden, ungeheuer dummen jungen Burschen mit sehr starken Muskeln.

Als wir wieder in London ankamen, hatte ich furchtbar genug von Seeschiffahrt. Ich hatte doch wieder an die zwanzig Pfund zusammengekratzt und beschlossen, nach Hause zu fahren.

Ich kaufte einen neuen Anzug aus dickem guten Stoff, eine große Mütze und hübsche Schuhe und fuhr nach Hamburg.

Ich fuhr erster Klasse.

In Hamburg sah ich sofort nach den Zugverbindungen, und dann ging ich, da der Zug erst gegen Abend ging, noch ein wenig nach St. Pauli, um »den Rummel ein bißchen im Vorübergehen anzuschielen«.

Dort blieb ich vier Tage.

Daran waren sozusagen viele Leute schuld.

Der Dom war gerade in vollem Schwung, und ich fuhr mit vielen Leuten auf der Achterbahn, ging mit einer ganzen Kompanie in das Kellerhypodrom und betrachtete mit einer mindestens zehn Mann starken Bande im Panorama alle Unglücksfälle, die es überhaupt gab auf der Welt.

Eine ganze Armee netter, freundlicher und mich schätzender Leute fraß meine zwanzig Pfund auf.

Nach diesen vier Tagen fingen die Leute an, weniger nett und weniger freundlich zu werden und mich auch weniger zu schätzen. Und am Schluß kannten sie mich überhaupt nicht mehr und hatten mich nie gesehen. Trotzdem war das weniger unangenehm, als daß *ich* mein Geld nicht mehr sah.

Besonders hatte ich eine gewisse Schiffsschaukel mit meinem und meiner lieben Freunde Besuch beehrt. Am dritten Tag hatte der Mann, dem sie gehörte, mich nurmehr persönlich bedient. Er konnte einen Gast wie mich nicht von gewöhnlichen Schaukelburschen bedienen lassen.

Jetzt wandte ich mich an ihn, und er hatte soviel Anstand, mich als Schaukelburschen anzustellen. Ich bekam eine Mark am Tag, und ich war acht Tage dort. Schon am ersten Tag entdeckten mich meine Freunde, und es war natürlich ein ganz besonderer Spaß für sie, bei mir zu schaukeln. Sie schleppten alle möglichen Burschen heran, die bezahlen konnten wie vordem ich, und legten den größten Wert darauf, daß ich sie bediente.

Es war angenehm für sie, mir gewisse barsche Befehle zu erteilen, sie stemmten sich, wenn ich die Schaukel in Bewegung setzte, dagegen und brüllten, ich brächte sie erst hoch, wenn das Musikstück schon halb vorüber sei, und sie gaben mir nie Trinkgeld. »Der Mann«, sagten sie, »ist schwer reich, der könnte uns alle aushalten, wenn er wollte.« So verdiente der Besitzer noch einmal einen Haufen Geld mit mir.

Ich erzähle aber gerade diese Geschichte hauptsächlich wegen zweier Punkte. Erstens: ich denke mir, daß es vielen ärgerlich gewesen wäre, jetzt die gleichen Leute zu bedienen, die sie vorher freigehalten haben. Aber mir machte es gar nichts aus. Ich bediente sie ebenso gern wie andere, ich kümmerte mich gar nicht um sie, es war ganz gut, daß die Schaukel durch mich Besucher bekam. Es waren dumme Leute, daß sie nicht wußten, daß man einmal Glück hat und einmal nicht so sehr.

Der zweite Punkt ist, daß ich natürlich immer noch etwas Geld hatte, als ich zu arbeiten anfing. Ich ließ es nicht ganz ausgehen. Ich war dumm, aber nicht so, daß es mir nichts mehr hätte nützen können, wenn ich gescheit wurde. Mit dem Geld ist es so wie mit dem Autofahren, das sah ich, als ich in New York eine Taxe hatte. Sie können mit Ihrem Karren in eine Lage kommen, wo Sie viel dafür geben würden, sie dazu zu bringen, stehenzubleiben. Aber Sie dürfen den Motor nie absterben lassen. Wenn er weg ist, können Sie mit Ihrem Wagen nichts mehr anfangen.

Nach acht Tagen hatte ich genug, um ein Billett nach Bremen zu bekommen (vierter Klasse). Und in Bremen kriegte ich eine Stelle als Kohlentrimmer auf dem »Kaiser Wilhelm der Große«, der nach New York ging. Es ging mir nicht besonders in Bremen, aber ich wäre nicht auf den »Kaiser« gegangen, wenn ich so nicht hätte nach New York kommen können. Damals war für mich alles, was mich weiterbrachte, ein Freibillett.

Bei unserem ersten Aufenthalt in New York glückte es mir allerdings nicht, abzukommen. Man mußte sich immer gleich für Hin- und Rückfahrt verpflichten. Aber beim zweiten Mal brachte ich beim Ausbooten meinen Fuß ein wenig zwischen die Boots- und die Schiffswand, und da mußte man mich in das Hobokener Hospital schaffen. Ich war nicht sehr krank. Schon einen Tag, nachdem der »Kaiser Wilhelm der Große« New York verlassen hatte, konnte ich ausgehen.

Aber zunächst konnte ich in Amerika noch nicht dauernd bleiben. Ich mußte noch ziemlich viel Fahrten machen. Nacheinander war ich bei der Atlaslinie, die nach Westindien fährt und Bananen holt, bei der Morganlinie, die nach New Orleans fährt und Baumwolle holt, und bei der Clike Linie, die nach Charleston fuhr. Die beiden letzten Linien sind amerikanische Linien, und von da ab fuhr ich nurmehr auf amerikanischen Schiffen. Auf den amerikanischen Schiffen gibt es besseres Geld, besseres Essen, mehr Arbeit und mehr Sport als auf allen anderen, auch den deutschen.

Um diese Zeit, es war um das Jahr 1907, fuhr ich auch zwischendurch einmal nach Afrika und zwar mit einem Segelschiff, einem großen Viermaster. Er gehörte der Standard Oil und sollte Petroleum nach Südafrika bringen.

Wir brauchten zwei volle Monate, bis wir da waren. Wir waren etwa dreißig Mann Besatzung und mußten sehr hart arbeiten. Als Kohlentrimmer waren wir alle vier Stunden abgelöst worden, hier waren wir immerfort »in der frischen Luft«. Außerdem ist so ein Segelschiff nichts eigentlich Solides. Es ist sozusagen eine verdammte Privatsache. Ich bin nicht für Segelschiffe.

Als wir in Kapstadt waren, hatte ich gar keine Lust, wieder mit dem Kasten zurückzufahren, und viele andere auch nicht. Mit diesen zusammen arbeitete ich in dem kleinen Hafen acht Tage lang als Fischer. Es war nun gar kein aussichtsreicher Beruf, und da gerade kein anderes Schiff kam, das zum Beispiel nach Indien gefahren wäre und uns mitgenommen hätte, fuhren wir alle wieder mit zurück. Wir nahmen nur Ballast mit, hauptsächlich Dreck und Steine.

Außerdem hatten wir allerdings noch einen Ballast. Das war der Neger Kongo. Dieser Schwarze war ein richtiger Boxer, ziemlich der erste, mit dem ich näher zusammenkam. Er war sogar ein ganz guter Mann, er hatte viel in Afrika geboxt, aber sein ganzes Geld durchgebracht, deshalb arbeitete er sich nach Amerika zurück.

Er hatte die Gewohnheit, immer mal wieder vier volle Wochen nichts zu tun als zu trinken. Wenn man mit ihm darüber sprach, behauptete er, daß er, wenn er getrunken habe, ein viel besserer Mann sei, ein Mann, den man mit dem nüchternen, gewöhnlichen, alltäglichen Kongo überhaupt nicht vergleichen könne.

Er teilte sein Leben nur nach Trinkzeiten ein. Alles andere vergaß er, die Zeiten seiner Besoffenheit aber hob er sich in seinem Gedächtnis auf. Er konnte sich nicht erinnern, was in einem bestimmten Jahr gewesen war, wo er gearbeitet, wo er geboxt, wo er gewohnt hatte, aber er wußte, daß er in dem und dem Monat in New Orleans getrunken hatte oder in Kapstadt oder in Montreal.

Und ich glaube nicht, daß er einen da anlog, was das Trinken betrifft, obgleich er in allen Dingen fürchterlich log. Er hätte einem in vollem Ernst erzählen können, daß ihm ein Haifisch seinen linken Arm weggebissen habe, und wenn diejenigen, die gerade zuhörten, ihm seinen gesunden linken Arm gezeigt hätten, sagen können: »Ja, das ist eigentümlich, meint ihr nicht auch?«

Aber es war etwas Großartiges an ihm, wie er zum Beispiel jetzt auf dem Segelschiff herumarbeitete, auf dem er sich nicht auskannte und eine Arbeit tat, die ihn so anstrengte, daß er fortgesetzt hustete und auf eine neue Trinkzeit in Amerika wartete. Er zeigte mir zum ersten Mal das Boxen.

Nordseekrabben

Es ist hinlänglich bekannt, daß im November und Dezember 18 eine ganz große Horde von Männern nach Hause kam, deren Sitten etwas gelitten hatten und deren Gewohnheiten Leuten, für die sie gekämpft hatten, auf die Nerven fielen. Es ist unmöglich, ihnen einen Vorwurf daraus zu machen. Wirklich schlimm aber stand es mit einer anderen, wesentlich kleineren Sorte von Heimkehrern, die der Krieg zu ungeheuer feinen Leuten gemacht hatte. Diese Sorte kann man durch kein gütliches Zureden mehr aus ihren gekachelten Badezimmern herauslocken, nachdem sie einige Jahre ihres Lebens in verschlammten Schützengräben herumliegen mußten.

Solch ein Mann war Kampert von der M. G. der achten. Es war ein ausgezeichneter Mann. Er lag im Dreck von Arras und er lag im Dreck von Ypern und er tat alles, was man von ihm verlangte. Er stand nie in der Liller Kriegszeitung, aber er teilte seinen Tabak mit jedem, der neben ihm lag, und wenn er Furcht hatte, war es die erlaubte Furcht, die lediglich von Verstand zeugt. Müller von der achten, der jetzt wieder Ingenieur ist und mein Freund, der damals sein Leutnant war, erzählt von ihm, daß er nicht befördert wurde, weil er den Postsack holte und sich mit den Leuten zu »gemein machte«. Ein erstklassiges Zeichen. Aber dann war der Krieg zu Ende, und Kampert machte einen Strich drunter und brachte es zuwege, daß er Arras und Ypern innerhalb dreier Wochen vergaß wie seine Geburt vor 29 Jahren. Er wurde wieder Ingenieur bei der A.E.G und stand von dem Moment an, wo er alles, was er aus dem Felde mitgebracht hatte, also Privatwäsche, Taschenmesser, Armbanduhr, ja sogar seine Tagebücher, zusammen mit seiner verlausten Feldgrauen in eine Kiste stopfte und die Kiste durch ein Dienstmädchen aus der Welt schaffen ließ, eisern auf dem Standpunkt: ein Mann, der gezwungen war, verunreinigtes Gras zu essen und durch stinkende Lazarette wochenlang Töpfe mit unsäglichem Inhalt zu tragen, habe einen Anspruch darauf, den Rest seines Lebens unter einer Daunendecke zu schlafen und in einer stilreinen Umgebung zu speisen. Ich war neulich dabei, als daraus ausgesprochenes Unheil erwuchs.

Der dicke Müller und ich hatten schon von Kampert längere Zeit, fast dreiviertel Jahr lang, nichts mehr gehört. Wir wußten, daß er in dieser Zeit geheiratet hatte und zwar mit Geld. Zur Hochzeit waren wir nicht eingeladen, aber vor zwei Wochen sah ihn Müller in einem erstklassigen Zweisitzer, schimmerndes Aluminium mit roten Saffianledersitzen, in dem man hinter dem Steuer lag wie in einer Schaukelbadewanne, und einige Tage darauf klingelte er uns an, wir sollten doch mal, sagen wir morgen abend, herüberkommen und einen Whisky mit ihm nehmen, im kleinsten Kreis selbstverständlich.

»Whisky«, sagte Müller, als wir die Treppe hinaufgingen. »Der Junge scheint sich ja mächtig anstrengen zu wollen.« Und er zog aus der Jackettasche eine hübsche kleine Blechdose mit konservierten prima Nordseekrabben. »Der Junge war immer so auf Delikatessen aus.« Ich fand das furchtbar nett von Müller.

Kampert machte uns selber die Tür auf. Müller begrüßte ihn lärmend, Kampert schien sehr bewegt. Während er unsere Hüte auf ein paar äußerst ulkige, schwarzlackierte Eisenstacheln an der Wand spießte, entschuldigte er sich bei uns, daß sein Dienstmädchen heute Ausgang habe. »Aber ihr seid ja schließlich keine Gesandtschaftsattachés«, sagte er gutgelaunt. »Nee«, sagte Müller, »aber sag mal, da ist wohl ein ganzer Haufen Leute da?«

»Unsinn«, sagte er, »kein Mensch. Wir sind zu dritt. Im kleinsten Kreis.«

»Da hast du dich ja verflucht offiziös eingekleidet, altes Huhn, das ist ja einer von diesen aufgelegten, munteren kleinen Abendanzügen, in dem du dich da aufhältst.«

»Unsinn«, sagte Kampert, »ich zieh mich lediglich gern mal abends um. Das ist eine Marotte von mir. Es macht euch doch nichts aus?«

»Unsinn«, sagte Müller, »Whisky ist Whisky.« Dann verstaute uns Kampert in zwei sehr bequemen amerikanischen Liegestühlen in seiner Diele, und wir warteten auf die Dame des Hauses.

»Das ist eine ganze Ausstellungshalle«, sagte Müller nach einigen Minuten Stillschweigens, in denen wir das ziemlich hohe und einfach geweißte Gemach betrachteten. Müller schien ziemlich müde und gähnte hörbar. »Na, zeig mal deinen Whisky.«

Kampert durchquerte den Raum und fischte aus einem kleinen roten Mahagonischränkchen einige Flaschen mit Likör. »Immer der Reihe nach«, sagte er lächelnd. »Findet ihr das Zimmer zu hoch?«

»Nee«, sagte Müller, »etwas. Ja, ein bißchen hoch ist es schon, aber es wird ja nicht dein einziger Aufenthaltsort sein. Aber die Stühle sind glänzend. Und dieser Curaçao ist ganz erträglich.«

»Versucht mal den Chartreuse«, drang Kampert in uns, »ich dachte mir: eine große Halle und nur ein paar einfache Sitzgelegenheiten drin. Das beruhigt ungeheuer.«

»Aber das Sonnensegel ist sehr hübsch«, ermunterte ich ihn, »das ist originell.«

Es war eine leichte japanische Strohmatte vor einem ungeheuren schrägen Fenster.

Er stand auf und lief hin. Dann drehte er an einem Holzrädchen, und das Ganze wickelte sich oben um eine Bambusstange. »Man meint den ganzen Tag, man sitzt auf Kuba. Das Ding sammelt unglaublich viel Sonne.«

»Hast du die Wohnung so übernommen?« fragte Müller, der anscheinend schwankte, ob es schon an der Zeit sei, den Chartreuse mit dem Curaçao zu mischen.

»Was glaubst du? Das haben wir doch ausgebaut. Das waren zwei simple bürgerliche Zimmer. Du kennst doch die

Species: eng und wahrscheinlich dann noch bis oben mit Möbel vollgepackt.«

Müller entschloß sich, mit dem Mischen noch zu warten, bis er die Dame des Hauses begrüßt hatte, und sagte, den Chartreuse prüfend: »Ja, man wohnt eigentlich wie ein Schwein, furchtbar unüberlegt.«

Jetzt kam Kamperts Frau. Sie war sehr hübsch, sehr nett und sehr gut angezogen. Sie schüttelte uns die Hand und tat, als seien wir ihre Freunde und nicht Kamperts. Sie sagte, die Wohnung sei noch nicht fertig, aber wir sollten sie uns einmal ansehen. Vielleicht, daß uns das eine oder das andere auffiele. Es sei ihnen darauf angekommen, die Wohnung so passend wie möglich zu gestalten. Warum solle man nicht Wohnungen ebenso harmonisch gestalten wie irgendein Abendkleid? Die meisten Leute liefen ihr Leben lang zwischen schrecklichen Möbelansammlungen herum und ahnten nicht, wie gründlich sie schon beim Aufstehen jeden Morgen ihren eigenen Geschmack verdürben. Was wir zum Beispiel von der Diele hielten, in der wir säßen?

»Entzückend«, sagte ich.

Sie lachte und sah ihren Mann an. »Ich weiß nicht«, meinte sie, »ob entzückend das richtige Wort ist. Jedenfalls ist es nicht ganz das, was wir uns dachten. Wir wollten in der Diele etwas ganz Einfaches machen, fast etwas Rauhes, Gartenstühle wären mir am liebsten gewesen, aber sie sehen so scheußlich aus. Dazu eine grobe Matte. Ich bin rumgefahren wie verrückt, bis ich sie auftrieb. Ich sah mir grobe Zeltleinwand kilometerweise an. Aber als ich die Matte irgendwo hinten in einem Laden aufgestellt sah, sagte ich sofort: das ist es.«

»Ja«, sagte ich mokant zu Müller, »und du sitzt da herum, als ob du Eintrittsgeld bezahlt hättest, und tust, als sei es ganz selbstverständlich und wie von alleine gekommen, daß man sich hier so wohl fühlt.«

Müller lachte nicht so herzlich wie wir anderen. Er sah etwas überrascht die Wände an. Ich hatte den Eindruck, als wäre es ihm lieber gewesen, wenn man ihm nicht gesagt hätte, warum er sich wohl fühlte.

Kampert jedenfalls merkte davon nichts, sondern fragte: »Fällt euch hier nichts auf, ich meine an den Wänden?«

»Sie sind sehr hoch«, sagte Müller.

Kamperts Frau lachte wieder. Aber Kampert sagte ganz sachlich: »Ich meinte, daß keine Bilder da sind. Die meisten Leute hängen ihre Mauern voll wie Plakatwände. Ich stehe auf dem Standpunkt, wenn ein Mann nicht ein eigenes Zimmer für Bilder hat, dann soll er es lieber bleiben lassen.«

An diesem Punkt war es, wo Müller mir den ersten faulen Seitenblick zuwarf, aber ich muß sagen, daß ich ihn noch längere Zeit nicht begriff.

»Kommen Sie«, sagte Kamperts Frau, »ich zeige Ihnen das Übrige.« Und während Kampert aufstehend zu mir sagte: »Die ganze Sache ist übrigens nicht mit Geld gemacht, dann sähe sie ganz anders aus, sondern lediglich mit ein wenig Überlegung und wenn du willst mit etwas Geschick, unser Standpunkt ist: wir sind nicht für die Wohnung, sondern die Wohnung ist für uns«, sah ich wie Müller, der sich übrigens überraschend bereitwillig erhoben hatte, von dem Curaçao ein Wasserglas anfüllte und dieses entschlossen mit auf den Rundgang nahm.

Wir klommen eine eiserne Wendeltreppe hinauf, die in die oberen Räume führte und die Müller sehr praktisch fand. »Sie nimmt fast gar keinen Platz weg«, sagte Kampert. Und oben sagte er: »Seht mal hinab, eine Wohnung muß ebenso gut wie eine Landschaft ausschauen.« Müller nahm darauf lediglich einen Schluck Curaçao aus seinem Wasserglas und versuchte, einen zweiten faulen Seitenblick bei mir zu plazieren. Aber Kamperts Frau war ungeheuer nett und zeigte uns Kamperts Schlafzimmer.

Es war dies ein kleiner einfacher Raum mit einer eisernen Bettstelle, einem Stuhl und einfachen glasierten Waschbekken. Der Raum hatte nur Oberlicht, »so daß man nicht in ihm den Eindruck hatte, sozusagen im Freien zu kampieren, weil man gegenüber eine Häuserwand sieht«. Über dem Bett lag eine gewöhnliche Kamelhaardecke.

»Du hast natürlich eine komfortablere Lagerstätte erwartet«, sagte Kampert spaßhaft zu Müller. Müller grinste freundlich (er beschäftigte sich ausschließlich mit Frau Kampert, die ihm, wie ich bemerkte, äußerst gefiel) und ging dann von selber eifrig voraus in das nächste Zimmer, in den Arbeitsraum. Dieser war nur durch einen Chintzvorhang vom Schlafraum getrennt: die beiden Räume bildeten eine Welt für sich. Ein Tannenholztisch. Ein bequemer, harter Sessel. Tannenholzregale. Eine harte, niedere Chaiselongue. Bücher.

Müller leerte sein Glas.

Als wir wieder die Wendeltreppe hinunterkletterten, (»das erspart das Morgentraining«), sagte ich zu Kampert, da wir etwas stille geworden waren: »Dein Arbeitsraum ist ausgezeichnet, wirklich. Er ist so spartanisch.«

»Nur nichts Unsachliches in einem Arbeitszimmer«, sagte Kampert einfach.

Unten lief Müller watschelnd auf das Mahagonischränkchen zu, das er anscheinend am stärksten in der Erinnerung behalten hatte, und fischte unter den Flaschen herum. Er sagte:

»Die Hauptsache ist, daß ein Mann seinen Whisky auf dem rechten Fleck hat.«

Kampert fiel ihm lächelnd in den Arm, holte eine dicke Flasche heraus, hielt sie gegen das Licht und sagte: »Black and White.«

Gut. Aber wenn ihr glaubt, daß Müller jetzt seine Ruhe gefunden hätte, so befindet ihr euch auf einem Holzweg mit Müller. Es ist sicher, daß unter allen Whiskysorten »Black and White« die anerkannteste ist und dies nicht zu Unrecht. Aber in diesem Moment begriff ich instinktiv, daß es Müller wahrhaftig lieber gewesen wäre, wenn man ihm eine minder passende Sorte in das Schränkchen gestellt hätte. Er bediente sich zwar ausgiebig. Aber schon, daß er den Whisky (mit ein ganz klein wenig Soda) aus seinem Wasserglas, in dem noch unverkennbar Chartreuse war, trank, war ein schlechtes Zeichen; ein noch schlechteres, daß er plötzlich wie umgewandelt auch noch alles übrige zu sehen wünschte, was es in dieser überlegten Wohnung zu sehen gab.

Er stand verbissen in einem lila Appartement, in dem alles lila war, Tapeten, Tische, Schränke, Lampe; hellila, dunkellila, violett. Und in dem dann ausgerechnet noch ein Bechsteinflügel stand, der zu lila paßte. Er stapfte durch eine Garderobenkammer mit eingebauten Schränken im schlichtesten Hellgrün, die ausschließlich praktischen Zwecken dienten, durch ein Badezimmer, in dem nichts fehlte, in eine Küche, die hygienisch unantastbar blieb. Dann saß er mit uns heimtückisch schweigend in einem freundlichen Speisezimmer und aß an einem runden Eichentisch, unabgelenkt durch Bilder vis-à-vis, kräftige, aber bekömmliche Kost. Es war nicht richtig, daß er zwischen den Gerichten immerfort aus seinem alten Glas immer mehr Whisky mit immer weniger Soda trank, aber er brauchte es. Er hielt eine ganze Menge von Kampert, der übrigens glänzende Geschichten zum besten gab und darin zeigte, daß er ein durchaus klarer Kopf war, mit wirklichem Humor. Es konnte nicht Kampert sein und nicht seine Frau, die Müller gefiel. Es war die Wohnung, die Müller so aufreizte. Er war voll und ganz im Unrecht damit. Es war eine sehr hübsche Wohnung, sie war keineswegs protzig. Aber ich glaube, Müller konnte einfach diese vorsätzliche Harmonie und diese reformatorische Zweckdienlichkeit nicht mehr aushalten. Und ich muß sagen, allmählich ging mir auch etwas davon auf.

Dann zog sich Frau Kampert zurück, die alles durch ihre natürliche Art noch zusammengehalten und das Tierische in Müller sozusagen gebändigt hatte, und sofort merkte ich, daß jetzt etwas geschehen würde.

Mit einer Kampert unauffälligen, aber für mich direkt unnatürlichen Ruhe lenkte er das Gespräch listig auf Nordseekrabben. Und dann wurde er immer deutlicher, und plötzlich äußerte er ganz unumwunden den Wunsch nach Nordseekrabben in einer Büchse. Kampert war etwas erstaunt, aber er war ein viel zu guter Wirt und viel zu naiv erfreut über die Komplettheit seines Haushaltes, als daß er nicht in wirkliche Verlegenheit geraten wäre. Auch hatten wir ebenso wie Müller jetzt schon ziemlich viel getrunken, und Kampert stand auf, nahm seinen Hut und versprach lachend, Nordseekrabben zu besorgen. Müller saß stumm da und lächelte finster.

Und man muß schon direkt annehmen, daß Kamperts Schutzengel ausgerechnet an diesem Abend früh schlafen gegangen war, denn bevor er noch vollends wegging, seine Gäste vollständig zufrieden zu stellen, fiel sein unglückliches Besitzerauge auf eine Truhe neben der Tür, ein unscheinbares braunes Ding mit Eisenbeschlägen, und er sagte, ohne im geringsten die Situation zu erfassen, in der er doch schon seit nahezu einer Stunde schwebte, ganz naiv:

»Habt ihr schon einmal so etwas Nichthereinpassendes in einem sonst doch schon ganz anständigen Speisezimmer gesehen, Kinder? Aber ich sage euch, ich würde sie nicht um alles in der Welt heraußen lassen, denn mich ärgert nichts so sehr, als wenn alles so ungeheuer stimmt. In einer Wohnung muß nicht *alles* zusammenpassen, sonst ist sie unbewohnbar.« Und ohne die Wirkung seiner Worte zu kontrollieren, ging er hastig weg und holte Nordseekrabben.

Müller nickte mir lächelnd zu. Der ganze Krampf war von ihm abgefallen. Er war wieder der gutartige, humorvolle, betrunkene Müller, den ich liebte und fürchtete.

Wir verloren keine Zeit. Wir machten uns sofort ans Werk. Müller zog die Jacke aus und schleuderte sie in eine Ecke. Er ging sofort in die Diele und machte sich über das Mahagonischränkchen her. Er entnahm ihm drei Flaschen und brach ihnen auf einer knirschenden Bambuslehne den Hals ab. Dann goß er alles zusammen, wieder ins Speisezimmer zurücklaufend, in eine Terrine, in der eben noch

Tomaten geschwommen hatten. Müller nahm einen Suppenschöpflöffel voll davon ein und schlenderte, mir abwinkend, zu einem der originalamerikanischen Liegestühle, warf sich stöhnend hinein und entwarf einen genauen Schlachtplan. Dazu brauchte er drei Minuten, aber ohne ihn hätte er niemals so umfassend arbeiten können, wie ich es nun erleben durfte. Das erste war, daß er das Sonnensegel herunterriß (»Gott, wie ist das Zeug festgemacht!«), es mit meiner Hilfe zwischen einem Fensterriegel und der Wendeltreppe ausspannte, wozu er noch zum Binden die violetten Troddeln vom Salon benützte, wodurch er aber auch eine durch den ganzen Raum schwingende Riesenhängematte erzielte (»Die reicht über ganz Kuba!«). Dann machte er aus den Dielenstühlen, dem Speisezimmertisch und einigen Küchenvorhängen eine »gemütliche Ecke«, in deren Mitte neckischerweise das ominöse Schränkchen thronte (»Das Schränkchen, damit etwas nicht herpaßt«), und an die Wände pickte er mit dem Zuckerrest aus sämtlichen Mokkatassen eine scheußliche Sorte von Illustrationsdrucken, die er, da er sie anderswo nicht bekommen konnte in der Eile, aus einigen Zeitschriften ausfetzte. Als er sich so eine gemütliche Ecke für alle Fälle gesichert hatte, arrangierte er, wie er sagte, einen makedonischen Siegeszug durch die oberen Räume, eine Flasche in der Hosentasche, sich höchst gefährlich auf Bett, Tannentisch und Waschlavoir stürzend. Alles das, bis auf einige Leitsätze, vollkommen schweigend. Als er in die Diele zurückkehrte, sah er außerordentlich siegreich aus. Und dann hielt er, in seiner neuen Kubahängematte schaukelnd, unter dem anfeuernden Einfluß gewaltiger Alkoholmengen, eine fulminante und denkwürdige *Rede über die Genügsamkeit.*

»Der Mensch«, sagte er, »ist geboren, um zu kämpfen. Von Natur scheut er die Mühe. Aber Gottseidank gibt es dafür Naturgewalten, die ihn etwas aufpulvern. Der Mensch ist an sich also ein elender Wurm, der alles so haben möchte, daß es zusammenpaßt. Hellblau, dunkelblau, schwarzblau. Aber andrerseits ist der Mensch, besonders nach Genuß von Nordseekrabben, wie ein furchtbarer Wirbelwind, der die großartige Vielfältigkeit und die bewunderungswürdige Disharmonie der ganzen Schöpfung vermittels gewalttätiger Anhäufung von amerikanischen Patentliegestühlen, schlichten Waschlavoirs und alten, ehrwürdigen Zeitschriften wieder herstellt. Es ist dem Menschen nicht gestattet, vermittels Sonnensegeln und Bechsteinflügeln in den Himmel zu wachsen. Eine Wohnung ist dort, wo ein Mensch seinen alten Kragen in eine Ecke geworfen hat. So hat Gott es bestimmt, nicht ich, Müller. Basta. Und jetzt *ist* es eine Wohnung.«

Und als er dies geredet hatte, schaukelnd von Wand zu Wand, vor einem riesigen Nachtfenster, kletterte er, unsicher von seiner ungewöhnlichen geistigen Ausschweifung, aus der Matte heraus und ging hocherhobenen Hauptes, aber schwankenden Schrittes ins violette Zimmer, um sich durch ein karges Mahl zu stärken. Er zog aus der Tasche seiner Jacke, die in der Ecke lag, seine Dose mit Nordseekrabben und öffnete sie mit einem Brieföffner auf dem Bechsteinflügel. Und in diesem Moment stand in der Tür, ein Papierpaketchen in der Hand, Kampert.

Müller aber, der Schreckliche, Müller, der Gastfreund, saß plötzlich tief verlegen mit rotem Kopf auf dem violett polierten Tisch von Kamperts stilreinem Salon und aß aus einer Büchse auf einem Flügel Nordseekrabben und begoß sie ungeschickt mit Tomatenwhisky und blickte, unsicher und schuldbewußt, traurig Kampert, den Gastlichen, an. Und sagte: »My home is my castle.«

Und ich denke, er sagte es hauptsächlich, weil es gar nicht herpaßte und er eine so abgrundtiefe Begierde nach möglichst viel Unzusammenpassendem, Unlogischem und Natürlichem in sich spürte.

Das Paket des lieben Gottes
Eine Weihnachtsgeschichte

Nehmt eure Stühle und eure Teegläser mit hier hinter an den Ofen und vergeßt den Rum nicht. Es ist gut, es warm zu haben, wenn man von der Kälte erzählt.

Manche Leute, vor allem eine gewisse Sorte Männer, die etwas gegen Sentimentalität hat, haben eine starke Aversion gegen Weihnachten. Aber zumindest *ein* Weihnachten in meinem Leben ist bei mir wirklich in bester Erinnerung. Das war der Weihnachtsabend 1908 in Chicago.

Ich war anfangs November nach Chicago gekommen, und man sagte mir sofort, als ich mich nach der allgemeinen Lage erkundigte, es würde der härteste Winter werden, den diese ohnehin genügend unangenehme Stadt zustande bringen könnte. Als ich fragte, wie es mit den Chancen für einen Kesselschmied stünde, sagte man mir, Kesselschmiede hätten keine Chancen, und als ich eine halbwegs mögliche Schlafstelle suchte, war alles zu teuer für mich. Und das erfuhren in diesem Winter 1908 viele in Chicago, aus allen Berufen.

Und der Wind wehte scheußlich vom Michigan-See herüber durch den ganzen Dezember, und gegen Ende des Monats schlossen auch noch eine Reihe großer Fleischpackereien ihren Betrieb und warfen eine ganze Flut von Arbeitslosen auf die kalten Straßen.

Wir trabten die ganzen Tage durch sämtliche Stadtviertel und suchten verzweifelt nach etwas Arbeit und waren froh, wenn wir am Abend in einem winzigen, mit erschöpften Leuten angefüllten Lokale im Schlachthofviertel unterkommen konnten. Dort hatten wir es wenigstens warm und konnten ruhig sitzen. Und wir saßen, so lange es irgend ging, mit *einem* Glas Whisky, und wir sparten alles den Tag über auf für dieses eine Glas Whisky, in das noch Wärme,

Lärm und Kameraden mit einbegriffen waren, als das, was es an Hoffnung für uns noch gab.

Dort saßen wir auch am Weihnachtsabend dieses Jahres, und das Lokal war noch überfüllter als gewöhnlich und der Whisky noch wässriger und das Publikum noch verzweifelter. Es ist einleuchtend, daß weder das Publikum noch der Wirt in Feststimmung geraten, wenn das ganze Problem der Gäste darin besteht, mit einem Glas eine ganze Nacht auszureichen, und das ganze Problem des Wirtes, diejenigen hinauszubringen, die leere Gläser vor sich stehen hatten.

Aber gegen zehn Uhr kamen zwei, drei Burschen herein, die, der Teufel mochte wissen woher, ein paar Dollar in der Tasche hatten, und die luden, weil es doch eben Weihnachten war und Sentimentalität in der Luft lag, das ganze Publikum ein, ein paar Extragläser zu leeren. Fünf Minuten darauf war das ganze Lokal nicht wiederzuerkennen.

Alle holten sich frischen Whisky (und paßten nun ungeheuer genau darauf auf, daß ganz korrekt eingeschenkt wurde), die Tische wurden zusammengerückt, und ein verfroren aussehendes Mädchen wurde gebeten, einen Cakewalk zu tanzen, wobei sämtliche Festteilnehmer mit den Händen den Takt klatschten. Aber was soll ich sagen, der Teufel mochte seine schwarze Hand im Spiel haben, es kam keine rechte Stimmung auf.

Ja, geradezu von Anfang an nahm die Veranstaltung einen direkt bösartigen Charakter an. Ich denke, es war der Zwang, sich beschenken lassen zu müssen, der alle so aufreizte. Die Spender dieser Weihnachtsstimmung wurden nicht mit freundlichen Augen betrachtet. Schon nach den ersten Gläsern des gestifteten Whiskys wurde der Plan gefaßt, eine regelrechte Weihnachtsbescherung, sozusagen ein Unternehmen größeren Stiles, vorzunehmen.

Da ein Überfluß an Geschenkartikeln nicht vorhanden war, wollte man sich weniger an direkt wertvolle und mehr an solche Geschenke halten, die für die zu Beschenkenden passend waren und vielleicht sogar einen tieferen Sinn hatten.

So schenkten wir dem Wirt einen Kübel mit schmutzigem Schneewasser von draußen, wo es davon gerade genug gab, *damit er mit seinem alten Whisky noch ins neue Jahr hinein ausreichte.* Dem Kellner schenkten wir eine alte, erbrochene Konservenbüchse, *damit er wenigstens ein anständiges Servicestück hätte,* und einem zum Lokal gehörigen Mädchen ein schartiges Taschenmesser, *damit sie wenigstens die Schicht Puder vom vergangenen Jahr abkratzen könnte.*

Alle diese Geschenke wurden von den Anwesenden, vielleicht nur die Beschenkten ausgenommen, mit herausforderndem Beifall bedacht. Und dann kam der Hauptspaß.

Es war nämlich unter uns ein Mann, der mußte einen schwachen Punkt haben. Er saß jeden Abend da, und Leute, die sich auf dergleichen verstanden, glaubten mit Sicherheit behaupten zu können, daß er, so gleichgültig er sich auch geben mochte, eine gewisse, unüberwindliche Scheu vor allem, was mit der Polizei zusammenhing, haben mußte. Aber jeder Mensch konnte sehen, daß er in keiner guten Haut steckte.

Für diesen Mann dachten wir uns etwas ganz Besonderes aus. Aus einem alten Adreßbuch rissen wir mit Erlaubnis des Wirtes drei Seiten aus, auf denen lauter Polizeiwachen standen, schlugen sie sorgfältig in eine Zeitung und überreichten das Paket unserm Mann.

Es trat eine große Stille ein, als wir es überreichten. Der Mann nahm das Paket zögernd in die Hand und sah uns mit einem etwas kalkigen Lächeln von unten herauf an. Ich merkte, wie er mit den Fingern das Paket anfühlte, um schon vor dem Öffnen festzustellen, was darin sein könnte. Aber dann machte er es rasch auf.

Und nun geschah etwas sehr Merkwürdiges. Der Mann nestelte eben an der Schnur, mit der das »Geschenk« verschnürt war, als sein Blick, scheinbar abwesend, auf das

Zeitungsblatt fiel, in das die interessanten Adreßbuchblätter geschlagen waren. Aber da war sein Blick schon nicht mehr abwesend. Sein ganzer dünner Körper (er war sehr lang) krümmte sich sozusagen um das Zeitungsblatt zusammen, er bückte sein Gesicht tief darauf herunter und las. Niemals, weder vor- noch nachher, habe ich je einen Menschen so lesen sehen. Er verschlang das, was er las, einfach. Und dann schaute er auf. Und wieder habe ich niemals, weder vor- noch nachher, einen Mann so strahlend schauen sehen wie diesen Mann.

»Da lese ich eben in der Zeitung«, sagte er mit einer verrosteten, mühsam ruhigen Stimme, die in lächerlichem Gegensatz zu seinem strahlenden Gesicht stand, »daß die ganze Sache einfach schon lange aufgeklärt ist. Jedermann in Ohio weiß, daß ich mit der ganzen Sache nicht das geringste zu tun hatte.« Und dann lachte er.

Und wir alle, die erstaunt dabei standen und etwas ganz anderes erwartet hatten und fast nur begriffen, daß der Mann unter irgendeiner Beschuldigung gestanden und inzwischen, wie er eben aus diesem Zeitungsblatt erfahren hatte, rehabilitiert worden war, fingen plötzlich an, aus vollem Halse und fast aus dem Herzen mitzulachen, und dadurch kam ein großer Schwung in unsere Veranstaltung, die gewisse Bitterkeit war überhaupt vergessen, und es wurde ein ausgezeichnetes Weihnachten, das bis zum Morgen dauerte und alle befriedigte.

Und bei dieser allgemeinen Befriedigung spielte es natürlich gar keine Rolle mehr, daß dieses Zeitungsblatt nicht wir ausgesucht hatten, sondern Gott.

Die Bestie

Wie vieldeutig die Haltung eines Menschen sein kann, zeigte unlängst ein Vorfall in den Moszropom-Ruß-Film-Ateliers, der vielleicht unbedeutend war und auch ohne Folgen blieb, aber doch etwas Entsetzliches an sich hatte. – In den Ateliers erschien während der Aufnahmen zu dem Film ›Der weiße Adler‹, der die Pogrome in Südrußland vor dem Kriege darstellte und die Haltung der damaligen Polizei brandmarkte, ein älterer Mann mit der Bitte um Beschäftigung. Er drang in die Portierloge des äußeren Eingangs und sagte dem Portier, er erlaube sich, die Gesellschaft auf seine außerordentliche Ähnlichkeit mit dem berühmten Gouverneur Muratow hinzuweisen. (Muratow, das war der Urheber jener blutigen Metzeleien; er spielte die Hauptrolle in dem erwähnten Film.)

Der Portier lachte ihn zwar aus, wies ihm aber, da er ein alter Mann war, nicht sogleich die Tür, und so stand der lange und dürre Mensch, die Mütze in der Hand, abwesend in dem Gewimmel der Komparsen und Atelierarbeiter, anscheinend immer noch mit einer schwachen Hoffnung, durch seine Ähnlichkeit mit einem berüchtigten Bluthund Brot und Obdach für einige Tage zu erlangen.

Beinahe eine Stunde stand der Mann so, immerfort auf die Seite tretend, um Platz zu machen, am Schluß ganz hinter ein Pult gedrängt, als er plötzlich doch noch Beachtung finden sollte. Es war gerade eine Pause in den Aufnahmen, und die Darsteller zerstreuten sich in die Kantinen oder standen schwatzend herum. Der bekannte Moskauer Schauspieler Kochalow, Darsteller des Muratow, ging in die Portierloge, um zu telefonieren. Am Apparat stehend, wurde er von dem grinsenden Portier angestoßen, und sich umwendend, erblickte er unter dem schallenden Gelächter der Anwesenden den Mann hinter dem Pult. Kochalow war nach historischen Fotografien geschminkt, und alle erkannten die ›außerordentliche Ähnlichkeit‹, von der der Mann hinter dem Pult dem Portier erzählt hatte.

Eine weitere halbe Stunde danach saß der Alte unter den Regisseuren und Operateuren wie der zwölfjährige Jesus im Tempel und besprach sein Engagement mit ihnen. Die Verhandlungen wurden sehr erleichtert dadurch, daß Kochalow von Anfang an wenig Lust dazu gehabt hatte, seine Volkstümlichkeit durch die Darstellung einer ausgemachten Bestie aufs Spiel zu setzen. Er war sofort einverstanden, daß ein Versuch mit dem ›Ähnlichen‹ gemacht würde.

Es war in den Moszropom-Ruß-Film-Ateliers nichts Außergewöhnliches, daß historische Rollen statt mit Schauspielern mit ähnlichen Typen besetzt wurden. Diese Leute wurden nach ganz bestimmten Regiemethoden behandelt, und so schilderte man dem neuen Muratow einfach den nackten historischen Verlauf eines zur Darstellung gelangenden Vorfalls und bat ihn, zur Probe einmal diesen Muratow genau so zu spielen, wie er ihn sich vorstellte. Man hoffte nämlich, daß seiner körperlichen Ähnlichkeit mit dem wirklichen Muratow auch eine Ähnlichkeit im Auftreten entspräche.

Man wählte die Szene, in der Muratow die Deputation der Juden empfängt, die ihn beschwört, dem weiteren Morden Einhalt zu gebieten. (Manuskript Seite 17: Deputation wartet. Auftritt Muratow. Hängt Mütze und Säbel an Wandrechen. Geht an Schreibtisch. Blättert in Morgenzeitung usw.) Leicht geschminkt, in der Uniform des kaiserlichen Gouverneurs, betrat der ›Ähnliche‹ den Aufnahmeraum, dessen einer Teil den historischen Arbeitsraum im Gouvernementspalast darstellte, und vor dem ganzen Regiestab spielte er jenen Muratow, ›wie er ihn sich vorstellte‹. Er stellte ihn sich auf folgende Art vor:

(Deputation wartet. Auftritt Muratow.) Der ›Ähnliche‹ tritt hastig durch die Tür, Hände nach vorn in die Taschen, schlechte, vornübergebeugte Haltung. (Hängt Mütze und Säbel an Wandrechen.) Diese Regieanweisung hat der

›Ähnliche‹ anscheinend vergessen. Er setzt sich sogleich, ohne abzulegen, an den Schreibtisch. (Blättert in der Morgenzeitung.) Der ›Ähnliche‹ tut dies ganz abwesend. (Eröffnet das Verhör.) Er hat die sich verneigenden Juden überhaupt nicht angesehen. Er hat die Zeitung zögernd weggelegt, weiß anscheinend nicht, wie er den Übergang zum Verhör der Deputation finden soll. Bleibt ganz einfach stekken und blickt gequält nach dem Regiestab.

Der Regiestab lachte. Einer der Assistenten stand grinsend auf, schlenderte, die Hände in den Hosentaschen, in die Szenerie, setzte sich zu dem ›Ähnlichen‹ auf den Schreibtisch und versuchte ihm weiterzuhelfen.

»Jetzt kommt das Äpfelessen«, sagte er aufmunternd. »Muratow war bekannt durch das Äpfelessen. Seine Gouverneurtätigkeit bestand außer in seinen viehischen Erlassen hauptsächlich im Äpfelessen. Die Äpfel bewahrte er in dieser Schublade auf. Sehen Sie, da sind die Äpfel.« Er öffnete eine Schreibtischschublade zur Linken des ›Ähnlichen‹. »Die Deputation tritt also jetzt vor, und wenn der erste zu sprechen beginnt, dann essen Sie Ihren Apfel, mein Sohn.«

Der ›Ähnliche‹ hatte dem jungen Mann mit dringendster Aufmerksamkeit zugehört. Die Äpfel schienen Eindruck auf ihn zu machen.

Als die Szene wieder aufgenommen wurde, nimmt Muratow mit der Linken tatsächlich aus der Schublade langsam einen Apfel, und während er mit der Rechten auf dem Papier Buchstaben zu malen anfängt, verspeist er den Apfel, übrigens keineswegs besonders gierig, sondern gewohnheitsmäßig. Während die Deputation ihr Anliegen vorbringt, ist er jetzt wirklich nurmehr mit seinem Apfel beschäftigt. Nach einiger Zeit, in der er nicht zuhört, macht er mitten im Satz des einen Juden eine fahrige Bewegung mit der rechten Hand, die den Satz abschneidet und die Angelegenheit überhaupt erledigt.

Jetzt drehte sich der ›Ähnliche‹ fragend nach den Regisseuren um und murmelte: »Wer führt sie ab?«

Der Chef-Regisseur blieb sitzen. »Ja, sind Sie schon fertig?«

»Ja, ich dachte, sie werden jetzt abgeführt.«

Der Chef-Regisseur sah sich grinsend um und sagte: »So einfach ist das ja nun nicht mit den Bestien. Etwas mehr müssen Sie sich schon anstrengen.« Und er stand auf und begann die Szene noch einmal mit ihm durchzugehen.

»So benimmt sich keine Bestie«, sagte er. »So benimmt sich ein kleiner Beamter. Sehen Sie, Sie müssen denken. Ohne Denken geht es nicht. Sie müssen sich diesen Bluthund vorstellen. So im kleinen Finger müssen Sie ihn haben. Kommen Sie noch mal rein.«

Er begann die Szene nunmehr nach dramatischen Gesichtspunkten aufzubauen. Er verstärkte und charakterisierte. Der ›Ähnliche‹ stellte sich nicht ungeschickt an. Er machte alles, was man ihm sagte, er machte es nicht einmal schlecht. Er schien ebenso imstande, eine Bestie darzustellen wie jeder andere. Er hatte anscheinend nur wenig eigene Phantasie. Nach halbstündiger Arbeit sah die Szene folgendermaßen aus:

(Auftritt Muratow.) Schultern zurück, Brust heraus, eckige Kopfbewegungen. Überfliegt von der Tür aus mit einem Geierblick die sich tief verneigenden Juden. (Hängt Mütze und Säbel an Wandrechen.) Der Mantel fällt ihm dabei herunter, er läßt ihn liegen. (Geht an Schreibtisch. Blättert in Morgenzeitung.) Er sucht die Theaternachrichten unterm Strich. Schlägt mit der Hand leicht den Takt zu einem Schlager. (Eröffnet das Verhör.) Indem er die Juden mit einer gemeinen Bewegung des Handrückens drei Meter zurückweist.

»Sie werden's nicht begreifen. Was Sie da machen, das geht nicht«, sagte der Chef-Regisseur. »Das ist ganz gewöhnliches Theater. Ein Bösewicht alter Schule. Lieber Mann, das ist nicht, was wir uns heute unter einer Bestie vorstellen. Das ist kein Muratow.«

Der Regiestab stand auf und fing an, auf Kochalow, der

zugesehen hatte, einzureden. Alle sprachen gleichzeitig. Gruppen bildeten sich, das Wesen der Bestie wurde erörtert.

Auf dem historischen Stuhl des Generals Muratow, vornübergebeugte schlechte Haltung, saß vergessen der ›Ähnliche‹, gequält vor sich hinstarrend, trotzdem horchte er. Er verfolgte anscheinend genau die Gespräche. Er bemühte sich, die Situation zu erfassen.

Auch die Darsteller der jüdischen Deputation beteiligten sich an der Erörterung. Eine Zeitlang hörte man auf zwei Komparsen, alte jüdische Einwohner der Stadt, die seinerzeit Mitglieder der genannten Deputation gewesen waren. Man hatte die Greise engagiert, um die Aufnahme noch naturgetreuer und charakteristischer zu gestalten. Sie fanden merkwürdigerweise, daß das allererste Spiel des ›Ähnlichen‹ nicht schlecht gewesen sei. Sie könnten nicht sagen, wie es auf andere, Unbeteiligte, wirke, aber auf sie habe seinerzeit gerade das Gewohnheitsmäßige und Bürokratische einen entsetzlichen Eindruck gemacht. Diese Haltung hatte der ›Ähnliche‹ ziemlich naturgetreu wiedergegeben. Auch wie er bei der ersten Aufnahme den Apfel gegessen habe, so ganz mechanisch, bei ihrer Unterredung habe übrigens Muratow keinen Apfel gegessen. Der Hilfsregisseur lehnte das ab, »Muratow hat immer Äpfel gegessen«, sagte er schneidend. »Waren Sie denn überhaupt dabei?«

Die Juden, die nicht in den Verdacht kommen wollten, nicht unter den damaligen Todeskandidaten gewesen zu sein, zogen sich erschrocken auf die Mutmaßung zurück, Muratow habe vielleicht kurz vor oder kurz nach ihrer Audienz Äpfel gegessen.

In diesem Augenblick entstand eine Bewegung unter der Gruppe, die den Chef-Regisseur und Kochalow umstand. Der ›Ähnliche‹ hatte sich, die vor ihm Stehenden beiseite schiebend, bis zu dem Chef gedrängt. Er fing an, mit einem hastigen und gierigen Ausdruck in seiner hageren Physiognomie auf sie einzureden. Er hatte anscheinend erkannt, was die Leute von ihm wollten, und in der Angst, sein Brot zu verlieren, war ihm eine Erleuchtung gekommen: er machte nunmehr einen Vorschlag.

»Ich glaube, ich weiß, was Ihnen vorschwebt. Es soll eine Bestie sein. Sehen Sie, das können wir doch mit den Äpfeln machen. Nehmen Sie einfach an, ich nehme einen Apfel und halte ihn dem Juden vor die Nase. ›Friß!‹ sage ich. Und während er – paß auf«, wandte er sich an den Darsteller des Führers der Deputation, »während du den Apfel frißt, bedenke, er bleibt dir in deiner Todesangst selbstverständlich in der Kehle stecken, aber du mußt den Apfel ja fressen, wenn ich, der Gouverneur, ihn dir gebe, übrigens ganz freundlich, von mir ist es ja eine freundliche Geste gegen dich, nicht wahr«, wandte er sich wieder an den Chef-Regisseur, »könnte ich ja dabei dann ganz nebenbei das Todesurteil unterzeichnen. Und er, der den Apfel ißt, sieht es.«

Der Chef-Regisseur sah ihn einen Augenblick starr an. Der Greis stand vorgebeugt, dürr und aufgeregt und erloschen vor ihm, einen ganzen Kopf größer, so daß er ihm über die Schulter sehen konnte, und einen Augenblick glaubte der Regisseur daran, daß der Alte ihn verhöhnen wollte, denn er glaubte einen schnellen und nicht greifbaren Hohn, etwas durchaus Verächtliches, Unstatthaftes in seinen flackernden Augen wahrzunehmen. Aber dann nahm Kochalow das Gespräch wieder auf.

Kochalow hatte scharf zugehört, an der von dem ›Ähnlichen‹ vorgeschlagenen Äpfelszene hatte sich seine schauspielerische Phantasie entzündet und, indem er den ›Ähnlichen‹ mit einer brutalen Armbewegung einfach wegschob, sagte er zum Stab: »Glänzend. So meint er das.« Und er begann ihnen die Szene vorzuspielen, und zwar so, daß ihnen das Herz im Leibe stockte. Das ganze Atelier brach, als Kochalow schweißtriefend das Todesurteil unterzeichnet hatte, in Händeklatschen aus.

Die Lampen wurden herbeigeschafft. Die Juden informiert. Die Apparate eingestellt. Die Aufnahme begann. Kochalow spielte Muratow. Es hatte sich eben wieder einmal gezeigt, daß bloße Ähnlichkeit mit einem Bluthund natürlich nichts besagt und daß Kunst dazu gehört, um den Eindruck wirklicher Bestialität zu vermitteln.

Der ehemalige kaiserliche Gouverneur Muratow holte seine Mütze aus der Portierloge, grüßte unterwürfig den Portier und ging in der Kälte des Oktobertages mühsam zur Stadt zurück, wo er in den Quartieren des Elends verschwand. Er hatte an diesem Tage zwei Äpfel gegessen und eine kleine Geldsumme ergattert, die für ein Nachtquartier ausreichte.

Safety first

Bei einer Männergesellschaft kam das Gespräch auf Feigheit. Da wir genügend getrunken hatten, liefen wir von Weisheit über. Wir erzählten beinahe alle Vorgänge aus unserem Leben, bei denen wir uns »irgendwie feig« benommen hatten. Wir waren uns klar, wie schlimm es ist, wenn andere an uns eine solche Schwäche entdecken, daß es aber das schlimmste ist, wenn wir selber an uns Feigheit wahrnehmen. An diesem Punkt angelangt, erzählte einer folgende Geschichte.

Mitchell war Kapitän eines dieser Schiffsgiganten, die zwischen Brasilien und England laufen, eines sogenannten schwimmenden Hotels. Man darf sich diese Kapitäne natürlich nicht mehr als die rauhen Seebären zur Zeit unserer Großeltern vorstellen, die in Gischt und Wellenschlag auf der Kommandobrücke stehen und Befehle brüllen. Mitchell war ein großer, starker Kerl, aber er wäre in keinem Salon als Seemann aufgefallen, eher als Ingenieur, der er ja auch war. Oder eben als Hoteldirektor.

Mit ihm passierte nun etwas sehr Merkwürdiges. Gegen das Ende einer Reise zu, nicht sehr weit entfernt von Schottland, stieß das Schiff im Nebel auf einen Fischkutter, übrigens nicht durch die Schuld Mitchells oder seiner Leute. Aber der Riesenkahn, er hieß Astoria, wurde leck und schluckte Wasser. Die Herren im Navigationsraum begutachteten den Schaden und kamen zu dem Entschluß, SOS-Rufe auszuschicken. Sie berechneten die Zeit, die das Schiff sich halten konnte, auf nicht mehr als eine Stunde, und das Schiff hatte vollbesetzte Kabinen.

Die SOS-Rufe wurden gesendet und ein, zwei Schiffe kamen heran. Die Passagiere wurden auf sie verladen.

Während sich die Verwandten seiner Passagiere in London vor den Büros der Transatlantik vor Freude um den Hals fielen, erlebte Mitchell böse Stunden. Er war mit seinen

Offizieren und der Mannschaft auf der Astoria geblieben, die überraschenderweise, allen Voraussagen zum Trotz, nicht gesunken war. Sie sank auch in den nächsten Stunden nicht und erreichte ohne weitere Zwischenfälle den Hafen.

Mitchell sah dieses Verhalten seines Kahnes mit mehr als gemischten Gefühlen. Er studierte in wahrer Verzweiflung die Lage des Kastens und das Vordringen des Wassers im Schiffsinneren. Es war für ihn sehr unangenehm, daß das Mistschiff nicht sank.

Als er ankam, begrüßten ihn am Kai seine eigentlichen Angehörigen, sein Vater und seine zwei Geschwister, die Schwester mit ihrem Bräutigam. Sie hatten große Angst ausgestanden, als die Zeitungen SOS-Rufe der Astoria meldeten. Sie lebten von ihm. Jetzt waren sie sehr glücklich, außerdem waren sie stolz. Sie langweilten ihn schrecklich mit ihren Fragen: Wie hast du das fertig gebracht, das Schiff noch bis hierher zu bugsieren? usw. In ihrem Laienverstand glaubten sie an eine besondere Heldentat von ihm.

Am nächsten Tag machte er sich auf seinen schweren Weg.

Seine Erwartungen waren nicht gerade hoch gespannt, als er in die Büros seiner Gesellschaft, der Transatlantik, kam. Er hatte zu früh, also ohne Not, fremde Hilfe angefordert, sehr teure fremde Hilfe. Aber der Empfang, der ihm bereitet wurde, war schlimmer als alles, was er erwartet hatte.

Der Reeder der großen Transatlantik war der große I. B. Watch, und er empfing Mitchell persönlich. Er war seiner eigenen Meinung nach ein Freund der Wahrheit und leitete daraus das Recht ab, so laut zu brüllen, daß die ganzen Büros hören konnten, was er über Leute wie Mitchell dachte. So drang durch die Wände das Wort Feigling zu den Angestellten, und von dort gelangte es mit Leichtigkeit in alle anderen Büros aller anderen Schiffahrtsgesellschaften und in alle Bars und alle Heuerläden und eben überallhin, wo Leute saßen, die mit Schiffen zu tun hatten. Und I. B. Watch brüllte nicht nur, noch schlimmer war, was er mit gedämpfter Stimme am Telefon über seinen Mann Mitchell sagte.

Mitchell war entlassen. Der Grund seiner Entlassung war geradeheraus Feigheit, und darum war es, als ob er von der ganzen amerikanischen Schiffahrt entlassen worden wäre, nicht nur von der Transatlantik. Wohin er in den nächsten Tagen und Wochen kam, nirgends gab es für ihn ein Kommando. Niemand von den Reedereien hatte Lust, einen Kapitän zu bekommen, der zu noch nicht ganz gestorbenen Schiffen teure Ärzte, nämlich andere Schiffe rief, statt die Courage zu haben, weiterzufahren und wenigstens zu versuchen, ob er nicht wohlbehalten heimkommen könnte durch eigene Kraft. Nach außen hin bestand die Schuld Mitchells darin, daß er »den Kopf verloren und die teuren Passagiere in ganz überflüssige Aufregung versetzt hatte«.

In dieser Form konnte man die Geschichte in den Zeitungen lesen und die Familie Mitchell las sie.

Die Familie hatte, wie gesagt, anfänglich eine optimistische Auffassung von der Sache gehabt. Mitchell sprach natürlich nicht über den Krach mit der Transatlantik zu Hause. Die Familie hatte keine Ahnung von der Entlassung und fuhr fort, auf einem ziemlich großen Fuße zu leben. Die ältere Schwester bereitete ihre Heirat vor, eine kostspielige Angelegenheit. Dann kamen die Zeitungen, und dann wurde die jüngere Schwester von ihren Freundinnen ihres Bruders wegen aufgezogen. Auch der Bräutigam der älteren bekam Wind und zeigte eine sehr bekümmerte Miene. Er war, wie er seiner Verlobten sagte, nicht mit Glücksgütern gesegnet.

Es war selbstverständlich nicht so, daß die Familie nun plötzlich ihren bisherigen Ernährer anders behandelte. Er war immer der Abgott gewesen. Aber ganz konnten sie die Sache doch nicht verwinden. Sie begriffen sie sozusagen nicht. Sie mußten sich ja auch nun etwas einschränken. Sie gingen mit ihrem Takt Mitchell auf die Nerven.

Er hatte noch andere Unannehmlichkeiten.

Er war halb und halb verlobt mit einer jungen Witwe, die

ein Boardinghouse für Seeleute vom Steuermann aufwärts besaß, einer gewissen Beth Heewater. Sie mochte Mitchell gut leiden, aber es war ein Unglück, daß sie gerade mit Seeleuten geschäftlich zu tun hatte. Diese Leute waren Mitchell nicht günstig gesinnt. Sie hatten alle unter ihren Reedern zu leiden und hätten Mitchell also verstehen können. Schließlich hatte er das Wohl der Passagiere dem seiner Gesellschaft vorangestellt. Leider dachten diese Leute nicht so, sondern mehr als Konkurrenten. Sie leisteten sich einen schlimmen Spaß mit ihm, als er Beth Heewater besuchte und, auf sie wartend, in ihrem Saloon saß.

Der Hauptmacher beim Spiel war Tommy White, Kapitän der Surface, der gerade ein paar Wochen Urlaub genommen hatte, weil sein Boot ins Dock sollte. Er interessierte sich für Beth Heewater und war daher mit Leib und Seele bei der Sache.

White erreichte bei Beth, daß sie Mitchell, als er sie aufsuchte, nicht empfing, sondern ihn mit dem Bescheid, sie sei zu ihrer Mutter gegangen, im Saloon warten ließ. Dort setzten sich ein paar Gäste zu ihm und führten scheinbar teilnahmsvolle Reden über sein Pech und Beth' langen Besuch bei ihrer Mutter.

Inzwischen richtete Tommy oben, in Beth' Zimmer, die Szene her. Er warf ein paar Stühle in die Ecke, verschob den Fußteppich, goß etwas rote Tinte drauf aus und legte Harry Biggers, seinen Maat, mit dem Gesicht nach unten quer über den Teppich. Auf den Toilettentisch warf er Beth' kleinen silbernen Browning, den sie von Mitchell zum Geburtstag bekommen hatte. Nebenbei (das war nicht ganz nach der Verabredung mit Beth) nahm er vom Toilettentisch die Fotografie Mitchells, zerriß sie und warf sie in den Papierkorb. Dann schoß er mit dem Browning in den Kamin und legte ihn zurück auf den Tisch.

Als er, »mit allen Zeichen des Entsetzens«, heruntergestolpert kam in den Saloon, saß Mitchell finster in seiner Ecke. Aber er kam rasch hoch, als er hörte, daß »Frau Heewater etwas passiert sei«. Die Herren gingen nach oben, warfen einen Blick in Frau Heewaters Zimmer und gingen dann in Tommys Zimmer, um sich zu beraten.

Tommy erzählte, allen Whisky einschenkend, Harry Biggers habe seinerzeit, als Heewater noch lebte, diesem mit einer nicht unbeträchtlichen Summe Geldes unter die Arme gegriffen. Jetzt, wo das Geschäft gut gehe, habe er sein Geld zurückhaben wollen. Beth habe aber dazu wenig Lust gezeigt. Anscheinend habe sie es vorgezogen, ihn niederzuschießen. Jedenfalls müsse man sich klar darüber werden, was man tun solle. Dabei sah er Mitchell an. Mitchell sagte langsam, er sei dafür, daß man Beth zurückhole und mit ihr bespreche, was man der Polizei sagen müsse. Man würde zum Beispiel sagen können, der Maat habe versucht, zu ihr intim zu werden.

Als er das auseinandergesetzt hatte, sah er, daß alle lächelten. Es war ein höchst unangenehmes Lächeln.

»Sie schlagen also vor, daß man die Polizei holt?« fragte Tommy, die andern anschauend.

»Nein«, sagte Mitchell, »ich habe vorgeschlagen, daß man Beth holt.«

»Ich dachte, daß wir die Sache für Beth vielleicht erledigen könnten, wissen Sie«, sagte Tommy ausgesprochen verächtlich. »Ich meine, die Männer unter uns könnten was tun für Beth.«

»Das wäre dann also meine Sache«, sagte Mitchell wieder langsam. »Schlagen Sie was vor!«

Mitchell war nicht mehr ganz nüchtern. Er hatte allerhand getrunken, während er unten im Saloon auf Beth wartete. Es war nicht allzu schwer, ihm einiges klar zu machen. Tommy sagte ihm, das Schlimme sei, daß da, wie er von seinem Maat wisse, ein Brief existiere, den Harry Biggers von Beth bekommen habe. Sie habe ihn in diesem Brief zu sich bestellt. Man müsse also den Brief in die Hände bekommen.

Sie gingen alle zusammen wieder in Beth' Schlafzimmer und suchten nach dem Brief. Harry Biggers hatte ihn nicht in der Tasche und auch im Papierkorb lag er nicht. Dagegen lag eine zerrissene Fotografie im Papierkorb und Mitchell fischte sie heraus. Er machte, was ja verständlich ist, kein großes Aufsehen davon, sondern steckte sie irgendwie zu sich. Das sollte er noch bereuen.

In Tommys Zimmer nahmen sie alle noch ein paar Whiskys. Dann wollte Tommy plötzlich wissen, daß den Brief eventuell die kleine Jane, »das Brillentierchen«, haben könne, mit der Harry Biggers öfter zusammengesteckt. Er erinnerte sich jetzt, daß er die beiden auf dem Gang zusammenstehen gesehen habe. Mitchell solle sie mal ausholen.

Im Boardinghouse der Heewater gab es ein junges Mädchen, Jane Russel, die die Zimmer aufräumte und auch in der Küche mithalf, eine unansehnliche Person mit dicken Strümpfen und einer langen Schürze und zudem einer Brille, nicht gerade mit dem, was man Sex appeal nennt.

Mitchell war fast der einzige Gast, der ab und zu nett zu ihr war. Als die Leute im Boardinghouse sich daran machten, Beth Heewater zu beweisen, daß ihr Verlobter ein gewöhnlicher Feigling sei, spielte die kleine Jane mit ihrem Fimmel für Mitchell in ihrem Schlachtplan eine Hauptrolle.

Mitchell nahm die Kleine in ein leeres Zimmer und holte sie aus. Sie sagte sogleich, sie kenne Biggers überhaupt nicht und habe auch keinen Brief von ihm zugesteckt bekommen. Mitchell hatte schon eine Menge Fusel in sich, aber er konnte doch noch erkennen, daß sie die Wahrheit sagte. Das zu erkennen war nicht schwer bei Jane Russel.

Als er den Gentlemen mitteilte, Jane habe keinen Brief, sah er wieder dieses fatale Lächeln. Und dann sagte Tommy plötzlich:

»Und was ist mit dem Brief, den Sie in Ihrer Tasche haben?«

Mitchell war ein wenig perplex. Er langte tatsächlich in seine Hosentasche, und da war die zerrissene Fotografie drinnen. Er konnte sich nicht entschließen, sie zu zeigen. So lächelten sie wieder.

Dann schafften sie ein Auto her, stopften Harry Biggers hinein und setzten Mitchell ans Volant, während der Chauffeur zu einem Whisky in den Saloon gesetzt wurde. Mitchell sollte die Leiche an Bord der Surface bringen, Tommy Whites Schiff. Er wußte, wo es lag, und fuhr los.

Aber als er dort ankam, sah er den Wagen des Polizeiüberfallkommandos am Laufsteg stehen, und auf dem Kasten war Licht. Das war kein Wunder, denn Tommy hatte, während Mitchell Jane verhörte, der Polizei telefoniert, auf der Surface habe man im Kohlenbunker Petroleum entdeckt und fürchte Brandstiftung.

Mitchell kroch dennoch aus seinem Wagen heraus und ging ans Wasser vor. Er sah Polizei auf der Surface und kehrte schwankend um. Als er zu seinem Wagen zurückkehrte, fehlte die Leiche. Er bekam einen Schrecken und fuhr, auf einigen Umwegen, in Beth' Boardinghouse zurück.

Dort war inzwischen etwas mit Jane Russel passiert. Seit ihrem Verhör durch Mitchell hatte sie scharf aufgepaßt auf alles, was im Haus vorging. Sie wußte, daß Frau Heewater sich im Raum aufhielt, wo die Wäsche aufbewahrt wurde. Sie sah Herrn White und Herrn Mitchell den, wie es ihr schien, betrunkenen Harry Biggers die Treppe hinunterschaffen, und sie sah, wie Herr Mitchell mit ihm wegfuhr. Dann hörte sie Herrn White mit dem Chauffeur reden, wobei Frau Heewater danebenstand. Herr White sagte dem Chauffeur, ein Gast sei mit seinem Wagen durchgegangen. Sie sah den Mann ans Telefon gehen und hörte, wie er die Polizei anrief.

In diesem Augenblick trat sie dazwischen. Sie ging zu dem Chauffeur hin und sagte ihm, der Herr, der mit seinem Wagen weg sei, sei ein Gentleman, das ganze sei ein Spaß, der die Polizei nichts angehe. Beth Heewater fiel ihr sofort scharf ins Wort und versuchte sogar dann, sie wegzuzerren. Aber da wurde die kleine, bescheidene Jane wild, und so kam es, daß sie sich auf dem Gang mit Beth Heewater raufte und entlassen wurde. Immerhin, Mitchell blieb es wenigstens erspart, von der Polizei gestellt zu werden in einer Lage, wo er nicht reden durfte.

Etwas anderes blieb ihm nicht erspart.

Er öffnete die Tür zum Salon und glaubte nicht richtig zu sehen. In der Ecke saßen gemütlich hinter Whiskygläsern Beth, Tommy und die anderen und neben Beth saß grinsend Harry Biggers. Und Beth, Tommy und die anderen grinsten ebenfalls.

»Du wolltest uns wohl jetzt erzählen, daß du Harry wo untergebracht hast?« begrüßte ihn Tommy White, und Mitchell hatte ihm eigentlich nichts mehr zu sagen. Er stolperte wieder hinaus und stand noch eine Weile vor dem Haus herum.

Nach einiger Zeit bemerkte er, daß jemand neben ihm stand und daß es Jane Russel war, mit einem Koffer in der Hand und Tränen in den bebrillten Augen. Er erfuhr, daß Beth sie hinausgeschmissen hatte, »weil sie Mitchells wegen Frau Heewater eine gelangt hatte«. Sie hatte keine Anverwandten in London und wußte nicht wohin, es war schon spät. Mitchell sagte ihr, sie könne mit ihm kommen, und so brachte er sie gegen Morgen in seine Wohnung. Er steckte sie in sein eigenes Zimmer und legte sich auf ein Sofa im Wohnzimmer, immer noch sehr betrunken.

Am Morgen entstand eine ungemütliche Situation. Seine Schwester fand die kleine Jane in seinem Schlafzimmer und wunderte sich. Mitchell erzählte irgend etwas Unzusammenhängendes, besonders als er die allgemeine Reserviertheit wahrnahm, mit der man ihm zuhörte. Immerhin äußerte er, Jane sei Dienstmädchen, und so bekam sie ihr Frühstück in der Küche gereicht. Es war ihm nicht ganz recht, und noch weniger recht war es ihm, daß dann das Gespräch mit Jane im Beisein der Familie stattfand. Er erkundigte sich ziemlich gemacht freundlich nach ihren Absichten und stimmte ihr zu, daß es das beste für sie wäre, in ein bestimmtes Heim zu gehen, wo Dienstmädchen billige Pension erhielten. Unglücklicherweise hatte er mit Jane gerade über dieses Heim auf der nächtlichen Herfahrt gesprochen. Sie hatte gesagt, es sei sehr schlecht und für sie nicht erschwinglich, höchstens etwas für zwei, drei Tage.

Als Jane mit ihrem Koffer gegangen war, hatte Mitchell zum ersten Mal selber das Gefühl, er sei ein Feigling.

In den nächsten Tagen betrieb er seine Suche nach einer Stelle mit verstärktem Eifer. Seine Familie stellte sich wie der Vogel Strauß, sie nahm einfach nicht Notiz von der veränderten Sachlage. Seine Schwester kaufte noch in diesen Tagen ein Klavier auf Ratenzahlung.

Er fand keine neue Stelle. Man schien überall Bescheid um ihn zu wissen. Es gab auch gar nicht so viele Stellen für Kapitäne von Luxusdampfern, nicht einmal für mutige.

Beschäftigt wie er war, vergaß er sogar, sich am dritten Tag nach Jane im Heim zu erkundigen. Am vierten fragte ihn seine Schwester nach ihr und er ging hin. Sie war schon ausgezogen, schon am zweiten Tage. Aber am Abend dieses Tages wurde ihm eine Stelle angeboten.

In der Gegend der East India Docks gab es eine Firma, die von zwei Brüdern geleitet wurde, die einen äußerst schlechten Ruf hatten. Diese Leute ließen ihm sagen, sie hätten vielleicht etwas für ihn. Er ging hin und hörte, er könne für sie einen Kohlenkahn nach Holland bringen.

»Sie haben in der letzten Zeit Pech gehabt, Mitchell«, sagte der eine der Brüder und grinste, »aber das ist eine Aufgabe für Sie, die Sie wieder herausreißen kann. Sie werden wohl nicht gleich wieder SOS funken, was?«

Mitchell schluckte das und ging mit ihnen, den Kahn anzusehen. Es war der älteste, dreckigste, verkommenste Eimer, den er je gesehen hatte. Dieser Invalide konnte nun und nimmer bis nach Rotterdam kommen. Und die Brüder wünschten das auch keineswegs. Es war alles glasklar, ein einfacher Versicherungsbetrug, nichts weiter.

Mitchells guter Ruf, was Verantwortungsgefühl anbelangte (so heißt die andere Seite von Feigheit), machte ihn zum geeigneten Kapitän.

Er verspürte allerhand Wallungen in seinem Herzen, aber er kämpfte sie nieder und sagte nicht nein. Er bat sich Bedenkzeit aus und lief weg. Ab und zu blieb er vor einem Schaufenster stehen und hielt Zwiegespräche mit seinem Spiegelbild.

»Sind Sie feig?« fragte er sich, und der Spiegelmitchell zuckte die Achseln.

»Waren Sie das immer schon?« fragte er, und der Spiegelmitchell schüttelte den Kopf.

Und dann traf er Jane. Sie stand in einer Häusernische und wartete auf irgendwas. Er dachte schon das Schlimmste und wagte nicht an ihr vorbeizugehen. So sah er von gegenüber aus, wie ein Mann sie ansprach, der wohl das gleiche gedacht hatte wie er selber. Aber sie wies ihn anscheinend sehr energisch ab. Daraufhin ging Mitchell zu ihr hinüber und lud sie in ein Café ein. Sie sagte, es passe ihr, wenn sie durch die Scheibe auf die Straße sehen könne. Sie erwartete eine Freundin, die etwas von einer Stelle wußte.

In den zwanzig Minuten in diesem kleinen Café erlebte Mitchell den Tiefpunkt seines Lebens.

Um ihr eine Freundlichkeit zu sagen, eröffnete er das Gespräch mit der Feststellung, sie sehe gut aus.

Das wundere sie, sagte sie, ihm offen ins Gesicht schauend. Sie war nicht feig. Und die Kuchen auf dem Tisch, die er ihr hinrückte, aß sie ohne Scheu alle auf. Sie hatte nichts dagegen, daß er sah, daß sie nicht besonders satt war.

Er ging, ein wenig verwirrt, dazu über, ihr auseinanderzusetzen, daß sie, wenn sie eine neue Stelle wolle, sich etwas anders herrichten müsse. Er tadelte die Frisur und nahm ihr sogar die Brille ab. Sie hatte schöne Augen.

Sie erwiderte, solche Stellen, wo sie hübsch aussehen müsse, wolle sie nicht gern haben. Allerdings stehe zu fürchten, daß die Stelle, von der ihre Freundin wüßte, eine solche sei.

Darauf begann er, zu seinem eigenen Erstaunen in sie zu dringen, eine solche Stelle nicht anzunehmen. Er machte ihr sogar den Vorschlag, sie solle von ihm Geld annehmen und davon leben, bis sie eine bessere Stelle gefunden habe.

Zu seinem Ärger schien sie das Angebot aber überhaupt nicht ernst zu nehmen. Denn in diesem Augenblick sah sie durchs Fenster die Freundin (mit der schlechten Stelle), stand auf und lief eilig hinaus. Er konnte eben noch ihre Adresse erfahren.

Nach diesem kleinen Erlebnis hätte er eigentlich sehr vernichtet sein müssen, aber er war eher aufgerichtet. Er wußte jetzt, daß etwas geschehen mußte, das dem ganzen Spuk ein Ende machte. Er ging in eine Kneipe und nahm einige Whiskys, etwas mehr als er vertrug. Erst als er feststellte, daß er nicht mehr *ein* Glas sah, wo *ein* Glas stand, ging er.

Er ging geradewegs nach Hause.

Im Wohnzimmer saßen sein Vater und seine jüngere Schwester. Sie hörten im Radio Traviata. Er stellte die Musik ab und erklärte ihnen ohne große Umschweife, sie müßten aus der Achtzimmerwohnung heraus und in eine Zweizimmerwohnung, und seine Schwestern müßten Büroarbeit suchen, da er von seiner Gesellschaft hinausgeworfen worden sei, gleichgültig warum.

Dann schlief er sich aus, und am Morgen begleitete er seine Schwestern, auch die ältere, auf ein Stellenvermittlungsbüro. Sie waren sehr eingeschüchtert. Er konnte deutlich bemerken, wie ein Teil des verschwundenen Respekts wiederkehrte. Die ältere Schwester sagte nicht einmal etwas dagegen, als er ihr nahelegte, ihrem Verlobten, falls er unzufrieden mit seinem Schwager sei, den Laufpaß zu geben.

Das zweite war, daß er die Brüder vom Kohlenkahn anrief. Er sagte ihnen, er wolle mit ihnen abschließen, sie sollten die Papiere fertig machen. Den Tag der Abfahrt bestimmte er mit ihnen. Am Abend vorher sollten sie zum Kahn kommen und ihm die Papiere übergeben. Er würde sich inzwischen um die Mannschaft kümmern. Der Abend war ein Dienstagabend.

Das dritte war, daß er noch allerhand andere Leute anrief und sie für Dienstagabend zu einem kleinen Supper auf der »Almaida« einlud. Darunter waren die Gentlemen vom Boardinghouse, darunter war Beth Heewater, und darunter war sogar sein früherer Reeder. Sie sagten alle zu, sogar I. B. Watch. Mitchells Verhältnis zu seinen Kollegen und auch zu seinen Reedern war nach dem »Vorfall« äußerlich ein unverändertes geblieben. Sie schlugen ihn immer noch auf die Schulter, wenn sie ihn wo trafen. Nur hatten sie alle jetzt dieses verdammte Lächeln, das Mitchell nicht gefiel, absolut nicht.

Dann lud er noch einen ihm bekannten Reporter ein, bestellte ein ausgezeichnetes Supper im Savoy mit zugehörigen Kellnern, an Bord der »Almaida« zu servieren, und wandte sich dann Dienstag vormittags dem Punkt vier zu.

Punkt vier war Jane.

Er stöberte sie in einer elenden Pension auf, noch immer ohne Stelle. Nur ein einziger Gegenstand erfreute sein Auge in dieser Bude, nämlich seine (zerrissene) Fotografie. Die hatte sie irgendwie an sich gebracht an jenem entscheidenden Abend, und hier stand sie auf der Kommode. Jane machte auch gar keine Anstalten, sie wegzuschaffen.

»Wollen Sie sie nicht wenigstens vor mir verstecken?« fragte er, aber sie schüttelte den Kopf. Bei solcher Sachlage war alles Weitere verhältnismäßig einfach. Ein kleiner Kampf entstand noch, als er ihr die Brille abnahm (»Ich führe dich und sehe für zwei«) und als er ihr eine neue Frisur zurechtkämmte (»Beth hält Haare im Gesicht nicht für hübsch«).

Auf der »Almaida« war alles in schönster Ordnung. Die Kellner wunderten sich ein wenig über den Raum, in dem sie ihre hübschen und teuren Sachen aufbauen sollten. Keynes, der Reporter, war schon da, und sie lachten sehr über das was kommen würde.

Gegen neun Uhr rollten die ersten Gäste heran. Um dreiviertel zehn Uhr war alles da. Jane hatte die Honneurs gemacht, und Beth' Miene bewies, daß sie diesen Akt durchaus als Mut von seiten Mitchells wertete. Mitchell stand auf und hielt eine kleine Rede.

Er entwickelte, daß er sich entschlossen habe, dieses Schiff, dem Drängen der Herren Knife folgend (er verbeugte sich gegen die Brüder), nach Rotterdam zu bringen. Er tue das, weil ein solches Beginnen Mut zeige und sein Mut in der letzten Zeit angezweifelt worden sei. Damit nun alle, die an seinem Mut in der letzten Zeit Interesse gezeigt hatten, imstande seien, sich von seinem Mut zu überzeugen, werde er sich erlauben, sie zu dieser kleinen Fahrt einzuladen.

Und in diesem Augenblick begann der alte Kahn zu zittern, wie ein Kahn eben zittert, wenn er aufs Wasser hinausfährt, und die Maschine begann zu arbeiten, daß man sie gut hören konnte.

Die Überraschung war recht bedeutend.

In dem improvisierten Speiseraum entstand eine ganz formidable Panik. Die Männer sprangen auf die Tür. Die Tür war verschlossen. Die Damen kreischten, und dann sprach Mitchell weiter.

»Ladies und Gentlemen«, sagte er, »wenn Sie den Zustand, in dem der Boden meiner ›Almaida‹ sich befindet, kennen würden, würden Sie nicht so herumtrampeln. Die Tür, gegen die Sie sich dort stemmen, ist so ziemlich das einzige gute Stück Holz, das nicht nachgibt. Dieser Zustand des Kahnes ist auch der Grund, warum er so hoch versichert wurde, nicht wahr, meine Herren Knife? Es ist eben unsicher, daß er ankommt, da mußte er versichert werden. Es ist natürlich nicht geringer Mut nötig, mit sowas auf die hohe See hinauszufahren, aber ich habe eben diesen Mut. Sie werden sich freuen und mir manches abbitten, denke ich. Auch du, Beth, hast ja daran gezweifelt, ob ich den Mut haben würde, Dinge, die man nicht mehr sehen will, wegzuschaffen. Nun, dieser Kahn ›Almaida‹ ist ein solches Ding.

Ich werde es prompt wegschaffen, sei überzeugt! Und Sie, Watch, sollen es nicht erleben, daß ich ein anderes Schiff zu Hilfe rufe, bevor dieses gesunken ist! Ich habe es einmal getan und tue es nicht mehr. Feigheit muß man bekämpfen, nicht wahr?«

Ich will es kurz machen. Es gab noch einige recht unwürdige Szenen. Den meisten der Anwesenden fehlte es an Mut in bedauerlichem Maße. I. B. Watch bot sogar seinem früheren Kapitän wieder seinen früheren Posten an, unter Zeugen. Tommy White führte sich wie ein Verrückter auf. Und Harry Biggers starb beinahe wirklich.

Mitchell ließ seine Gäste, angewidert und zugleich befriedigt von seinem Experiment, ziemlich bald wieder auf festen Boden kommen. Als die Tür aufgemacht wurde, zeigte es sich, daß Mitchell den Kahn nur an Stahltrossen in den Fluß gehängt hatte, so daß er sich eben bewegte. Die Autos der Gäste waren von Bord aus sichtbar.

Keynes versprach Mitchell, stillzuschweigen, wenigstens vorläufig.

»Ich bin nämlich keineswegs so feig, I. B. Watchs Angebot auszuschlagen«, sagte Mitchell lustig. »Falls er es aufrecht erhalten wird«, setzte Jane, an seiner Seite lehnend, hinzu.

»Er wird«, sagte Keynes zynisch.

Der Arbeitsplatz
oder
Im Schweiße deines Angesichts sollst du kein Brot essen

In den Jahrzehnten nach dem Weltkrieg wurde die allgemeine Arbeitslosigkeit und die Bedrückung der unteren Schichten immer größer. Ein Vorfall, der sich in der Stadt Mainz zutrug, zeigt besser als alle Friedensverträge, Geschichtsbücher und Statistiken den barbarischen Zustand, in welchen die Unfähigkeit, ihre Wirtschaft anders als durch Gewalt und Ausbeutung in Gang zu halten, die großen europäischen Länder geworfen hatte. Eines Tages im Jahre 1927 erhielt die Familie Hausmann in Breslau, bestehend aus Mann, Frau und zwei kleinen Kindern, in dürftigsten Verhältnissen, den Brief eines früheren Arbeitskollegen des Hausmann, in dem er seinen Arbeitsplatz anbot, einen Vertrauensposten, den er wegen einer kleinen Erbschaft in Brooklyn aufgeben wollte. Der Brief versetzte die Familie, die durch dreijährige Arbeitslosigkeit an den Rand der Verzweiflung gebracht war, in fieberhafte Aufregung. Der Mann erhob sich sofort von seinem Krankenlager – er lag an einer Rippenfellentzündung –, hieß die Frau das Nötigste in einen alten Koffer und mehrere Schachteln packen, nahm die Kinder an die Hand, bestimmte die Art, wie die Frau den jämmerlichen Haushalt auflösen sollte, und begab sich trotz seines geschwächten Zustands auf den Bahnhof. (Er hoffte, durch das Mitbringen der Kinder für den Kollegen auf alle Fälle gleich eine vollendete Tatsache zu schaffen.) Mit hohem Fieber völlig apathisch im Bahnabteil hockend, war er froh, daß eine junge Mitreisende, entlassene Hausangestellte, auf der Fahrt nach Berlin, die ihn für einen Witwer hielt, sich seiner Kinder annahm, ihnen auch Kleinigkeiten kaufte, die sie sogar aus eigener Tasche bezahlte. In Berlin wurde seine Verfassung so übel, daß er, nahezu bewußtlos, in ein Krankenhaus geschafft werden mußte. Dort starb er fünf Stunden später. Die Hausangestellte, eine gewisse Leidner, hatte, diesen Umstand nicht voraussehend, die Kinder nicht weggegeben, sondern sie mit zu sich in ein billiges Absteigequartier genommen. Sie hatte für sie und den Gestorbenen allerhand Auslagen gehabt, auch dauerten sie die hilflosen Würmer, und so fuhr sie, ein wenig kopflos, denn es wäre zweifellos besser gewesen, die zurückgebliebene Frau Hausmann zu benachrichtigen und herkommen zu lassen, noch am selben Abend mit den Kindern zurück nach Breslau. Die Hausmann nahm die Nachricht mit jener schrecklichen Stumpfheit auf, welche den jedes normalen Ganges seiner Verhältnisse Entwöhnten manchmal aneignet. Einen Tag lang, den nächsten, beschäftigten sich die beiden Frauen mit dem Ankauf einiger billiger Trauerartikel auf Abzahlung. Gleichzeitig betrieben sie die Auflösung des Haushaltes weiter, welche jetzt doch jeden Sinn verloren hatte. In leeren Zimmern stehend, mit Schachteln und Koffern beladen, verfiel die Frau knapp vor der Abreise auf einen ungeheuerlichen Gedanken. Der Arbeitsplatz, den sie zusammen mit dem Mann verloren hatte, war keine Minute aus ihrem armen Kopf verschwunden. Es kam alles darauf an, ihn, koste es, was es wolle, zu retten: solch ein Angebot des Schicksals war nicht ein zweites Mal zu erwarten. Der Plan, auf den sie im letzten Moment zur Rettung dieses Arbeitsplatzes verfiel, war nicht abenteuerlicher, als ihre Lage verzweifelt war: sie wollte anstelle ihres Mannes und als Mann den Wächterposten in der Fabrik, um den es sich handelte, einnehmen. Noch kaum mit sich einig, riß sie sich die schwarzen Fetzen vom Leibe, holte vor den Augen der Kinder aus einem der mit Bindfaden umschnürten Koffer den Sonntagsanzug ihres Mannes und zog ihn sich ungeschickt an, wobei ihr ihre neu gewonnene Freundin, die beinahe augenblicklich alles verstanden hatte, schon half. So fuhr in dem Zug nach Mainz, ein erneuter Vorstoß in der Richtung des verheißenen Arbeitsplatzes, eine neue Familie, aus nicht mehr Köpfen wie bisher bestehend. So treten in die Lücken durch feindliches Feuer gelichteter Bataillone frische Rekruten.

Der Termin, zu dem der jetzige Besitzer des Arbeitsplatzes sein Schiff in Hamburg erreichen muß, gestattet es den Frauen nicht, in Berlin auszusteigen und an der Beerdigung des Hausmann teilzunehmen. Während er ohne Geleite aus dem Krankenhaus geschafft wird, um in die Grube gelegt zu werden, macht seine Frau in seinen Kleidern, seine Papiere in der Tasche, an der Seite seines einstmaligen Kollegen, mit dem eine rasche Verständigung erfolgt ist, den Gang in die Fabrik. Sie hat einen weiteren Tag in der Wohnung des Kollegen damit verbracht, unermüdlich vor diesem und ihrer Freundin – all dies geschah übrigens nach wie vor unter den Augen der Kinder – Gang, Sitzen und Essen sowie die Sprechweise eines Mannes einzuüben. Wenig Zeit liegt zwischen dem Augenblick, in dem Hausmann die Grube empfängt, und dem Augenblick, wo der ihm verheißene Arbeitsplatz besetzt wird.

Durch eine Verkettung von Verhängnis und Glück wieder in das Leben, das heißt die Produktion, zurückgebracht, führten die beiden Frauen als Herr und Frau Hausmann zusammen mit den Kindern ihr neues Leben in der umsichtigsten und ordentlichsten Weise. Der Beruf des Wächters einer großen Fabrik stellte nicht unerhebliche Anforderungen. Die nächtlichen Rundgänge durch die Fabrikhöfe, Maschinenhallen und Lagerräume verlangten Zuverlässigkeit und Mut, Eigenschaften, die seit jeher *männliche* genannt werden. Daß die Hausmann diesen Anforderungen gerecht wurde – sie erhielt sogar einmal, als sie einen Dieb ergriffen und unschädlich gemacht hatte (einen armen Teufel, der Holz hatte stehlen wollen) eine öffentliche Anerkennung der Fabrikdirektion – beweist, daß Mut, Körperkraft, Besonnenheit schlechthin von jedem, Mann oder Weib, geliefert werden können, der auf den betreffenden Erwerb angewiesen ist. In wenigen Tagen wurde die Frau zum Mann, wie der Mann im Laufe der Jahrtausende zum Manne wurde: durch den Produktionsprozeß.

Es vergingen vier Jahre, während derer die allgemeine Arbeitslosigkeit ringsum zunahm, verhältnismäßig sicher für die kleine Familie, deren Kinder heranwuchsen. Das häusliche Leben der Hausmanns erweckte so lange keinerlei Argwohn der Nachbarschaft. Dann mußte aber ein Zwischenfall in Ordnung gebracht werden. Bei den Hausmanns saß gegen Abend oft der Portier des Mietshauses. Es wurde zu dritt Karten gespielt, ›Der Wächter‹ saß dabei breit, in Hemdsärmeln, den Bierkrug vor sich (ein Bild, das nachmals von den illustrierten Zeitungen in großer Aufmachung gebracht wurde). Dann ging der Wächter zum Dienst, und der Portier blieb bei der jungen Frau sitzen. Vertraulichkeiten konnten nicht ausbleiben. Sei es nun, daß die Leidner bei einer solchen Gelegenheit aus der Schule schwatzte, sei es, daß der Portier den Wächter beim Umziehen durch eine offen gelassene Türspalte sah, jedenfalls hatten die Hausmanns mit ihm von einem bestimmten Zeitpunkt an einige Schwierigkeiten, indem sie dem Trinker, dem sein Amt außer der Wohnung wenig einbrachte, finanzielle Zuwendungen machen mußten. Besonders schwierig wurde die Lage, als die Nachbarn auf die Besuche des Haase – so hieß der Mann – in der Hausmannschen Wohnung aufmerksam wurden und auch der Umstand, daß die ›Frau Hausmann‹ öfter Speisereste und Flaschenbier in die Portierloge brachte, in der Nachbarschaft diskutiert wurde. Das Gerücht von der Gleichgültigkeit des Wächters ehrenrührigen Vorgängen in seiner Wohnung gegenüber drang sogar bis in die Fabrik und erschütterte dort zeitweilig das Vertrauen in ihn. Die drei waren gezwungen, nach außen hin einen Bruch ihrer Freundschaft vorzutäuschen. Jedoch dauerte die Ausbeutung der zwei Frauen durch den Portier natürlich nicht nur fort, sondern nahm sogar immer größere Ausmaße an. Ein Unglücksfall in der Fabrik machte dem Ganzen ein Ende und brachte die ungeheuerliche Begebenheit ans Tageslicht.

Bei einer nächtlichen Kesselexplosion wurde der Wächter verletzt, nicht schwer, aber doch so, daß er ohnmächtig vom Platz getragen wurde. Als die Hausmann wieder erwachte, fand sie sich in der Frauenklinik. Nichts könnte ihr Entsetzen beschreiben. An Bein und Rücken verwundet und bandagiert, von Übelkeit geschüttelt, aber tödlicheren Schrecken als nur den über eine nicht übersehbare Verwundung in den Knochen, schleppte sie sich durch den Saal noch schlafender kranker Weiber und ins Zimmer der Oberin. Bevor diese zu Wort kommen konnte – sie war noch beim Anziehen, und der falsche Wächter mußte grotesker Weise erst eine angewöhnte Scheu überwinden, zu einer halbbekleideten Frau ins Zimmer zu treten, was doch nur der Geschlechtsgenossin erlaubt ist –, überschüttete die Hausmann sie mit Beschwörungen, doch ja nicht der Direktion über den fatalen Tatbestand Mitteilung zukommen zu lassen. Nicht ohne Mitleid gestand die Oberin der Verzweifelten, die zweimal in Ohnmacht fiel, aber auf der Fortführung der Aussprache bestand, daß die Papiere bereits an die Fabrik gegangen seien. Sie verschwieg ihr, wie die unglaubliche Geschichte lauffeuerartig durch die Stadt sich verbreitet hatte.

Das Krankenhaus verließ die Hausmann in Männerkleidern. Sie kam vormittags nach Haus und von mittags an sammelte sich auf dem Flur des Hauses und auf dem Pflaster dem Haus gegenüber das ganze Viertel und wartete auf den falschen Mann. Abends holte die Polizei die Unglückliche ins Polizeigewahrsam, um dem Ärgernis ein Ende zu machen. Sie stieg noch immer in Männerkleidern in das Auto. Sie hatte keine andern mehr.

Um ihren Arbeitsplatz kämpfte sie noch vom Polizeigewahrsam aus, natürlich ohne Erfolg. Er wurde an einen der Ungezählten vergeben, die auf Lücken warten und zwischen den Beinen jenes Organ tragen, das auf ihrem Geburtsschein angezeigt ist. Die Hausmann, die sich nicht vorwerfen mußte, irgend etwas unversucht gelassen zu haben, soll noch einige Zeit als Kellnerin in einem Vorstadtlokal zwischen Fotos, die sie in Hemdsärmeln, Karten spielend und Bier trinkend, als Wächter zeigten und zum Teil erst *nach* der Entlarvung gestellt worden waren, den Kegelspielern als Monstrum gegolten haben. Dann verschwand sie wohl endgültig wieder in der Millionenarmee derer, die eines bescheidenen Broterwerbs wegen gezwungen sind, sich ganz oder stückweise oder gegenseitig zum Kauf anzubieten, Jahrhunderte alte Gewohnheiten, die schon beinahe wie ewige ausgesehen haben, innerhalb weniger Tage aufzugeben und, wie man sieht, sogar ihr Geschlecht zu wechseln, übrigens größtenteils ohne Erfolg, kurz, die verloren sind, und zwar, wenn man der herrschenden Meinung glauben will, endgültig.

Leben und Taten des Giacomo Ui aus Padua

I

Wenige wissen heute, fünfzig Jahre nach seinem Tode, noch Näheres über die Person und das Schicksal Giacomo Uis, eines Mannes, der eine Zeitlang die Welt in Atem gehalten hat. Padua, auf das, als er es beherrschte, ganz Italien mit Entsetzen, aber auch mit Furcht blickte, vergaß ihn am schnellsten. Er hatte versucht, aus elenden Kartoffelessern Helden zu machen, das verziehen sie ihm nicht. Jeder, der die Weltgeschichte studiert, kennt die Gefühle des Ekels und der Beschämung darüber, wie das Volk gemeinhin seine großen Männer behandelt. Unfähig, sich zu der Höhe ihres Gedankenflugs zu erheben, nicht gewillt, länger als die kurzen Jahre, wo der Rausch anhält, den der Anblick und die Reden seiner Führer in ihm erzeugen, dem Ideal zu opfern, haben diese kleinen Leute aller Nationen sozusagen schon von Anfang an, schon wenn sie noch die Arme zum Gruß ausstrecken, die Steine in der Tasche parat, mit denen sie den Mann steinigen werden, der von ihnen verlangt, daß sie mehr sein sollen als elende Kartoffelesser. Sie wollen immer nur ihre materielle Lage verbessern; dieses niedrige Geschäft sollen ihnen die Helden besorgen. Dazu soll die Größe herhalten: nicht mehr verlangt man von den Heroen, als daß sie Kartoffeln beschaffen. Elend, wie sie sind, dulden die kleinen Leute lieber unbedeutende Menschen an ihrer Spitze, die sich nur damit abmühen, ihnen die ach so unwichtige Verbesserung ihrer natürlich immer bedrängten Lage zu verschaffen. Hofft doch dieses Kroppzeug immer wieder, der Vernichtung zu entgehen, für die es in der einen oder anderen Form vorbestimmt ist. Eine große Zeit ist für sie nur eine Zeit besonderer Mühseligkeiten; deshalb scheuen sie vor jeder wahren Größe zurück und lassen sich nur ungern auf Unternehmungen von historischem Ausmaß ein. Kriege jagen ihnen Schrecken ein, Entbehrungen machen sie mürrisch. Schon große Pläne erfüllen sie mit Mißtrauen. Ihr kostbares Leben gilt ihnen über alles, so elend es auch ist und so sehr sie auch darüber schimpfen. Gleichsam als ahnten sie, daß es für den Führer noch Höheres gibt, als sie rund und fett zu machen, widersetzen sie sich seinen weitzielenden Absichten. Nicht ein Bild von historischer Größe wollen sie bieten, sondern Kartoffeln wollen sie. Der große Mann, der sich mit ihnen einläßt, ist so schon von vornherein verraten und verkauft. Früher oder später wird er verlassen dastehen, beschimpft von allen, die sich ein besseres Leben versprachen und nur ein historisches bekommen haben. Wird sich das niemals ändern? Wird sich denn wirklich niemals ein Volk finden, das bereit ist, einem großen Mann ohne die niederste Selbstsucht entgegenzutreten? Ein Volk, das entschlossen wäre, alles zu opfern, würde zweifellos den großen Mann finden, der bereit wäre, jedes Opfer von ihm zu fordern. Nur die unaufhörliche Beschäftigung mit der Geschichte seiner großen Männer kann ein Volk instandsetzen, in jenen Zustand zu geraten, wo es alle kleinlichen Interessen vergißt und also einem großen Mann gewachsen ist.

Freilich, auch die Geschichte der großen Männer ist nur allzu leichtfertig geschrieben und, was noch schlimmer ist, die Bücher über sie sind ohne wirkliche Fürsorge bewahrt worden. Über den Ui sind wir angewiesen auf eine Chronik, die größtenteils vernichtet ist. Wenige Kapitel, noch dazu nicht in der Aufeinanderfolge, sind übrig geblieben, kümmerliche Zeugen seiner Größe!

Der große Krieg, den er so bewunderungswürdig vorbereitete, hat in seinem unglücklichen Verlauf die Halbinsel so sehr verwüstet, daß auch die Urkunden zum großen Teil verloren gingen, die seine Größe bezeugten. Denn was war die Verbrennung von ein paar Büchern durch die Uisten gegen die Vernichtung aller Literatur, welche der Krieg veranstaltete? Die Menschen, vollauf damit beschäftigt, sich

Höhlen gegen die Winter zu bauen und das nötigste Essen zu ergattern, waren Jahrzehnte lang viel zu verkommen, um die Urkunden zu sammeln, die die Größe ihrer großen Männer bezeugten – und was sonst, außer diesen Urkunden (Gesetzestexte, Reden, Bücher usw.), sollte diese Größe bezeugen können?

Die Verbindung mit der Umwelt ist oft abgebrochen nach ihrem Auftreten. Handel und Verkehr liegen darnieder. Die Beziehungen zwischen den Völkern sind vergiftet. Die faktischen Zeugnisse ihres großen Wirkens, die Zerstörungen dauern ebenfalls nicht. Der Bienenfleiß der kleinen Leute baut alles wieder auf. Der Bauer kennt keine Pietät. Er zieht grinsend den Pflug über das Schlachtfeld. Auf der halbzerstörten Stadtmauer nistet sich eine Seilerei ein. Das tiefe Loch, von einer Kartätsche gerissen, dient zum Aufbewahren des Hanfes! So ist die Nachwelt auf die Bücher angewiesen, und sie sind von den Ratten aufgefressen!

Nur mit Zorn übergeben wir hier dem Publikum die schmählichen Reste der Chronik, welche das Leben des Giacomo Ui von Padua berichtet.

2

Über die Herkunft des Giacomo Ui ist nicht viel bekannt. Ein ihm feindlicher Geschichtsschreiber hat es für witzig gehalten, zu behaupten, sieben Städte hätten sich um die Ehre gestritten, ihn nicht hervorgebracht zu haben, ein anderer hat behauptet, er habe zur Zeit seiner Macht genügend Forscher gefunden, die bereit waren, über seine Herkunft Unklarheit zu verbreiten. In Wirklichkeit gereicht ihm seine Herkunft, auch wenn sie dunkel ist und von ihm selber nicht als Vorteil oder Empfehlung betrachtet werden konnte, nur zum Ruhme. Denn er verdankte ihr nichts, ja sie legte ihm sogar Knüppel zwischen die Beine. Seine Nationalität wurde ihm nicht wie Anderen, Glücklicheren, in die Wiege gelegt; er mußte sie sich selber erarbeiten. Er scheint mütterlicherseits von einem kroatischen Scherenschleifer, dessen Ursprung seinerseits wieder ins Böhmische führt, väterlicherseits von einem Spaniolen abzustammen, der wohl auch maurisches Blut in seinen Adern hatte.* Er selber trat früh als reinblütiger Paduaner auf. Er tat dies hauptsächlich deshalb, weil nach seiner »Lehre« Padua nur von Paduanern beherrscht werden durfte.

Alle, die einen Erfolg mit einer Lehre haben wollen, werden von Ui darüber belehrt, daß man keineswegs sich mit dem Nächstliegenden begnügen darf, mit dem, was einem die Natur ohne eigenes Verdienst in den Schoß geworfen hat. Sein Satz »Padua den Paduanern«, der eigentlich meint: »Die Welt den Paduanern«, wurde von ihm aufgestellt unter völliger Verachtung der immerhin bestehenden Tatsache, daß er selber kein Paduaner war. Manchen andern hätte dies abgehalten; er wäre sich als vergleichsweise ungeeignet für die Aufstellung eines solchen Satzes vorgekommen, Ui hingegen war Manns genug, diesen Kampf, zu dem ihn die Natur herausforderte, aufzunehmen. In Wirklichkeit, so mag sich Ui gesagt haben, bin ich ein Paduaner wie kaum einer. So, wie nicht der Bettler den größten Erfolg haben muß, der am meisten leidet, sondern derjenige, dem man die meisten Leiden ansieht oder anzusehen glaubt, weswegen auch unsere Berufsbettler, denen oft die zur Ausübung ihres Berufes notwendigen Leiden fehlen, beim Publikum den Vogel abschießen und mit ihren künstlichen Wunden und Gebrechen das natürliche Elend in den Schatten stellen, so muß auch ein Politiker, der seine ganze Tatkraft und Phantasie darauf einstellt, ein vorbildlicher Paduaner zu sein, einen gewöhnlichen, gleichsam zufälligen Paduaner aus dem Feld schlagen.

* Griechisches Blut scheint der Ui nicht gehabt zu haben, da die Griechen selber, weder Mühe noch Kosten scheuend, die allersorgfältigsten Nachforschungen darüber angestellt und seine Nichtzugehörigkeit zu ihrer Rasse nachgewiesen haben.

3

Der Ui war von Beruf Dachdecker, jedoch bezeichnete er sich, von Anfang an nach Höherem strebend, immer als Baumeister, und die Gebäude, die er später in Padua aufführen ließ, sollen gezeigt haben, daß er die paduanischen Baumeister mit strengen Richtlinien versah. Die Gesellschaft seiner Arbeitsgenossen scheint ihm niemals zugesagt zu haben, da diese Leute ohne jeden Sinn für Höheres waren und ihn, der in seiner Kleidung und seinem Auftreten immer von seiner Umgebung abzustechen versuchte, durch allerlei Schabernack herabsetzten. Ui lernte hier die große Menge verachten als einen Haufen von Leuten, die nicht voneinander abstechen wollten und nicht den Trieb in sich fühlten, höher zu steigen als jeder andere. Er ging mit Freuden in den Krieg. Im Felde benahm er sich als besonders eifriger Soldat. Er war deshalb bei der Mannschaft nicht beliebt. Jedoch genoß er die Achtung seines Feldweibels, eines schlichten, ungebildeten Mannes, der später einen Verlag gründete und das erste Buch des Ui herausbrachte. Der Kriegsdienst hatte ihn vollends der eintönigen und schlecht bezahlten Arbeit entfremdet. So verdingte er sich einigen Hauptleuten der Truppen als geheimer Polizist. Er mischte sich ins Volk und verfaßte Berichte über aufrührerische Reden und gewisse Anschläge, die gegen die Staatsmacht geplant wurden. Bei dieser Beschäftigung zeigte er frühzeitig seine Schlauheit, indem er in den Wirtshäusern selber aufrührerische Reden hielt und alle, die ihm zustimmten, sich merkte und seinen Auftraggebern anzeigte. Er gewann schnell eine ausgebreitete Kenntnis des niedrigen Volkes, die ihm später sehr zustatten kam. Seine Volksverbundenheit stammte aus dieser Zeit. Dabei schulte er seine Rednergabe und gewöhnte sich an, auch für solche Meinungen Gründe zu sammeln, die nicht die seinigen waren. Auch bildete er die wertvolle Fähigkeit in sich aus, ohne besonderen Anlaß in Zorn geraten zu können, auch gegen diejenigen, die ihm gleichgültig waren. Geschickte Verstellung und unablässige Beobachtung waren nötig, die kleinen Leute dazu zu bringen, hochverräterische Äußerungen von sich zu geben, oft taten sie es nur in der Trunkenheit, so daß Ui, der Getränke nicht vertrug, sich sogar ein Magenleiden zuzog, das es ihm später unmöglich machte, alkoholische Getränke zu genießen. In dieser frühen Zeit nützte ihm das Trinken ebenso, wie ihm später die Enthaltsamkeit nützte. Sein Blick schärfte sich durch seine Tätigkeit ganz ungemein. Er lernte es, jene Leute herauszufinden, die durch ihre kümmerliche Lage dazu neigten, sich gegen die Obrigkeit aufzulehnen; seine Beredsamkeit löste ihnen dann die Zunge. Er wurde schnell eine Führerpersönlichkeit, und als er bei seinen Streifzügen eine kleine Gruppe von Verschwörern entdeckte, die den Kampf gegen die Griechen auf ihre Fahne geschrieben hatten, gelang es ihm rasch, sich zu ihrem Führer aufzuschwingen.

4

Die Art, wie der Ui seine ersten Anhänger gewann, indem er gleichsam zum Grundstein einer großen Bewegung, die ihn zur Macht tragen sollte, einen ganz zufälligen und ganz gemeinen Kieselstein wählte, der nur eben dalag, beweist seine tiefe Einsicht. So soll der große Ignatius von Loyola seine ersten Anhänger beim Billardspiel gewonnen haben, wo sie an ihn Geld verspielten, das sie nicht hatten, so daß sie, um aus der Schuld gelassen zu werden, dem Orden beitreten mußten. Die Tischrunde, mit der Ui anfing, selber nicht viel mehr als ein Gestrandeter, bestand aus einfachen Leuten, die nach den Geschäften des Tages zusammenkamen und bei einem Glas billigen Weins ihre Meinungen austauschten. Sie haßten vor allem die griechischen Kaufleute in Padua, die geschäftlich sehr tüchtig waren und ihnen, wo sie konnten, das Wasser abgruben.

Ui erkannte sogleich, daß Meinungen nicht genügten, einer Vereinigung irgendwelchen öffentlichen Einfluß zu verschaffen. Sein erstes war es also, eine Kasse anzuschaffen und Mitgliedsbeiträge einzuführen. Die Beschaffenheit der Mitglieder störte ihn nicht, wenn sie nur regelmäßig erschienen und die Statuten ordentlich befolgten. Solche Statuten waren das zweite, was er aufstellte. Sie richteten sich hauptsächlich gegen die Griechen und waren so allgemein wie möglich gehalten. Von allem Anfang an haßte Ui übertrieben genaue Formulierungen, da sie nur Leute abschreckten, dem Verein beizutreten. Je weniger in den Statuten stand, desto mehr schien den Mitgliedern darin zu stehen. Ui hatte nichts dagegen, den Leuten zu versprechen, was sie wünschten, aber wie sollte er alle ihre Wünsche kennen? Die Partei des Ui, lediglich auf Forderungen aufgebaut, die je nach den Anhängern ergänzt werden konnten, wuchs rasch in einer Stadt, wo es allen schlecht ging.

5

Der Krieg war eben zu Ende. In ihm hatte Padua allein gegen ganz Italien gestanden. Es war unterlegen und hatte einen Friedensvertrag unterschreiben müssen. Da der Krieg für die Interessen der Tüchtigen und Besitzenden geführt worden war, und die Niederlage den Besitzlosen und Untüchtigen teuer zu stehen kam, gab es in beiden Schichten viele, die seine Wiederholung wünschten, die einen wollten den entgangenen Gewinn doch noch erlangen, die andern die drohenden Verluste vermeiden. Der Sieg *eines* Staates gegen alle übrigen in Italien wäre eine große Ruhmestat gewesen; so schien vielen die Niederlage eine Schande. Und die Gründe, die zum Krieg geführt hatten, bestanden weiter fort auch nach der Niederlage. Padua war ein mit allerhand Schätzen ausgestattetes Land, jedoch bestand die Besonderheit dieses Landes darin, daß sich die Bodenschätze nicht gegenseitig ergänzten, so daß es zum Aufbau einer guten Industrie einige Rohstoffe besaß, andere entbehrte. Padua war so auf den Austausch mit umliegenden Ländern mehr angewiesen als seine Nachbarn. Jedermann sieht, daß es in solcher Lage ebenso nötig ist, einen Krieg zu führen, wie es schwierig ist. Den Krieg braucht man, um die fehlenden Rohstoffe zu bekommen, und die Rohstoffe, um den Krieg zu führen. Ein zweiter Krieg war auch deshalb ungemein schwer zu führen, weil schon der erste gezeigt hatte, daß das Volk von Padua nicht einig genug war, um in Zeiten der Bedrängnis durchzuhalten. Besonders jener Teil des Volkes, der am meisten gelitten hatte, hatte sich als weniger eisern im Durchhalten gezeigt. Ein großer Teil der Regierten hatte die Niederlage ihrer Regierung dann nicht für die eigene Niederlage gehalten, sondern dazu benützt, sich ihrer zu entledigen. Auch die Schuld daran schob Ui schon sehr frühzeitig den griechischen Händlern zu. Diese Griechen waren es nach Ui, die den Heldenmut der Paduaner untergraben hatten. Es kam alles darauf an, den Paduanern ihr nationales Selbstbewußtsein wiederzugeben.

6

Ui, seines großen Zieles eingedenk, verschmähte keines der kleinen Mittel, durch die man die kleinen Leute organisiert. Er wußte, daß man die Mitglieder zu Ausgaben veranlassen und bestimmten Läden Einnahmen verschaffen mußte. Deshalb bezeichnete er einen bestimmten Schneider, bei dem die Anhänger der neuen Partei ihre Hemden einkaufen mußten. Diese Hemden waren von schreiend grüner Farbe, so daß die Uisten sich bei Raufhändeln schon von weitem erkannten und schon an der Farbe der Hemden bei einer Schlägerei erkennen konnten, auf welcher Seite das Recht war. Der Schneider wiederum führte einen Teil seiner Einnahmen an die Partei des Ui ab. Die kleinen Leute, die der

Ui warb, waren größtenteils Bettler, aber gerade deshalb sollten sie noch etwas zahlen müssen; gerade dies spornte ihre Hoffnungen an und verhinderte sie, die Reihen der Kämpfer zu verlassen und einer Partei aufzusagen, für die sie schon Geldopfer gebracht hatten. Den Hemden gesellten sich bald Stiefel, den Stiefeln Jacken zu, und dann wurden ganze Monturen verlangt, so daß die Uisten wie eine Armee durch Padua marschierten, von allem Volk unterschieden und so die Herren allen Volkes.

7

Der Ui hatte erkannt, daß man von Leuten alles verlangen kann, wenn man ihnen die Gelegenheit verschafft, sich von den anderen zu unterscheiden. Die einzige Lehre des Ui war, wie wir schon schrieben, die von dem ungeheuren Unterschied zwischen den eingeborenen Paduanern und den Griechen. Waren nach der Lehre Uis die Paduaner heldische, gradsinnige und opferbereite Menschen, so stellten die Griechen krämerhafte, feige und spitzfindige Eindringlinge dar, die nichts als ihren eigenen Vorteil gelten ließen und diesen noch dazu in den niedrigsten, rein materiellen Gütern sahen. Erfüllt von einer grenzenlosen Sinnlichkeit stellten sie den Paduanerinnen und Paduanern nach, raubten ihnen den Ertrag ihrer Arbeit und bliesen ihnen allerlei ein, was geeignet war, sie zu verderben. Von ihnen konnte nur Schlechtes kommen, und was irgend schlecht war in Padua, stammte von ihnen. Auf diese Weise gewöhnte sich der kleine Mann, alle seine Leiden auf die Griechen zurückzuführen; ahnend, daß über seinem Kopfe ständig irgendwelche Entscheidungen gefällt wurden, die ihm Schaden brachten, war er erfreut, nun die wahren Urheber seines Mißgeschicks zu kennen. Es erbitterte ihn sehr, von fremden Leuten ausgeplündert und mißbraucht zu werden. Ui wußte natürlich, daß die Welt von den Stärkeren beherrscht wurde und daß die natürliche Ordnung darin bestand, daß die Großen über den Kleinen standen. In diesem Sinne waren die Leiden der Unteren natürliche Leiden und sie abzuschaffen wäre nur der verbrecherische Versuch gewesen, die ganze Weltordnung umzustoßen.

8

So baute Ui, unterstützt durch die allgemeine schlechte Geschäftslage und die Entwertung des Geldes, eine große Partei auf. Er benötigte dazu weder besonders wertvolle Menschen noch eine große Idee. Das Herausfinden neuer Ideen überließ er jenen Leuten, die nur darauf aus sind, Bestehendes umzuwälzen und die, statt in schwierigen Lagen sich als Männer zu bewähren, irgendwelche Lösungen für die Probleme ausdenken. So verschwindet allerdings die Schwierigkeit, aber mit ihr auch jedes Heldentum! Der Ui begnügte sich damit, das, was er vorfand, zu pflegen: den Haß gegen das Griechentum, den Wunsch gewisser Kreise nach einer starken Führung und die Überzeugung vieler, daß Padua ohne Eroberungen nicht bestehen könne. Er wurde, was er wurde, nicht durch Ideen, sondern nur durch seine Persönlichkeit. Seinem Aussehen verdankte er wenig, seinem Auftreten alles. Er war nur mittelgroß, mit einer Anlage zum Bauch. Seine fliehende Stirn und damit seine unbedeutend wirkende Seitenansicht hätte dem Maler Giacone beinahe zum Verderben gereicht: er kam wegen eines Porträts, das den Ui im Profil zeigte, einige Wochen in Schutzhaft. Auch wenn er eine Kopfbedeckung trug, sah er unsäglich unintelligent aus. Er ging daher Sommer wie Winter mit bloßem Kopf und war daher ständig verschnupft. Außerdem konnte Ui nicht lachen, noch weniger lächeln; sein Gesicht bekam dann sogleich einen stechenden Ausdruck.

Auch sonst hatte er mit mancherlei in seiner natürlichen Veranlagung zu kämpfen. Er war schwer hysterisch und jähzornig und verfiel leicht in Weinkrämpfe. Eine merkwürdige Hemmung, Entschlüsse zu fassen, machte ihm und seiner Umgebung oft sehr zu schaffen.

Er konnte, was ihn selber betrifft, mit Recht sagen, er habe es verstanden, aus nichts etwas zu machen.

Reden und Schreiten lernte er bei einem alten Schauspieler, der ihm auch, da er einmal in seiner Glanzzeit den großen Colleone auf der Bühne darstellen hatte dürfen, dessen berühmte Haltung mit den vor der Brust verschränkten Armen beibrachte. Am meisten konnte er noch auf sein Auge bauen, das, allerdings erst nach geraumer Zeit öffentlichen Auftretens, sehr gut blitzte.

Allen diesen Äußerlichkeiten maß er großes Gewicht zu und dies mit Recht. Er verfügte weder über den Adel der Geburt, noch über viel ererbtes Geld und war daher ganz auf sich angewiesen.

Der Soldat von La Ciotat

Nach dem ersten Weltkrieg sahen wir in der kleinen südfranzösischen Hafenstadt La Ciotat bei einem Jahrmarkt zur Feier eines Schiffsstapellaufs auf einem öffentlichen Platz das bronzene Standbild eines Soldaten der französischen Armee, um das die Menge sich drängte. Wir traten näher hinzu und entdeckten, daß es ein lebendiger Mensch war, der da unbeweglich in erdbraunem Mantel, den Stahlhelm auf dem Kopf, ein Bajonett im Arm, in der heißen Junisonne auf einem Steinsockel stand. Sein Gesicht und seine Hände waren mit einer Bronzefarbe angestrichen. Er bewegte keinen Muskel, nicht einmal seine Wimpern zuckten.

Zu seinen Füßen an dem Sockel lehnte ein Stück Pappe, auf dem folgender Text zu lesen war:

Der Statuenmensch
(Homme Statue)

Ich, Charles Louis Franchard, Soldat im ...ten Regiment, erwarb als Folge einer Verschüttung vor Verdun die ungewöhnliche Fähigkeit, vollkommen unbeweglich zu verharren und mich beliebige Zeit lang *wie eine Statue* zu verhalten. Diese meine Kunst wurde von vielen Professoren geprüft und als eine unerklärliche Krankheit bezeichnet. Spenden Sie, bitte, einem Familienvater ohne Stellung eine kleine Gabe!

Wir warfen eine Münze in den Teller, der neben dieser Tafel stand, und gingen kopfschüttelnd weiter.

Hier also, dachten wir, steht er, bis an die Zähne bewaffnet, der unverwüstliche Soldat vieler Jahrtausende, er, mit dem Geschichte gemacht wurde, er, der alle diese großen Taten der Alexander, Cäsar, Napoleon ermöglichte, von denen wir in den Schullesebüchern lesen. Das ist er. Er zuckt nicht mit der Wimper. Das ist der Bogenschütze des Cyrus, der Sichelwagenlenker des Kambyses, den der Sand der Wüste nicht endgültig begraben konnte, der Legionär Cäsars, der Lanzenreiter des Dschingis-Khan, der Schweizer des XIV. Ludwig und des I. Napoleon Grenadier. Er besitzt die eben doch nicht so ungewöhnliche Fähigkeit, sich nichts anmerken zu lassen, wenn alle erdenklichen Werkzeuge der Vernichtung an ihm ausprobiert werden. Wie ein Stein, fühllos (sagt er), verharre er, wenn man ihn in den Tod schicke. Durchlöchert von Lanzen der verschiedensten Zeitalter, steinernen, bronzenen, eisernen, angefahren von Streitwagen, denen des Artaxerxes und denen des Generals Ludendorff, zertrampelt von den Elefanten des Hannibal und den Reitergeschwadern des Attila, zerschmettert von den fliegenden Erzstücken der immer vollkommeneren Geschütze mehrerer Jahrhunderte, aber auch den fliegenden Steinen der Katapulte, zerrissen von Gewehrkugeln, groß wie Taubeneier und klein wie Bienen, steht er, unverwüstlich, immer von neuem, kommandiert in vielerlei Sprachen, aber immer unwissend warum und wofür. Die Ländereien, die er eroberte, nahm nicht er in Besitz, so wie der Maurer nicht das Haus bewohnt, das er gebaut hat. Noch gehörte ihm etwa das Land, das er verteidigte. Nicht einmal seine Waffe oder seine Montur gehört ihm. Aber er steht, über sich den Todesregen der Flugzeuge und das brennende Pech der Stadtmauern, unter sich Mine und Fallgrube, um sich Pest und Gelbkreuzgas, fleischerner Köcher für Wurfspieß und Pfeil, Zielpunkt, Tankmatsch, Gaskocher, vor sich den Feind und hinter sich den General!

Unzählige Hände, die ihm das Wams webten, den Harnisch klopften, die Stiefel schnitten! Unzählbare Taschen, die sich durch ihn füllten. Unermeßliches Geschrei in *allen* Sprachen der Welt, das ihn anfeuerte! Kein Gott, der ihn nicht segnete! Ihn, der behaftet ist mit dem entsetzlichen Aussatz der Geduld, ausgehöhlt von der unheilbaren Krankheit der Unempfindlichkeit.

Was für eine Verschüttung, dachten wir, ist das, der er diese Krankheit verdankt, diese furchtbare, ungeheuerliche, so überaus ansteckende Krankheit?
Sollte sie, fragten wir uns, nicht doch heilbar sein?

Der verwundete Sokrates

Sokrates, der Sohn der Hebamme, der in seinen Zwiegesprächen so gut und leicht und unter so kräftigen Scherzen seine Freunde wohlgestalter Gedanken entbinden konnte und sie so mit eigenen Kindern versorgte, anstatt wie andere Lehrer ihnen Bastarde aufzuhängen, galt nicht nur als der klügste aller Griechen, sondern auch als einer der tapfersten. Der Ruf der Tapferkeit scheint uns ganz gerechtfertigt, wenn wir beim Platon lesen, wie frisch und unverdrossen er den Schierlingsbecher leerte, den ihm die Obrigkeit für die seinen Mitbürgern geleisteten Dienste am Ende reichen ließ. Einige seiner Bewunderer aber haben es für nötig gehalten, auch noch von seiner Tapferkeit im Felde zu reden. Tatsächlich kämpfte er in der Schlacht bei Delion mit, und zwar bei den leichtbewaffneten Fußtruppen, da er weder seinem Ansehen nach, er war Schuster, noch seinem Einkommen nach, er war Philosoph, zu den vornehmeren und teueren Waffengattungen eingezogen wurde. Jedoch war, wie man sich denken kann, seine Tapferkeit von besonderer Art.

Sokrates hatte sich am Morgen der Schlacht so gut wie möglich auf das blutige Geschäft vorbereitet, indem er Zwiebeln kaute, was nach Ansicht der Soldaten Mut erzeugte. Seine Skepsis auf vielen Gebieten veranlaßte ihn zur Leichtgläubigkeit auf vielen andern Gebieten; er war gegen die Spekulation und für die praktische Erfahrung, und so glaubte er nicht an die Götter, wohl aber an die Zwiebeln.

Leider verspürte er keine eigentliche Wirkung, jedenfalls keine sofortige, und so trottete er düster in einer Abteilung von Schwertkämpfern, die im Gänsemarsch in ihre Stellung auf irgendeinem Stoppelfeld einrückte. Hinter und vor ihm stolperten Athener Jungens aus den Vorstädten, die ihn darauf aufmerksam machten, daß die Schilde der Athenischen Zeughäuser für dicke Leute wie ihn zu klein geschnitten seien. Er hatte denselben Gedanken gehabt, nur waren es bei ihm *breite* Leute gewesen, die durch die lächerlich schmalen Schilde nicht halbwegs gedeckt wurden.

Der Gedankenaustausch zwischen seinem Vorder- und seinem Hintermann über die Profite der großen Waffenschmieden aus zu kleinen Schilden wurde abgebrochen durch das Kommando ›Lagern‹.

Man ließ sich auf den Stoppelboden nieder, und ein Hauptmann wies Sokrates zurecht, weil er versucht hatte, sich auf seinen Schild zu setzen. Mehr als der Anschnauzer selbst beunruhigte ihn die gedämpfte Stimme, mit der er erfolgte. Der Feind schien in der Nähe vermutet zu werden.

Der milchige Morgennebel verhinderte alle Aussicht. Jedoch zeigten die Laute von Tritten und klirrenden Waffen an, daß die Ebene besetzt war.

Sokrates erinnerte sich mit großer Unlust an ein Gespräch, das er am Abend vorher mit einem jungen Mann geführt hatte, den er hinter den Kulissen einmal getroffen hatte und der Offizier bei der Reiterei war.

»Ein kapitaler Plan!« hatte der junge Laffe erklärt. »Das Fußvolk steht ganz einfach, treu und bieder aufgestellt da und fängt den Stoß des Feindes auf. Und inzwischen geht die Reiterei in der Niederung vor und kommt ihm in den Rücken.«

Die Niederung mußte ziemlich weit rechts, irgendwo im Nebel liegen. Da ging wohl jetzt also die Reiterei vor.

Der Plan hatte Sokrates gut geschienen, oder jedenfalls nicht schlecht. Es wurden ja immer Pläne gemacht, besonders wenn man dem Feind unterlegen an Stärke war. In Wirklichkeit wurde dann einfach gekämpft, das heißt zugehauen. Und man ging nicht da vor, wo der Plan es vorschrieb, sondern da, wo der Feind es zuließ.

Jetzt, im grauen Morgenlicht, kam der Plan Sokrates ganz und gar miserabel vor. Was hieß das: das Fußvolk fängt den Stoß des Feindes auf? Im allgemeinen war man froh, wenn man einem Stoß ausweichen konnte, und jetzt sollte die Kunst darin bestehen, ihn aufzufangen! Es war sehr schlimm, daß der Feldherr selber ein Reiter war.

So viele Zwiebeln gab es gar nicht auf dem Markt, als für den einfachen Mann nötig waren.

Und wie unnatürlich war es, so früh am Morgen, statt im Bett zu liegen, hier mitten in einem Feld auf dem nackten Boden zu sitzen, mit mindestens zehn Pfund Eisen auf dem Leib und einem Schlachtmesser in der Hand! Es war richtig, daß man die Stadt verteidigen mußte, wenn sie angegriffen wurde, da man sonst dort großen Ungelegenheiten ausgesetzt war, aber warum wurde die Stadt angegriffen? Weil die Reeder, Weinbergbesitzer und Sklavenhändler in Kleinasien den persischen Reedern, Weinbergbesitzern und Sklavenhändlern ins Gehege gekommen waren! Ein schöner Grund!

Plötzlich saßen alle wie erstarrt.

Von links aus dem Nebel kam ein dumpfes Gebrüll, begleitet von einem metallenen Schallen. Es planzte sich ziemlich rasch fort. Der Angriff des Feindes hatte begonnen.

Die Abteilung stand auf. Mit herausgewälzten Augen stierte man in den Nebel vorn. Zehn Schritt zur Seite fiel ein Mann in die Knie und rief lallend die Götter an. Zu spät, schien es Sokrates.

Plötzlich, wie eine Antwort, erfolgte ein schreckliches Gebrüll weiter rechts. Der Hilfeschrei schien in einen Todesschrei übergegangen zu sein. Aus dem Nebel sah Sokrates eine kleine Eisenstange geflogen kommen. Ein Wurfspeer!

Und dann tauchten, undeutlich im Dunst, vorn massive Gestalten auf: die Feinde.

Sokrates, unter dem überwältigenden Eindruck, daß er vielleicht schon zu lange gewartet hatte, wandte sich schwerfällig um und begann zu laufen. Der Brustpanzer und die schweren Beinschienen hinderten ihn beträchtlich. Sie waren viel gefährlicher als Schilde, da man sie nicht wegwerfen konnte.

Keuchend lief der Philosoph über das Stoppelfeld. Alles hing davon ab, ob er genügend Vorsprung gewann. Hoffentlich fingen die braven Jungen hinter ihm den Stoß für eine Zeit auf.

Plötzlich durchfuhr ihn ein höllischer Schmerz. Seine linke Sohle brannte, daß er meinte, es überhaupt nicht aushalten zu können. Er ließ sich stöhnend zu Boden sinken, ging aber mit einem neuen Schmerzensschrei wieder hoch. Mit irren Augen blickte er um sich und begriff alles. Er war in ein Dornenfeld geraten!

Es war ein Gewirr niedriger Hecken mit sehr scharfen Dornen. Auch im Fuß mußte ein Dorn stecken. Vorsichtig, mit tränenden Augen, suchte er eine Stelle am Boden, wo er sitzen konnte. Auf dem gesunden Fuß humpelte er ein paar Schritte im Kreise, bevor er sich zum zweiten Mal niederließ. Er mußte sofort den Dorn ausziehen.

Gespannt horchte er nach dem Schlachtlärm: er zog sich nach beiden Seiten ziemlich weit hin, jedoch war er nach vorn mindestens hundert Schritte entfernt. Immerhin schien er sich zu nähern, langsam, aber unverkennbar.

Sokrates konnte die Sandale nicht herunterbekommen. Der Dorn hatte die dünne Ledersohle durchbohrt und stak tief im Fleisch. Wie konnte man den Soldaten, die die Heimat gegen den Feind verteidigen sollten, so dünne Schuhe liefern! Jeder Ruck an der Sandale war von einem brennenden Schmerz gefolgt. Ermattet ließ der Arme die massigen Schultern vorsinken. Was tun?

Sein trübes Auge fiel auf das Schwert neben ihm. Ein Gedanke durchzuckte sein Gehirn, willkommener als je einer in einem Streitgespräch. Konnte man das Schwert als ein Messer benutze? Er griff danach.

In diesem Augenblick hörte er dumpfe Tritte. Ein kleiner Trupp brach durch das Gestrüpp. Den Göttern sei Dank, es waren eigene! Sie blieben einige Sekunden stehen, als sie ihn sahen. »Das ist der Schuster«, hörte er sie sagen. Dann gingen sie weiter.

Aber links von ihnen kam jetzt auch Lärm. Und dort ertönten Kommandos in einer fremden Sprache. Die Perser!

Sokrates versuchte, wieder auf die Beine zu kommen, das heißt auf das rechte Bein. Er stützte sich auf das Schwert, das nur um wenig zu kurz war. Und dann sah er links, in der kleinen Lichtung, einen Knäuel Kämpfender auftauchen. Er hörte Ächzen und das Aufschlagen stumpfen Eisens auf Eisen oder Leder.

Verzweifelt hüpfte er auf dem gesunden Fuß rückwärts. Umknackend kam er wieder auf den verwundeten Fuß zu stehen und sank stöhnend zusammen. Als der kämpfende Knäuel, der nicht groß war, es handelte sich vielleicht um zwanzig oder dreißig Mann, sich auf wenige Schritte genähert hatte, saß der Philosoph auf dem Hintern zwischen zwei Dornsträuchern, hilflos dem Feind entgegenblickend.

Es war unmöglich für ihn, sich zu bewegen. Alles war besser, als diesen Schmerz im Fußballen noch ein einziges Mal zu spüren. Er wußte nicht, was machen, und plötzlich fing er an zu brüllen.

Genau beschrieben war es so: Er hörte sich brüllen. Er hörte sich aus seinem mächtigen Brustkasten brüllen wie eine Röhre:

»Hierher, dritte Abteilung! Gebt ihnen Saures, Kinder!«

Und gleichzeitig sah er sich, wie er das Schwert faßte und es im Kreise um sich schwang, denn vor ihm stand, aus dem Gestrüpp aufgetaucht, ein persischer Soldat mit einem Spieß. Der Spieß flog zur Seite und riß den Mann mit.

Und Sokrates hörte sich zum zweiten Male brüllen und sagen:

»Keinen Fußbreit mehr zurück, Kinder! Jetzt haben wir sie, wo wir sie haben wollen, die Hundesöhne! Krapolus, vor mit der sechsten! Nullos, nach rechts! Zu Fetzen zerreiße ich, wer zurückgeht!«

Neben sich sah er zu seinem Erstaunen zwei von den Eigenen, die ihn entsetzt anglotzten. »Brüllt«, sagte er leise, »brüllt, um des Himmels willen!«

Der eine ließ die Kinnlade fallen vor Schrecken, aber der andere fing wirklich an zu brüllen, irgendwas. Und der Perser vor ihnen stand mühsam auf und lief ins Gestrüpp.

Von der Lichtung her stolperten ein Dutzend Erschöpfte. Die Perser hatten sich auf das Gebrüll hin zur Flucht gewandt. Sie fürchteten einen Hinterhalt.

»Was ist hier?« fragte einer der Landsleute Sokrates, der immer noch auf dem Boden saß.

»Nichts«, sagte dieser. »Steht nicht so herum und glotzt nicht auf mich. Lauft lieber hin und her und gebt Kommandos, damit man drüben nicht merkt, wie wenige wir sind.«

»Besser, wir gehen zurück«, sagte der Mann zögernd.

»Keinen Schritt«, protestierte Sokrates. »Seid ihr Hasenfüße?«

Und da es für den Soldaten nicht genügt, wenn er Furcht hat, sondern er auch Glück haben muß, hörte man plötzlich von ziemlich weit her, aber ganz deutlich, Pferdegetrappel und wilde Schreie, und sie waren in griechischer Sprache! Jedermann weiß, wie vernichtend die Niederlage der Perser an diesem Tage war. Sie beendete den Krieg.

Als Alkibiades an der Spitze der Reiterei an das Dornenfeld kam, sah er, wie eine Rotte von Fußsoldaten einen dikken Mann auf den Schultern trug.

Sein Pferd anhaltend, erkannte er den Sokrates in ihm, und die Soldaten klärten ihn darüber auf, daß er die wankende Schlachtreihe durch seinen unerschütterlichen Widerstand zum Stehen gebracht hatte.

Sie trugen ihn im Triumph bis zum Train. Dort wurde er, trotz seines Protestes, auf einen der Fouragewagen gesetzt, und umgeben von schweißübergossenen, aufgeregt schreienden Soldaten gelangte er nach der Hauptstadt zurück.

Man trug ihn auf den Schultern in sein kleines Haus.

Xanthippe, seine Frau, kochte ihm eine Bohnensuppe. Vor dem Herd kniend und mit vollen Backen das Feuer anblasend, schaute sie ab und zu nach ihm hin. Er saß noch auf dem Stuhl, in den ihn seine Kameraden gesetzt hatten.

»Was ist mit *dir* passiert?« fragte sie argwöhnisch.

»Mit mir?« murmelte er, »nichts.«

»Was ist denn das für ein Gerede von deinen Heldentaten?« wollte sie wissen.

»Übertreibungen«, sagte er, »sie riecht ausgezeichnet.«

»Wie kann sie riechen, wenn ich das Feuer noch nicht anhabe? Du hast dich wieder zum Narren gemacht, wie?« sagte sie zornig. »Morgen kann ich dann wieder das Gelächter haben, wenn ich einen Wecken holen gehe.«

»Ich habe keineswegs einen Narren aus mir gemacht. Ich habe mich geschlagen.«

»Warst du betrunken?«

»Nein. Ich habe sie zum Stehen gebracht, als sie zurückwichen.«

»Du kannst nicht einmal dich zum Stehen bringen«, sagte sie aufstehend, denn das Feuer brannte. »Gib mir das Salzfaß vom Tisch.«

»Ich weiß nicht«, sagte er langsam und nachdenklich, »ich weiß nicht, ob ich nicht am allerliebsten überhaupt nichts zu mir nähme. Ich habe mir den Magen ein wenig verdorben.«

»Ich sagte dir ja, besoffen bist du. Versuch einmal aufzustehen und durchs Zimmer zu gehen, dann werden wir ja sehen.«

Ihre Ungerechtigkeit erbitterte ihn. Aber er wollte unter keinen Umständen aufstehen und ihr zeigen, daß er nicht auftreten konnte. Sie war unheimlich klug, wenn es galt, etwas Ungünstiges über ihn herauszubekommen. Und es war ungünstig, wenn der tiefere Grund seiner Standhaftigkeit in der Schlacht offenbar wurde.

Sie hantierte weiter mit dem Kessel auf dem Herd herum, und dazwischen teilte sie ihm mit, was sie sich dachte.

»Ich bin überzeugt, deine feinen Freunde haben dir wieder einen Druckposten ganz hinten, bei der Feldküche, verschafft. Da ist ja nichts als Schiebung.«

Er sah gequält durch die Fensterluke auf die Gasse hinaus, wo viele Leute mit weißen Laternen herumzogen, da der Sieg gefeiert wurde.

Seine vornehmen Freunde hatten nichts dergleichen versucht, und er würde es auch nicht angenommen haben, jedenfalls nicht so ohne weiteres.

»Oder haben sie es ganz in der Ordnung gefunden, daß der Schuster mitmarschiert? Nicht den kleinen Finger rühren sie für dich. Er ist Schuster, sagen sie, und Schuster soll er bleiben. Wie können wir sonst zu ihm in sein Dreckloch kommen und stundenlang mit ihm schwatzen und alle Welt sagen hören: Sieh mal an, ob er Schuster ist oder nicht, diese feinen Leute setzen sich doch zu ihm und reden mit ihm über Philersophie. Dreckiges Pack.«

»Es heißt Philerphobie«, sagte er gleichmütig.

Sie warf ihm einen unfreundlichen Blick zu.

»Belehr mich nicht immer. Ich weiß, daß ich ungebildet bin. Wenn ich es nicht wäre, hättest du niemand, der dir ab und zu ein Schaff Wasser zum Füßewaschen hinstellt.«

Er zuckte zusammen und hoffte, sie hatte es nicht bemerkt. Es durfte heute auf keinen Fall zum Füßewaschen kommen. Den Göttern sei Dank, fuhr sie schon in ihrer Ansprache fort.

»Also betrunken warst du nicht und einen Druckposten haben sie dir auch nicht verschafft. Also mußt du dich wie ein Schlächter aufgeführt haben. Blut hast du an deiner Hand, wie? Aber wenn ich eine Spinne zertrete, brüllst du los. Nicht als ob ich glaubte, daß du wirklich deinen Mann gestanden hättest, aber irgend etwas Schlaues, so etwas hintenrum, mußt du doch wohl gemacht haben, damit sie dir so auf die Schulter klopfen. Aber ich bringe es schon noch heraus, verlaß dich drauf.«

Die Suppe war jetzt fertig. Sie roch verführerisch. Die Frau nahm den Kessel, stellte ihn, mit ihrem Rock die Henkel anfassend, auf den Tisch und begann ihn auszulöffeln.

Er überlegte, ob er nicht doch noch seinen Appetit wiedergewinnen sollte. Der Gedanke, daß er dann wohl an den Tisch mußte, hielt ihn rechtzeitig ab.

Es war ihm nicht wohl zumute. Er fühlte deutlich, daß die Sache noch nicht vorüber war. Sicher würde es in der nächsten Zeit allerhand Unangenehmes geben. Man entschied nicht eine Schlacht gegen die Perser und blieb ungeschoren. Jetzt, im ersten Siegesjubel, dachte man natürlich nicht an den, der das Verdienst hatte. Man war vollauf beschäftigt, seine eigenen Ruhmestaten herumzuposaunen. Aber morgen oder übermorgen würde jeder sehen, daß sein Kollege allen Ruhm für sich in Anspruch nahm, und dann würde man ihn hervorziehen wollen. Viele konnten zu vielen damit etwas am Zeug flicken, wenn sie den Schuster als den eigentlichen Hauptthelden erklärten. Dem Alkibiades war man sowieso nicht grün. Mit Wonne würde man ihm zurufen: Du hast die Schlacht gewonnen, aber ein Schuster hat sie ausgekämpft.

Und der Dorn schmerzte wilder denn je.

Wenn er die Sandale nicht bald ausbekam, konnte es Blutvergiftung werden.

»Schmatz nicht so«, sagte er geistesabwesend.

Der Frau blieb der Löffel im Mund stecken.

»Was tue ich?«

»Nichts«, beeilte er sich erschrocken zu versichern. »Ich war gerade in Gedanken.«

Sie stand außer sich auf, feuerte den Kessel auf den Herd und lief hinaus.

Er seufzte tief auf vor Erleichterung. Hastig arbeitete er sich aus dem Stuhl hoch und hüpfte, sich scheu umblickend, zu seinem Lager hinter. Als sie wieder hereinkam, um ihren Schal zum Ausgehen zu holen, sah sie mißtrauisch, wie er unbeweglich auf der lederbezogenen Hängematte lag. Einen Augenblick dachte sie, es fehle ihm doch etwas. Sie erwog sogar, ihn danach zu fragen, denn sie war ihm sehr ergeben. Aber sie besann sich eines Besseren und verließ maulend die Stube, sich mit der Nachbarin die Festlichkeiten anzusehen.

Sokrates schlief schlecht und unruhig und erwachte sorgenvoll. Die Sandale hatte er herunter, aber den Dorn hatte er nicht zu fassen bekommen. Der Fuß war stark geschwollen.

Seine Frau war heute morgen weniger heftig.

Sie hatte am Abend die ganze Stadt von ihrem Mann reden hören. Es mußte tatsächlich irgend etwas stattgefunden haben, was den Leuten so imponiert hatte. Daß er eine ganze persische Schlachtreihe aufgehalten haben sollte, wollte ihr allerdings nicht in den Kopf. Nicht er, dachte sie. Eine ganze Versammlung aufhalten mit seinen Fragen, ja, das konnte er. Aber nicht eine Schlachtreihe. Was war also vorgegangen?

Sie war so unsicher, daß sie ihm die Ziegenmilch ans Lager brachte.

Er traf keine Anstalten aufzustehen.

»Willst du nicht raus?« fragte sie.

»Keine Lust«, brummte er.

So antwortete man seiner Frau nicht auf eine höfliche Frage, aber sie dachte sich, daß er vielleicht nur vermeiden wollte, sich den Blicken der Leute auszusetzen, und ließ die Antwort passieren.

Früh am Vormittag kamen schon Besucher.

Es waren ein paar junge Leute, Söhne wohlhabender Eltern, sein gewöhnlicher Umgang. Sie behandelten ihn immer als ihren Lehrer, und einige schrieben sogar mit, wenn er zu ihnen sprach, als sei es etwas ganz Besonderes.

Heute berichteten sie ihm sogleich, daß Athen voll von seinem Ruhm sei. Es sei ein historisches Datum für die Philosophie (sie hatte also doch recht gehabt, es heißt Philersophie und nicht anders). Sokrates habe bewiesen, daß der groß Betrachtende auch der groß Handelnde sein könne.

Sokrates hörte ihnen ohne die übliche Spottsucht zu. Während sie sprachen, war es ihm, als höre er, noch weit weg, wie man ein fernes Gewitter hören kann, ein ungeheures Gelächter, das Gelächter einer ganzen Stadt, ja eines Landes, weit weg, aber sich nähernd, unaufhaltsam heranziehend, jedermann ansteckend, die Passanten auf den Straßen, die Kaufleute und Politiker auf dem Markt, die Handwerker in ihren kleinen Läden.

»Es ist alles Unsinn, was ihr da redet«, sagte er mit einem plötzlichen Entschluß. »Ich habe gar nichts gemacht.«

Lächelnd sahen sie sich an. Dann sagte einer:

»Genau, was wir auch sagten. Wir wußten, daß du es so auffassen würdest. Was ist das jetzt für ein Geschrei plötzlich, fragten wir Eusopulos vor den Gymnasien. Zehn Jahre hat Sokrates die größten Taten des Geistes verrichtet und kein Mensch hat sich auch nur nach ihm umgeblickt. Jetzt hat er eine Schlacht gewonnen, und ganz Athen redet von ihm. Seht ihr nicht ein, sagten wir, wie beschämend das ist?«

Sokrates stöhnte.

»Aber ich habe gar nicht gewonnen. Ich habe mich verteidigt, weil ich angegriffen wurde. Mich interessierte diese Schlacht nicht. Ich bin weder ein Waffenhändler, noch habe ich Weinberge in der Umgebung. Ich wüßte nicht, für was ich Schlachten schlagen sollte. Ich steckte unter lauter vernünftigen Leuten aus den Vorstädten, die kein Interesse an Schlachten haben, und ich tat genau, was sie alle auch taten, höchstens einige Augenblicke vor ihnen.«

Sie waren wie erschlagen.

»Nicht wahr«, riefen sie, »das haben wir auch gesagt. Er hat nichts getan, als sich verteidigt. Das ist seine Art, Schlachten zu gewinnen. Erlaube, daß wir in die Gymnasien zurückeilen. Wir haben ein Gespräch über dieses Thema nur unterbrochen, um dir guten Tag zu sagen.«

Und sie gingen, wollüstig ins Gespräch vertieft.

Sokrates lag schweigend, auf die Ellbogen gestützt, und sah nach der rußgeschwärzten Decke. Er hatte recht gehabt mit seinen finsteren Ahnungen.

Seine Frau beobachtete ihn von der Ecke des Zimmers aus. Sie flickte mechanisch an einem alten Rock herum.

Plötzlich sagte sie leise: »Also was steckt dahinter?«

Er fuhr zusammen. Unsicher schaute er sie an.

Sie war ein abgearbeitetes Wesen, mit einer Brust wie ein Brett und traurigen Augen. Er wußte, daß er sich auf sie verlassen konnte. Sie würde ihm noch die Stange halten, wenn seine Schüler schon sagen würden: Sokrates? Ist das nicht dieser üble Schuster, der die Götter leugnet? Sie hatte es schlecht mit ihm getroffen, aber sie beklagte sich nicht, außer zu ihm hin. Und es hatte noch keinen Abend gegeben, wo nicht ein Brot und ein Stück Speck für ihn auf dem Sims gestanden hatte, wenn er hungrig heimgekommen war von seinen wohlhabenden Schülern.

Er fragte sich, ob er ihr alles sagen sollte. Aber dann dachte er daran, daß er in der nächsten Zeit in ihrer Gegenwart eine ganze Menge Unwahres und Heuchlerisches würde sagen müssen, wenn Leute kamen wie eben jetzt und von seinen Heldentaten redeten, und das konnte er nicht, wenn sie die Wahrheit wußte, denn er achtete sie.

So ließ er es sein und sagte nur: »Die kalte Bohnensuppe von gestern abend stinkt wieder die ganze Stube aus.«

Sie schickte ihm nur einen neuen mißtrauischen Blick zu.

Natürlich waren sie nicht in der Lage, Essen wegzuschütten. Er suchte nur etwas, was sie ablenken konnte. In ihr wuchs die Überzeugung, daß etwas mit ihm los war. Warum stand er nicht auf? Er stand immer spät auf, aber nur, weil er immer spät zu Bett ging. Gestern war es sehr früh gewesen. Und heute war die ganze Stadt auf den Beinen, der Siegesfeiern wegen. In der Gasse waren alle Läden geschlossen. Ein Teil der Reiterei war früh fünf Uhr von der Verfolgung des Feindes zurückgekommen, man hatte das Pferdegetrappel gehört. Menschenaufläufe waren eine Leidenschaft von ihm. Er lief an solchen Tagen von früh bis spät herum und knüpfte Gespräche an. Warum stand er also nicht auf?

Die Tür verdunkelte sich, und herein kamen vier Magistratspersonen. Sie blieben mitten in der Stube stehen, und einer sagte in geschäftsmäßigem, aber überaus höflichem Ton, er habe den Auftrag, Sokrates in den Areopag zu bringen. Der Feldherr Alkibiades selber habe den Antrag gestellt, es solle ihm für seine kriegerischen Leistungen eine Ehrung bereitet werden.

Ein Gemurmel von der Gasse her zeigte an, daß sich die Nachbarn vor dem Haus versammelten.

Sokrates fühlte, wie ihm der Schweiß ausbrach. Er wußte, daß er jetzt aufstehen und, wenn er schon mitzugehen ablehnte, doch wenigstens stehend etwas Höfliches sagen und die Leute zur Tür geleiten mußte. Und er wußte, daß er nicht weiter kommen würde als höchstens zwei Schritte weit. Dann würden sie nach seinem Fuß schauen und Bescheid wissen. Und das große Gelächter würde seinen Anfang nehmen, hier und jetzt.

Er ließ sich also, anstatt aufzustehen, auf sein hartes Polster zurücksinken und sagte mißmutig:

»Ich brauche keine Ehrung. Sagt dem Areopag, daß ich mich mit einigen Freunden für elf Uhr verabredet habe, um eine philosophische Frage, die uns interessiert, durchzusprechen, und also zu meinem Bedauern nicht kommen kann. Ich eigne mich durchaus nicht für öffentliche Veranstaltungen und bin viel zu müde.«

Das letztere fügte er hinzu, weil es ihn ärgerte, daß er die Philosophie hereingezogen hatte, und das erstere sagte er, weil er sie mit Grobheit am leichtesten loszuwerden hoffte.

Die Magistratspersonen verstanden denn auch diese Sprache. Sie drehten sich auf den Hacken um und gingen weg, dem Volk, das draußen stand, auf die Füße tretend.

»Dir werden sie die Höflichkeit zu Amtspersonen noch beibringen«, sagte seine Frau verärgert und ging in die Küche.

Sokrates wartete, bis sie draußen war, dann drehte er seinen schweren Körper schnell im Bett herum, setzte sich, nach der Tür schielend, auf die Bettkante und versuchte mit unendlicher Vorsicht, mit dem kranken Fuß aufzutreten. Es schien aussichtslos.

Schweißüberströmt legte er sich zurück.

Eine halbe Stunde verging. Er nahm ein Buch vor und las. Wenn er den Fuß ruhig hielt, merkte er fast nichts.

Dann kam sein Freund Antisthenes.

Er zog seinen dicken Überrock nicht aus, blieb am Fußende des Lagers stehen, hustete krampfhaft und kratzte sich seinen struppigen Bart am Hals, auf Sokrates schauend.

»Liegst du noch? Ich dachte, ich treffe nur Xanthippe. Ich bin eigens aufgestanden, um mich nach dir zu erkundigen. Ich war stark erkältet und konnte darum gestern nicht dabei sein.«

»Setz dich«, sagte Sokrates einsilbig.

Antisthenes holte sich einen Stuhl aus der Ecke und setzte sich zu seinem Freund.

»Ich beginne heute abend wieder mit dem Unterricht. Kein Grund, länger auszusetzen.«

»Nein.«

»Ich fragte mich natürlich, ob sie kommen würden. Heute sind die großen Essen. Aber auf dem Weg hierher begegnete ich dem jungen Pheston, und als ich ihm sagte, daß ich abends Algebra gebe, war er einfach begeistert. Ich sagte, er könne im Helm kommen. Der Protagoras und die anderen werden vor Ärger hochgehen, wenn es heißt: Bei dem Antisthenes haben sie am Abend nach der Schlacht weiter Algebra studiert.«

Sokrates schaukelte sich ganz leicht in seiner Hängematte, indem er sich mit der flachen Hand an der etwas schiefen Wand abstieß. Mit seinen herausstehenden Augen sah er forschend auf den Freund.

»Hast du sonst noch jemand getroffen?«

»Menge Leute.«

Sokrates sah schlechtgelaunt nach der Decke. Sollte er dem Antisthenes reinen Wein einschenken? Er war seiner ziemlich sicher. Er selber nahm nie Geld für Unterricht und war also keine Konkurrenz für Antisthenes. Vielleicht sollte er ihm wirklich den schwierigen Fall unterbreiten.

Antisthenes sah mit seinen funkelnden Grillenaugen neugierig den Freund an und berichtete:

»Der Gorgias geht herum und erzählt allen Leuten, du müßtest davongelaufen sein und in der Verwirrung die falsche Richtung, nämlich nach vorn, eingeschlagen haben. Ein paar von den besseren Leuten wollen ihn schon deswegen verprügeln.«

Sokrates sah ihn unangenehm überrascht an.

»Unsinn«, sagte er verärgert. Es war ihm plötzlich klar geworden, was seine Gegner gegen ihn in der Hand hatten, wenn er Farbe bekannte.

Er hatte nachts, gegen Morgen zu, gedacht, er könne vielleicht die ganze Sache als ein Experiment drehen und sagen, er habe sehen wollen, wie groß die Leichtgläubigkeit aller sei. »Zwanzig Jahre habe ich auf allen Gassen Pazifismus gelehrt, und ein Gerücht genügte, daß mich meine eigenen Schüler für einen Berserker hielten« usw. usw. Aber da hätte die Schlacht nicht gewonnen werden dürfen. Offenkundig war jetzt eine schlechte Zeit für Pazifismus. Nach einer Niederlage waren sogar die Oberen eine Zeitlang Pazifisten, nach einem Sieg sogar die Unteren Kriegsanhänger, wenigstens eine Zeitlang, bis sie merkten, daß für sie Sieg und Niederlage nicht so verschieden waren. Nein, mit Pazifismus konnte er jetzt nicht Staat machen.

Von der Gasse kam Pferdegetrappel. Reiter hielten vor dem Haus, und herein trat, mit seinem beschwingten Schritt, Alkibiades.

»Guten Morgen, Antisthenes, wie geht das Philosophiegeschäft? Sie sind außer sich«, rief er strahlend. »Sie toben auf dem Areopag über deine Antwort, Sokrates. Um einen Witz zu machen, habe ich meinen Antrag, dir den Lorbeerkranz zu verleihen, abgeändert in den Antrag, dir fünfzig Stockschläge zu verleihen. Das hat sie natürlich verschnupft, weil es genau ihrer Stimmung entsprach. Aber du mußt doch mitkommen. Wir werden zu zweit hingehen, zu Fuß.«

Sokrates seufzte. Er stand sich sehr gut mit dem jungen Alkibiades. Sie hatten oftmals miteinander getrunken. Es war freundlich von ihm, ihn aufzusuchen. Es war sicher nicht nur der Wunsch, den Areopag vor den Kopf zu stoßen. Und auch dieser letzte Wunsch war ehrenvoll und mußte unterstützt werden. Bedächtig sagte er endlich, sich weiterschaukelnd in seiner Hängematte:

»Eile heißt der Wind, der das Baugerüst umwirft. Setz dich.«

Alkibiades lachte und zog einen Stuhl heran. Bevor er sich setzte, verbeugte er sich höflich vor Xanthippe, die in der Küchentür stand, sich die nassen Hände am Rock abwischend.

»Ihr Philosophen seid komische Leute«, sagte er ein wenig ungeduldig. »Vielleicht tut es dir schon wieder leid, daß du uns hast die Schlacht gewinnen helfen. Antisthenes hat dich wohl darauf aufmerksam gemacht, daß nicht genügend viele Gründe dafür vorlagen?«

»Wir haben von Algebra gesprochen«, sagte Antisthenes schnell und hustete wieder.

Alkibiades grinste.

»Ich habe nichts anderes erwartet. Nur kein Aufheben machen von so was, nicht? Nun, meiner Meinung nach war es einfach Tapferkeit. Wenn ihr wollt, nichts Besonderes, aber was sollen eine Handvoll Lorbeerblätter Besonderes sein? Beiß die Zähne zusammen und laß es über dich ergehen, Alter. Es ist schnell herum und schmerzt nicht. Und dann gehen wir einen heben.«

Neugierig blickte er auf die breite, kräftige Figur, die jetzt ziemlich stark ins Schaukeln geraten war.

Sokrates überlegte schnell. Es war ihm etwas eingefallen, was er sagen konnte. Er konnte sagen, daß er sich gestern nacht oder heute morgen den Fuß verstaucht hatte. Zum Beispiel, als ihn die Soldaten von ihren Schultern heruntergelassen hatten. Da war sogar eine Pointe drin. Der Fall zeigte, wie leicht man durch die Ehrungen seiner Mitbürger zu Schaden kommen konnte.

Ohne aufzuhören, sich zu wiegen, beugte er sich nach vorn, so daß er aufrecht saß, rieb sich mit der rechten Hand den nackten linken Arm und sagte langsam:

»Die Sache ist so. Mein Fuß...«

Bei diesem Wort fiel sein Blick, der nicht ganz stetig war, denn jetzt hieß es, die erste wirkliche Lüge in dieser Angelegenheit auszusprechen, bisher hatte er nur geschwiegen, auf Xanthippe in der Küchentür.

Sokrates versagte die Sprache. Er hatte plötzlich keine Lust mehr, seine Geschichte vorzubringen. Sein Fuß war nicht verstaucht.

Die Hängematte kam zum Stillstand.

»Höre, Alkibiades«, sagte er energisch und mit ganz frischer Stimme, »es kann in diesem Fall nicht von Tapferkeit gesprochen werden. Ich bin sofort, als die Schlacht begann, das heißt, als ich die ersten Perser auftauchen sah, davongelaufen, und zwar in der richtigen Richtung, nach hinten. Aber da war ein Distelfeld. Ich habe mir einen Dorn in den Fuß getreten und konnte nicht weiter. Ich habe dann wie ein Wilder um mich gehauen und hätte beinahe einige von den Eigenen getroffen. In der Verzweiflung schrie ich irgendwas von anderen Abteilungen, damit die Perser glauben sollten, da seien welche, was Unsinn war, denn sie verstehen natürlich nicht Griechisch. Andrerseits scheinen sie aber ebenfalls ziemlich nervös gewesen zu sein. Sie konnten wohl das Gebrüll einfach nicht mehr ertragen, nach allem, was sie bei dem Vormarsch hatten durchmachen müssen. Sie stockten einen Augenblick, und dann kam schon unsere Reiterei. Das ist alles.«

Einige Sekunden war es sehr still in der Stube. Alkibiades sah ihn starr an. Antisthenes hustete hinter der vorgehaltenen Hand, diesmal ganz natürlich. Von der Küchentür her, wo Xanthippe stand, kam ein schallendes Gelächter.

Dann sagte Antisthenes trocken:

»Und da konntest du natürlich nicht in den Areopag gehen und die Treppen hinaufhinken, um den Lorbeerkranz in Empfang zu nehmen. Das verstehe ich.«

Alkibiades legte sich in seinem Stuhl zurück und betrachtete mit zusammengekniffenen Augen den Philosophen auf dem Lager. Weder Sokrates noch Antisthenes sahen nach ihm hin.

Er beugte sich wieder vor und umschlang mit den Händen sein eines Knie. Sein schmales Knabengesicht zuckte ein wenig, aber es verriet nichts von seinen Gedanken oder Gefühlen.

»Warum hast du nicht gesagt, du hast irgendeine andere Wunde?« fragte er.

»Weil ich einen Dorn im Fuß habe«, sagte Sokrates grob.

»Oh, deshalb?« sagte Alkibiades. »Ich verstehe.«

Er stand schnell auf und trat an das Bett.

»Schade, daß ich meinen eigenen Kranz nicht mit hergebracht habe. Ich habe ihn meinem Mann zum Halten gegeben. Sonst würde ich ihn jetzt dir dalassen. Du kannst mir glauben, daß ich dich für tapfer genug halte. Ich kenne niemand, der unter diesen Umständen erzählt hätte, was du erzählt hast.«

Und er ging rasch hinaus.

Als dann Xanthippe den Fuß badete und den Dorn auszog, sagte sie übellaunig:

»Es hätte eine Blutvergiftung werden können.«

»Mindestens«, sagte der Philosoph.

Das Experiment

Die öffentliche Laufbahn des großen Francis Bacon endete wie eine billige Parabel über den trügerischen Spruch »Unrecht macht sich nicht bezahlt«. Als der höchste Richter des Reiches wurde er der Bestechlichkeit überführt und ins Gefängnis geworfen. Die Jahre seiner Lordkanzlerschaft rechnen mit all den Exekutionen, Vergebungen schädlicher Monopole, Verhängungen ungesetzlicher Verhaftungen und Fällungen diktierter Urteilssprüche zu den dunkelsten und schändlichsten der englischen Geschichte. Nach seiner Entlarvung und seinem Geständnis bewirkte sein Weltruf als Humanist und Philosoph, daß seine Vergehen weit über die Grenzen des Reiches hinaus bekannt wurden.

Er war ein alter Mann, als man ihm gestattete, aus dem Gefängnis auf sein Landgut zurückzukehren. Sein Körper war geschwächt durch die Anstrengungen, die es ihn gekostet hatte, andere zu Fall zu bringen, und die Leiden, die andere ihm zugefügt hatten, als sie ihn zu Fall brachten. Aber kaum zu Hause angekommen, stürzte er sich in das intensivste Studium der Naturwissenschaften. Über die Menschen zu herrschen, war ihm mißlungen. Nun widmete er die ihm verbliebenen Kräfte der Untersuchung, wie die Menschheit am besten die Herrschaft über die Naturkräfte gewinnen könnte.

Seine Forschungen, nützlichen Dingen gewidmet, führten ihn aus der Studierstube immer wieder auf die Felder, in die Gärten und zu den Stallungen des Gutes. Er unterhielt sich stundenlang mit den Gärtnern über die Möglichkeiten, die Obstbäume zu veredeln, oder gab den Mägden Anweisungen, wie sie die Milchmengen der einzelnen Kühe messen könnten. Dabei fiel ihm ein Stalljunge auf. Ein wertvolles Pferd war erkrankt, und der Junge erstattete zweimal am Tag dem Philosophen Bericht. Sein Eifer und seine Beobachtungen entzückten den alten Mann.

Als er jedoch eines Abends in den Stall kam, sah er eine alte Frau bei dem Jungen stehen und hörte sie sagen: Er ist ein schlechter Mensch, gib acht vor ihm. Und wenn er ein noch so großer Herr ist und Geld wie Heu hat, er ist doch schlecht. Er ist dein Brotgeber, also mach deine Arbeit pünktlich, aber wisse immer, er ist schlecht.«

Der Philosoph hörte die Antwort des Jungen nicht mehr, da er schnell umkehrte und ins Haus zurückging, aber er fand den Jungen ihm gegenüber am nächsten Morgen unverändert.

Als das Pferd wieder gesund war, ließ er sich von dem Jungen auf vielen seiner Gänge begleiten und vertraute ihm kleinere Aufgaben an. Nach und nach gewöhnte er sich daran, mit ihm über einige Experimente zu reden. Dabei wählte er keineswegs Wörter, die für gemeinhin Erwachsene dem Verständnis von Kindern angepaßt glauben, sondern redete zu ihm wie mit einem Gebildeten. Er hatte zeit seines Lebens mit den größten Geistern Umgang gepflogen und war selten verstanden worden, und nicht, weil er zu unklar, sondern weil er zu klar war. So kümmerte er sich nicht um die Mühen des Jungen; jedoch verbesserte er ihn geduldig, wenn er seinerseits sich mit den fremden Wörtern versuchte.

Die Hauptübung für den Jungen bestand darin, daß er die Dinge, die er sah, und die Prozesse, die er miterlebte, zu beschreiben hatte. Der Philosoph zeigte ihm, wie viele Wörter es gab und wie viele nötig waren, damit man das Verhalten eines Dinges so beschreiben konnte, daß es halbwegs erkennbar aus der Beschreibung war und, vor allem, daß es nach der Beschreibung behandelt werden konnte. Einige Wörter gab es auch, die man besser nicht verwendete, weil sie im Grund nichts besagten, Wörter wie »gut«, »schlecht«, »schön« und so weiter.

Der Junge sah bald ein, daß es wenig Sinn hatte, einen Käfer »häßlich« zu nennen. Selbst »schnell« war noch nicht genug, man mußte angeben, wie schnell er sich bewegte, im

Vergleich mit andern Geschöpfen seiner Größe, und was ihm das ermöglichte. Man mußte ihn auf eine abschüssige Fläche setzen und auf eine glatte und Geräusche verursachen, damit er weglief, oder kleine Beutestücke für ihn aufstellen, auf die er sich zubewegen konnte. Hatte man sich lang genug mit ihm beschäftigt, verlor er »schnell« seine Häßlichkeit. Einmal mußte der Junge ein Stück Brot beschreiben, das er in der Hand hielt, als der Philosoph ihn traf.

»Hier kannst du das Wort ›gut‹ ruhig verwenden«, sagte der alte Mann, »denn das Brot ist zum Essen von Menschen gemacht und kann für ihn gut oder schlecht sein. Nur bei größeren Gegenständen, welche die Natur geschaffen hat und welche nicht ohne weiteres zu bestimmten Zwecken geschaffen sind und vor allem nicht nur zum Gebrauch durch die Menschen, ist es töricht, sich mit solchen Wörtern zu begnügen.«

Der Junge dachte an die Sätze seiner Großmutter über Mylord.

Er machte schnelle Fortschritte im Begreifen, da ja alles immer auf ganz Greifbares hinauslief, was begriffen werden sollte, daß das Pferd durch die angewendeten Mittel gesund wurde oder ein Baum durch die angewendeten Mittel einging. Er begriff auch, daß immer ein vernünftiger Zweifel zurückzubleiben hatte, ob an den Veränderungen, die man beobachtete, wirklich die Methoden schuld waren, die man anwendete. Die wissenschaftliche Bedeutung der Denkweise des großen Bacon erfaßte der Junge kaum, aber die offenbare Nützlichkeit aller dieser Unternehmungen begeisterte ihn.

Er verstand den Philosophen so: Eine neue Zeit war für die Welt angebrochen. Die Menschheit vermehrte ihr Wissen beinahe täglich. Und alles Wissen galt der Steigerung des Wohlbefindens und des irdischen Glücks. Die Führung hatte die Wissenschaft. Die Wissenschaft durchforschte das Universum, alles, was es auf Erden gab, Pflanzen, Tiere, Boden, Wasser, Luft, damit mehr Nutzen daraus gezogen werden konnte. Nicht was man glaubte, war wichtig, sondern was man wußte. Man glaubte viel zuviel und wußte viel zuwenig. Darum mußte man alles ausprobieren, selber, mit den Händen, und nur von dem sprechen, was man mit eigenen Augen sah und was irgendeinen Nutzen haben konnte.

Das war die neue Lehre, und immer mehr Leute wandten sich ihr zu, bereit und begeistert dafür, die neuen Arbeiten vorzunehmen.

Die Bücher spielten eine große Rolle dabei, wenn es auch viele schlechte gab. Der Junge war sich klar darüber, daß er zu den Büchern vordringen mußte, wenn er zu den Leuten gehören wollte, die die neuen Arbeiten vornahmen.

Natürlich kam er nie so weit wie in die Bibliothek des Hauses. Er hatte Mylord vor den Stallungen zu erwarten. Höchstens konnte er einmal, wenn der alte Mann mehrere Tage nicht gekommen war, sich von ihm im Park treffen lassen. Jedoch wurde seine Neugierde auf die Studierstube, in der allnächtlich so lange die Lampe brannte, immer größer. Von einer Hecke aus, die gegenüber dem Zimmer stand, konnte er einen Blick auf Bücherregale werfen.

Er beschloß, lesen zu lernen.

Das war freilich nicht einfach. Der Kurat, zu dem er mit seinem Anliegen ging, betrachtete ihn wie eine Spinne auf dem Frühstückstisch.

»Willst du den Kühen das Evangelium des Herrn vorlesen?« fragte er übellaunig. Und der Junge konnte froh sein, ohne Maulschelle wegzukommen.

So mußte er einen anderen Weg wählen.

In der Sakristei der Dorfkirche lag ein Meßbuch. Hineingelangen konnte man, indem man sich zum Ziehen des Glockenstrangs meldete. Wenn man nun in Erfahrung bringen konnte, welche Stelle der Kurat bei der Messe sang, mußte es möglich sein, zwischen den Wörtern und den Buchstaben einen Zusammenhang zu entdecken. Auf alle Fälle begann der Junge bei der Messe die lateinischen Wörter, die der Kurat sang, auswendig zu lernen, wenigstens einige von ihnen. Freilich sprach der Kurat die Wörter ungemein undeutlich aus, und allzuoft las er die Messe nicht.

Immerhin war der Junge nach einiger Zeit imstande, ein paar Anfänge dem Kuraten nachzusingen. Der Stallmeister überraschte ihn bei einer solchen Übung hinter der Scheune und verprügelte ihn, da er glaubte, der Junge wolle den Kuraten parodieren. So wurden die Maulschellen doch noch geliefert.

Die Stelle im Meßbuch festzustellen, wo die Wörter, die der Kurat sang, standen, war dem Jungen noch nicht gelungen, als eine große Katastrophe eintrat, die seinen Bemühungen, lesen zu lernen, zunächst ein Ende bereiten sollte. Mylord fiel in eine tödliche Krankheit.

Er hatte den ganzen Herbst lange gekränkelt und war im Winter nicht erholt, als er in einem offenen Schlitten eine Fahrt zu einem einige Meilen entfernten Gut machte. Der Junge durfte mitkommen. Er stand hinten auf der Kufe, neben dem Kutschbock.

Der Besuch war gemacht, der alte Mann stapfte, von seinem Gastgeber begleitet, zum Schlitten zurück, da sah er am Weg einen erfrorenen Spatzen liegen. Stehenbleibend drehte er ihn mit dem Stock um.

»Wie lange, denken Sie, liegt er schon hier?« hörte ihn der Junge, der mit einer Warmwasserbottel hinter ihm hertrottete, den Gastgeber fragen.

Die Antwort war: »Von einer Stunde bis zu einer Woche oder länger.«

Der kleine alte Mann ging sinnend weiter und nahm von seinem Gastgeber nur einen sehr zerstreuten Abschied.

»Das Fleisch ist noch ganz frisch, Dick«, sagte er, zu dem Jungen umgewendet, als der Schlitten angezogen hatte.

Sie fuhren eine Strecke Weges, ziemlich schnell, da der Abend schon über die Schneefelder herabdämmerte und die Kälte rasch zunahm. So kam es, daß beim Einbiegen in das Tor zum Gutshof ein anscheinend aus dem Stall entkommenes Huhn überfahren wurde. Der alte Mann folgte den Anstrengungen des Kutschers, dem steifflatternden Huhn auszuweichen, und gab das Zeichen zum Halten, als das Manöver mißglückt war.

Sich aus den Decken und Fellen herausarbeitend, stieg er vom Schlitten und, den Arm auf den Jungen gestützt, ging er, trotz Warnungen des Kutschers vor der Kälte, zu der Stelle zurück, wo das Huhn lag.

Es war tot.

Der alte Mann hieß den Jungen es aufheben.

»Nimm die Eingeweide heraus«, befahl er.

»Kann man es nicht in der Küche machen?« fragte der Kutscher, seinen Herrn, wie er so gebrechlich im kalten Wind stand, betrachtend.

»Nein, es ist besser hier«, sagte dieser, »Dick hat sicher ein Messer bei sich, und wir brauchen den Schnee.«

Der Junge tat, was ihm befohlen war, und der alte Mann, der anscheinend seine Krankheit und die Kälte vergessen hatte, bückte sich selber und nahm mühevoll eine Hand voll Schnee auf. Sorgfältig stopfte er den Schnee in das Innere des Huhnes.

Der Junge begriff. Auch er hob Schnee auf und gab ihn seinem Lehrer, damit das Huhn vollends ausgefüllt werden konnte.

»Es muß sich so wochenlang frisch halten«, sagte der alte Mann lebhaft, »legt es auf kalte Steinfliesen im Keller!«

Er ging den kurzen Weg zur Tür zu Fuß zurück, ein wenig erschöpft und schwer auf den Jungen gestützt, der das mit Schnee ausgestopfte Huhn unter dem Arm trug.

Als er in die Halle trat, schüttelte ihn der Frost.

Am nächsten Morgen lag er in hohem Fieber.

Der Junge strich bekümmert herum und suchte überall etwas über das Befinden seines Lehrers aufzuschnappen. Er erfuhr wenig, das Leben auf dem großen Gut ging ungestört weiter. Erst am dritten Tag kam eine Wendung. Er wurde in das Arbeitszimmer gerufen.

Der alte Mann lag auf einem schmalen Holzbrett unter vielen Decken, aber die Fenster standen offen, so daß es kalt war. Der Kranke schien dennoch zu glühen. Mit schütterer Stimme erkundigte er sich nach dem Zustand des mit Schnee gefüllten Huhnes.

Der Junge berichtete, daß es unverändert frisch aussah.

»Das ist gut«, sagte der alte Mann befriedigt. »Gib mir in zwei Tagen wieder Bericht!«

Der Junge bedauerte, als er wegging, daß er das Huhn nicht mitgenommen hatte. Der alte Mann schien weniger krank zu sein, als man in der Dienerschaftsdiele behauptete.

Er wechselte zweimal am Tag den Schnee mit frischem aus, und das Huhn hatte nichts von seiner Unversehrtheit verloren, als er sich von neuem auf den Weg in das Krankenzimmer machte.

Er traf auf ganz ungewöhnliche Hindernisse.

Aus der Hauptstadt waren Ärzte gekommen. Der Korridor summte von wispernden, kommandierenden und untertänigen Stimmen, und überall gab es fremde Gesichter. Ein Diener, der eine mit einem großen Tuch zugedeckte Platte ins Krankenzimmer trug, wies ihn barsch fort.

Mehrmals, den ganzen Vormittag und Nachmittag über, machte er vergebliche Versuche, in das Krankenzimmer zu gelangen. Die fremden Ärzte schienen sich im Schloß niederlassen zu wollen. Sie kamen ihm wie riesige schwarze Vögel vor, die sich auf einem kranken Mann niederließen, der wehrlos geworden war. Gegen Abend versteckte er sich in einem Kabinett auf dem Korridor, in dem es sehr kalt war. Er zitterte ständig vor Frost, hielt dies aber für günstig, da ja das Huhn im Interesse des Experiments unbedingt kalt gehalten werden mußte.

Während des Abendessens ebbte die schwarze Flut etwas ab, und der Junge konnte in das Krankenzimmer schlüpfen.

Der Kranke lag allein, alles war beim Essen. Neben dem kleinen Bett stand eine Leselampe mit grünem Schirm. Der alte Mann hatte ein sonderbar zusammengeschrumpftes

Gesicht, das eine wächserne Blässe aufwies. Die Augen waren geschlossen, aber die Hände bewegten sich unruhig auf der steifen Decke. Das Zimmer war sehr heiß, die Fenster hatte man geschlossen.

Der Junge ging ein paar Schritte auf das Bett zu, das Huhn krampfhaft vorhaltend, und sagte mit leiser Stimme mehrmals »Mylord«. Er bekam keine Antwort. Der Kranke schien aber nicht zu schlafen, denn seine Lippen bewegten sich mitunter, als spreche er.

Der Junge beschloß, seine Aufmerksamkeit zu erregen, überzeugt von der Wichtigkeit weiterer Anweisungen in betreff des Experiments. Jedoch fühlte er sich, bevor er noch an der Decke zupfen konnte – das Huhn mußte er mit der Kiste, in die es gebettet war, auf einen Sessel legen –, von hinten gefaßt und zurückgerissen. Ein dicker Mensch mit grauem Gesicht blickte ihn an wie einen Mörder. Er riß sich geistesgegenwärtig los und, mit einem Satz die Kiste an sich bringend, fuhr er zur Tür hinaus.

Auf dem Korridor schien es ihm, als hätte der Unterbutler, der die Treppe heraufkam, ihn gesehen. Das war schlimm. Wie sollte er beweisen, daß er auf Befehl Mylords gekommen war, in Vollführung eines wichtigen Experiments? Der alte Mann war völlig in der Macht der Ärzte, die geschlossenen Fenster in seinem Zimmer zeigten das.

Tatsächlich sah er einen Diener über den Hof auf den Stall zugehen. Er verzichtete daher auf sein Abendbrot und verkroch sich, nachdem er das Huhn in den Keller gebracht hatte, im Futterraum.

Die Untersuchung, die über ihm schwebte, machte seinen Schlaf unruhig. Nur mit Zagen trat er am nächsten Morgen aus seinem Versteck.

Niemand kümmerte sich um ihn. Ein schreckliches Hin und Her herrschte auf dem Hof. Mylord war gegen Morgen zu gestorben.

Der Junge ging den ganzen Tag herum, wie von einem

Schlag auf den Kopf betäubt. Er hatte das Gefühl, daß er den Verlust seines Lehrers überhaupt nicht verschmerzen könnte. Als er am späten Nachmittag mit einer Schüssel voll Schnee in den Keller hinabstieg, verwandelte sich sein Kummer darüber in den Kummer um das nicht zu Ende geführte Experiment, und er vergoß Tränen über der Kiste. Was sollte aus der großen Entdeckung werden?

Auf den Hof zurückkehrend – seine Füße kamen ihm so schwer vor, daß er sich nach seinen Fußstapfen im Schnee umblickte, ob sie nicht tiefer als gewöhnlich seien –, stellte er fest, daß die Londoner Ärzte noch nicht abgefahren waren. Ihre Kutschen standen noch da.

Trotz seiner Abneigung beschloß er, ihnen die Entdekkung anzuvertrauen. Sie waren gelehrte Männer und mußten die Tragweite des Experiments erkennen. Er holte die kleine Kiste mit dem geeisten Huhn und stellte sich hinter dem Ziehbrunnen auf, sich verbergend, bis einer der Herren, ein kurzleibiger, nicht allzusehr Schrecken einflößender, vorbeikam. Hervortretend wies er ihm seine Kiste vor. Zunächst blieb ihm die Stimme im Hals stecken, aber dann gelang ihm doch in abgerissenen Sätzen sein Anliegen vorzubringen.

»Mylord hat es vor sechs Tagen gefunden, Exzellenz. Wir haben es mit Schnee ausgestopft. Mylord meinte, es könnte frisch bleiben. Sehen Sie selber! Es ist ganz frisch geblieben.«

Der Kurzleibige starrte verwundert in die Kiste.

»Und was weiter?« fragte er.

»Es ist nicht kaputt«, sagte der Junge.

»So«, sagte der Kurzleibige.

»Sehen Sie selber«, sagte der Junge dringlich.

»Ich sehe«, sagte der Kurzleibige und schüttelte den Kopf. Er ging kopfschüttelnd weiter.

Der Junge sah ihm entgeistert nach. Er konnte den Kurzleibigen nicht begreifen. Hatte nicht der alte Mann sich den Tod geholt dadurch, daß er in der Kälte ausgestiegen war und das Experiment vorgenommen hatte? Mit eigenen Händen hatte er den Schnee aufgenommen vom Boden. Das war eine Tatsache.

Er ging langsam zur Kellertür zurück, blieb aber kurz vor ihr stehen, wandte sich dann schnell um und lief in die Küche. Er fand den Koch sehr beschäftigt, denn es wurden zum Abendessen Trauergäste aus der Umgebung erwartet.

»Was willst du mit dem Vogel?« knurrte der Koch ärgerlich. »Er ist ja ganz erfroren!«

»Das macht nichts«, sagte der Junge, »Mylord sagte, das macht nichts.«

Der Koch starrte ihn einen Augenblick abwesend an, dann ging er gewichtig mit einer großen Pfanne in der Hand zur Tür, wohl um etwas wegzuwerfen.

Der Junge folgte ihm eifrig mit der Kiste.

»Kann man es nicht versuchen?« fragte er flehentlich.

Dem Koch riß die Geduld. Er griff mit seinen mächtigen Händen nach dem Huhn und schmiß es mit Schwung auf den Hof.

»Hast du nichts anderes im Kopf?« brüllte er außer sich. »Und Seine Lordschaft gestorben!«

Zornig hob der Junge das Huhn vom Boden auf und schlich damit weg.

Die beiden nächsten Tage waren mit der Begräbnisfeierlichkeit angefüllt. Er hatte viel mit Ein- und Ausspannen der Pferde zu tun und schlief beinahe mit offenen Augen, wenn er nachts noch neuen Schnee in die Kiste tat. Es schien ihm alles hoffnungslos, das neue Zeitalter geendet.

Aber am dritten Tag, dem Tag des Begräbnisses, frisch gewaschen und in seinem besten Zeug, fühlte er seine Stimmung umgeschlagen. Es war schönes, heiteres Winterwetter, und vom Dorf her läuteten die Glocken.

Mit neuer Hoffnung erfüllt ging er in den Keller und betrachtete lang und sorgfältig das tote Huhn. Er konnte keine Spur von Fäulnis daran erblicken. Behutsam packte er das Tier in die Kiste, füllte es mit reinem, weißem Schnee, nahm sie unter den Arm und machte sich auf den Weg ins Dorf.

Vergnügt pfeifend trat er in die niedere Küche seiner Großmutter. Sie hatte ihn aufgezogen, da seine Eltern früh gestorben waren, und besaß sein Vertrauen. Ohne zunächst den Inhalt der Kiste zu zeigen, berichtete er der alten Frau, die sich eben zum Begräbnis anzog, von Mylords Experiment.

Sie hörte ihn geduldig an.

»Aber das weiß man doch«, sagte sie dann. »Sie werden steif in der Kälte und halten sich eine Weile. Was soll da Besonderes daran sein?«

»Ich glaube, man kann es noch essen«, antwortete der Junge und bemühte sich, möglichst gleichgültig zu erscheinen.

»Ein seit einer Woche totes Huhn essen? Es ist doch giftig!«

»Warum? Wenn es sich nicht verändert hat, seit es gestorben ist? Und es ist von Mylords Schlitten getötet worden, war also gesund.«

»Aber inwendig, inwendig ist es verdorben!« sagte die Greisin, ein wenig ungeduldig werdend.

»Ich glaube nicht«, sagte der Junge fest, seine klaren Augen auf dem Huhn. »Inwendig war die ganze Zeit der Schnee. Ich glaube, ich koche es.«

Die Alte wurde ärgerlich.

»Du kommst mit zum Begräbnis«, sagte sie abschließend. »Seine Lordschaft hat genug für dich getan, denke ich, daß du ordentlich hinter seinem Sarg gehen kannst.«

Der Junge antwortete ihr nicht. Während sie sich das schwarze Wolltuch um den Kopf band, nahm er das Huhn aus dem Schnee, blies die letzten Spuren davon weg und legte es auf zwei Holzscheite vor dem Ofen. Es mußte auftauen.

Die Alte sah ihm nicht mehr zu. Als sie fertig war, nahm sie ihn bei der Hand und ging resolut mit ihm zur Tür hinaus.

Eine ziemliche Strecke ging er gehorsam mit. Es waren

noch mehr Leute auf dem Weg zum Begräbnis, Männer und Frauen. Plötzlich stieß er einen Schmerzensruf aus. Sein einer Fuß steckte in einer Schneewehe. Er zog ihn mit verzerrtem Gesicht heraus, humpelte zu einem Feldstein und setzte sich nieder, sich den Fuß reibend.

»Ich habe ihn mir übertreten«, sagte er.

Die Alte sah ihn mißtrauisch an.

»Du kannst gut laufen«, sagte sie.

»Nein«, sagte er mürrisch. »Aber wenn du mir nicht glaubst, kannst du dich ja zu mir setzen, bis es besser ist.«

Die Alte setzte sich wortlos neben ihn.

Eine Viertelstunde verging. Immer noch kamen Dorfbewohner vorbei, freilich immer weniger. Die beiden hockten verstockt am Wegrain. Dann sagte die Alte ernsthaft:

»Hat er dir nicht beigebracht, daß man nicht lügt?«

Der Junge gab ihr keine Antwort. Die Alte stand seufzend auf. Es wurde ihr zu kalt.

»Wenn du nicht in zehn Minuten nach bist«, sagte sie, »sage ich es deinem Bruder, daß er dir den Hintern vollhaut.«

Und damit wackelte sie weiter, eilends, damit sie nicht die Grabrede versäume.

Der Junge wartete, bis sie weit genug weg war, und stand langsam auf. Er ging zurück, blickte sich aber noch oft um und hinkte auch noch eine Weile. Erst als ihn die Hecke vor der Alten verbarg, ging er wieder wie gewöhnlich.

In der Hütte setzte er sich neben das Huhn, auf das er erwartungsvoll herabschaute. Er würde es in einem Topf mit Wasser kochen und einen Flügel essen. Dann würde er sehen, ob es giftig war oder nicht.

Er saß noch, als von fernher drei Kanonenschüsse hörbar wurden. Sie wurden abgefeuert zu Ehren von Francis Bacon, Baron von Verulam, Viscount St. Alban, ehemaliger Lordgroßkanzler von England, der nicht wenige seiner Zeitgenossen mit Abscheu erfüllt hatte, aber auch viele mit Begeisterung für die nützlichen Wissenschaften.

Der Mantel des Ketzers

Giordano Bruno, der Mann aus Nola, den die römischen Inquisitionsbehörden im Jahre 1600 auf dem Scheiterhaufen wegen Ketzerei verbrennen ließen, gilt allgemein als ein großer Mann, nicht nur wegen seiner kühnen und seitdem als wahr erwiesenen Hypothesen über die Bewegungen der Gestirne, sondern auch wegen seiner mutigen Haltung gegenüber der Inquisition, der er sagte: »Ihr verkündet das Urteil gegen mich mit vielleicht größerer Furcht, als ich es anhöre.« Wenn man seine Schriften liest und dazu noch einen Blick in die Berichte von seinem öffentlichen Auftreten wirft, so fehlt einem tatsächlich nichts dazu, ihn einen großen Mann zu nennen. Und doch gibt es eine Geschichte, die unsere Achtung vor ihm vielleicht noch steigern kann.

Es ist die Geschichte von seinem Mantel.

Man muß wissen, wie er in die Hände der Inquisition fiel.

Ein Venetianer Patrizier, ein gewisser Mocenigo, lud den Gelehrten in sein Haus ein, damit er ihn in der Physik und der Gedächtniskunst unterrichte. Er bewirtete ihn ein paar Monate lang und bekam als Entgelt den ausbedungenen Unterricht. Aber an Stelle einer Unterweisung in schwarzer Magie, die er sich erhofft hatte, erhielt er nur eine solche in der Physik. Er war darüber sehr unzufrieden, da ihm dies ja zu nichts nutzte. Die Kosten, die ihm sein Gast verursachte, reuten ihn. Mehrmals ermahnte er ihn ernstlich, ihm endlich die geheimen und lukrativen Kenntnisse auszuliefern, die ein so berühmter Mann doch wohl besitzen mußte, und als das nichts half, denunzierte er ihn brieflich der Inquisition. Er schrieb, dieser schlechte und undankbare Mensch habe in seiner Gegenwart übel von Christus gesprochen, von den Mönchen gesagt, sie seien Esel und verdummten das Volk, und außerdem behauptet, es gebe, im Gegensatz zu dem, was in der Bibel stehe, nicht nur eine Sonne, sondern unzählige usw. usw. Er, Mocenigo, habe ihn deshalb in seiner Bodenkammer eingeschlossen und bitte, ihn schnellstens von Beamten abholen zu lassen.

Die Beamten kamen auch mitten in der Nacht von einem Sonntag auf einen Montag und holten den Gelehrten in den Kerker der Inquisition.

Das geschah am Montag, dem 25. Mai 1592, früh 3 Uhr, und von diesem Tag bis zu dem Tag, an dem er den Scheiterhaufen bestieg, dem 17. Februar 1600, kam der Nolaner nicht mehr aus dem Kerker heraus.

Während der acht Jahre, die der schreckliche Prozeß dauerte, kämpfte er ohne Ermattung um sein Leben, jedoch war der Kampf, den er im ersten Jahr in Venedig gegen seine Auslieferung nach Rom führte, vielleicht der verzweifeltste.

In diese Zeit fällt die Geschichte mit seinem Mantel.

Im Winter 1592 hatte er sich, damals noch in einem Hotel wohnend, von einem Schneider namens Gabriele Zunto einen dicken Mantel anmessen lassen. Als er verhaftet wurde, war das Kleidungsstück noch nicht bezahlt.

Auf die Kunde von der Verhaftung stürzte der Schneider zum Haus des Herrn Mocenigo in der Gegend von Sankt Samuel, um seine Rechnung vorzulegen. Es war zu spät. Ein Bedienter des Herrn Mocenigo wies ihm die Tür. »Wir haben für diesen Betrüger genug bezahlt«, schrie er so laut auf der Schwelle, daß einige Passanten sich umwandten. »Vielleicht laufen Sie ins Tribunal des Heiligen Offiziums und sagen dort, daß Sie mit diesem Ketzer zu tun haben.«

Der Schneider stand erschrocken auf der Straße. Ein Haufen von Gassenjungen hatte alles mit angehört, und einer von ihnen, ein pustelübersäter, zerlumpter Knirps, warf einen Stein nach ihm. Es kam zwar eine ärmlich gekleidete Frau aus einer Tür und gab ihm eine Ohrfeige, aber Zunto, ein alter Mann, fühlte deutlich, daß es gefährlich sei, einer zu sein, der »mit diesem Ketzer etwas zu tun hatte«. Er lief, sich scheu umschauend, um die Ecke und auf einem großen Umweg nach Hause. Seiner Frau erzählte er nichts von seinem Unglück, und sie wunderte sich eine Woche lang über sein niedergedrücktes Wesen.

Aber am 1. Juni entdeckte sie beim Ausschreiben der Rechnungen, daß da ein Mantel nicht bezahlt war von einem Mann, dessen Namen auf aller Lippen war, denn der Nolaner war das Stadtgespräch. Die fürchterlichsten Gerüchte über seine Schlechtigkeit liefen um. Er hatte nicht nur die Ehe in den Kot gezogen, sowohl in Büchern als auch in Gesprächen, sondern auch Christus selber einen Scharlatan geheißen und die verrücktesten Sachen über die Sonne gesagt. Es paßte sehr gut dazu, daß er seinen Mantel nicht bezahlt hatte. Die gute Frau hatte nicht die geringste Lust, diesen Verlust zu tragen. Nach einem heftigen Zank mit ihrem Mann ging die Siebzigjährige in ihren Sonntagskleidern in das Gebäude des Heiligen Offiziums und verlangte mit bösem Gesicht die zweiunddreißig Skudi, die ihr der verhaftete Ketzer schuldete.

Der Beamte, mit dem sie sprach, schrieb ihre Forderung nieder und versprach, der Sache nachzugehen.

Zunto erhielt denn auch bald eine Vorladung, und zitternd und schlotternd meldete er sich in dem gefürchteten Gebäude. Zu seinem Erstaunen wurde er nicht ins Verhör genommen, sondern nur verständigt, daß bei der Regelung der finanziellen Angelegenheiten des Verhafteten seine Forderung berücksichtigt werden sollte. Allerdings deutete der Beamte an, viel werde dabei nicht herauskommen.

Der alte Mann war so froh, so billig wegzukommen, daß er sich untertänig bedankte. Aber seine Frau war nicht zufriedengestellt. Es genügte, den Verlust wiedergutzumachen, nicht, daß ihr Mann auf seinen abendlichen Schoppen verzichtete und bis in die Nacht hinein nähte. Da waren Schulden beim Stoffhändler, die bezahlt werden mußten. Sie schrie in der Küche und auf dem Hof herum, daß es eine Schande sei, einen Verbrecher in Gewahrsam zu nehmen, bevor er seine Schulden bezahlt habe. Sie werde, wenn nötig, bis zum Heiligen Vater nach Rom gehen, um ihre zweiunddreißig Skudi zu bekommen. »Er braucht keinen Mantel auf dem Scheiterhaufen«, schrie sie.

Sie erzählte, was ihnen passiert war, ihrem Beichtvater. Er riet ihr, zu verlangen, daß ihnen wenigstens der Mantel herausgegeben würde. Sie sah darin ein Eingeständnis von seiten einer kirchlichen Instanz, daß sie einen Anspruch hatte, und erklärte, mit dem Mantel, der sicher schon getragen und außerdem auf Maß gearbeitet sei, keineswegs zufrieden zu sein. Sie müsse das Geld bekommen. Da sie dabei ein wenig laut wurde in ihrem Eifer, warf der Pater sie hinaus.

Das brachte sie ein wenig zu Verstand, und einige Wochen verhielt sie sich ruhig. Aus dem Gebäude der Inquisition verlautete nichts mehr über den Fall des verhafteten Ketzers. Jedoch flüsterte man sich überall zu, daß die Verhöre ungeheuerliche Schandtaten zutage förderten. Die Alte horchte gierig herum nach all diesem Tratsch. Es war eine Tortur für sie, zu hören, daß die Sache des Ketzers so schlecht stand. Er würde nie mehr freikommen und seine Schulden bezahlen können. Sie schlief keine Nacht mehr, und im August, als die Hitze ihre Nerven vollends ruinierte, fing sie an, in den Geschäften, wo sie einkaufte, und Kunden gegenüber, die zum Anprobieren kamen, ihre Beschwerde mit großer Zungengeläufigkeit vorzubringen. Sie deutete an, daß die Patres eine Sünde begingen, wenn sie die berechtigten Forderungen eines kleinen Handwerkers so gleichgültig abtaten. Die Steuern waren drückend, und das Brot hatte erst kürzlich wieder aufgeschlagen.

Eines Vormittags holte ein Beamter sie in das Gebäude des Heiligen Offiziums, und dort verwarnte man sie eindringlich, ihr böses Geschwätz aufzugeben. Man fragte sie, ob sie sich nicht schäme, wegen einiger Skudi ein sehr ernstes geistliches Verfahren im Mund herumzuziehen. Man gab ihr zu verstehen, daß man gegen Leute ihres Schlages allerlei Mittel besäße. Eine Zeitlang half das, wenn ihr auch bei dem Gedanken an die Redensart »wegen einiger Skudi« im Maul eines herausgefressenen Bruders jedesmal die

Zornröte ins Gesicht stieg. Aber im September hieß es, der Großinquisitor in Rom habe die Auslieferung des Nolaners verlangt. Man verhandle in der Signoria darüber.

Die Bürgerschaft besprach lebhaft dieses Auslieferungsgesuch, und die Stimmung war im allgemeinen dagegen. Die Zünfte wollten keine römischen Gerichte über sich wissen.

Die Alte war außer sich. Wollte man den Ketzer jetzt wirklich nach Rom gehen lassen, ohne daß er seine Schulden beglichen hatte? Das war der Gipfel. Sie hatte die unglaubliche Nachricht kaum gehört, als sie schon, ohne sich auch nur die Zeit zu nehmen, einen besseren Rock umzulegen, in das Gebäude des Heiligen Offiziums lief.

Sie wurde diesmal von einem höheren Beamten empfangen, und dieser war merkwürdigerweise weit entgegenkommender zu ihr, als die vorigen Beamten gewesen waren. Er war beinahe so alt wie sie selber und hörte ihre Klage ruhig und aufmerksam an. Als sie fertig war, fragte er sie nach einer kleinen Pause, ob sie den Bruno sprechen wolle.

Sie stimmte sofort zu. Man beraumte eine Zusammenkunft auf den nächsten Tag an.

An diesem Vormittag trat ihr in einem winzigen Zimmer mit vergitterten Fenstern ein kleiner, magerer Mann mit schwachem dunklem Bart entgegen und fragte sie höflich nach ihrem Begehren.

Sie hatte ihn seinerzeit beim Anmessen gesehen und all die Zeit über sein Gesicht gut in Erinnerung gehabt, erkannte ihn aber jetzt nicht sogleich. Die Aufregungen der Verhöre mußten ihn verändert haben.

Sie sagte hastig:

»Der Mantel. Sie haben ihn nicht bezahlt.«

Er sah sie einige Sekunden erstaunt an. Dann entsann er sich, und mit leiser Stimme fragte er: »Was bin ich Ihnen schuldig?«

»Zweiunddreißig Skudi«, sagte sie, »Sie haben doch die Rechnung bekommen.«

Er drehte sich zu dem großen, dicken Beamten um, der die Unterredung überwachte, und fragte ihn, ob er wisse, wieviel Geld zusammen mit seinen Habseligkeiten im Gebäude des Heiligen Offiziums abgegeben worden sei. Der Mann wußte es nicht, versprach jedoch, es festzustellen.

»Wie geht es Ihrem Mann?« fragte der Gefangene, sich wieder zu der Alten wendend, als sei damit die Angelegenheit in Fluß gebracht, so daß normale Beziehungen hergestellt und die Umstände eines gewöhnlichen Besuchs gegeben waren.

Und die Alte, von der Freundlichkeit des kleinen Mannes verwirrt, murmelte, es gehe ihm gut, und fügte sogar noch etwas von seinem Rheuma hinzu.

Sie ging auch erst zwei Tage später wieder in das Gebäude des Heiligen Offiziums, da es ihr schicklich erschien, dem Herrn Zeit zu seinen Erkundigungen zu lassen.

Tatsächlich erhielt sie die Erlaubnis, ihn noch einmal zu sprechen. Sie mußte in dem winzigen Zimmer mit dem vergitterten Fenster freilich mehr als eine Stunde warten, weil er beim Verhör war.

Er kam und schien sehr erschöpft. Da kein Stuhl vorhanden war, lehnte er sich ein wenig an der Wand an. Jedoch sprach er sofort zur Sache.

Er sagte ihr mit sehr schwacher Stimme, daß er leider nicht imstande sei, den Mantel zu bezahlen. Bei seinen Habseligkeiten habe sich kein Geld vorgefunden. Dennoch brauche sie noch nicht alle Hoffnung aufzugeben. Er habe nachgedacht und sich erinnert, daß für ihn bei einem Mann, der in der Stadt Frankfurt Bücher von ihm gedruckt habe, noch Geld liegen müsse. An den wolle er schreiben, wenn man es ihm gestatte. Um die Erlaubnis wolle er schon morgen nachkommen. Heute sei es ihm beim Verhör vorgekommen, als ob keine besonders gute Stimmung herrsche. Da habe er nicht fragen und womöglich alles verderben wollen.

Die Alte sah ihn mit ihren scharfen Augen durchdringend

an, während er sprach. Sie kannte die Ausflüchte und Vertröstungen säumiger Schuldner. Sie kümmerten sich den Teufel um ihre Verpflichtungen, und wenn man ihnen auf den Leib rückte, taten sie, als setzten sie Himmel und Hölle in Bewegung.

»Wozu brauchten Sie einen Mantel, wenn Sie kein Geld hatten, ihn zu bezahlen?« fragte sie hart.

Der Gefangene nickte, um ihr zu zeigen, daß er ihrem Gedankengang folgte. Er antwortete:

»Ich habe immer verdient, mit Büchern und mit Lehren. So dachte ich, ich verdiene auch jetzt. Und den Mantel glaubte ich zu brauchen, weil ich glaubte, ich würde noch im Freien herumgehen.«

Das sagte er ohne jede Bitterkeit, sichtlich nur, um ihr die Antwort nicht schuldig zu bleiben.

Die Alte musterte ihn wieder von oben bis unten, voll Zorn, aber mit dem Gefühl, nicht an ihn heranzukommen, und ohne noch ein Wort zu sagen, wandte sie sich um und lief aus dem Zimmer.

»Wer wird einem Menschen, dem die Inquisition den Prozeß macht, noch Geld schicken?« äußerte sie böse zu ihrem Mann hin, als sie an diesem Abend im Bett lagen. Er war jetzt beruhigt über die Stellung der geistlichen Behörden zu ihm, mißbilligte aber doch die unermüdlichen Versuche seiner Frau, das Geld einzutreiben.

»Er hat wohl jetzt an anderes zu denken«, brummte er.

Sie sagte nichts mehr.

Die nächsten Monate gingen, ohne daß in der leidigen Angelegenheit irgend etwas Neues geschah. Anfangs Januar hieß es, die Signoria trage sich mit dem Gedanken, dem Wunsche des Papstes nachzukommen und den Ketzer auszuliefern. Und dann kam eine neue Vorladung für die Zuntos in das Gebäude des Heiligen Offiziums.

Es war keine bestimmte Stunde genannt, und Frau Zunto ging an einem Nachmittag hin. Sie kam ungelegen. Der Gefangene erwartete den Besuch des Prokurators der Republik, der von der Signoria aufgefordert worden war, ein Gutachten über die Frage der Auslieferung auszuarbeiten. Sie wurde von dem höheren Beamten empfangen, der ihr einmal die erste Unterredung mit dem Nolaner verschafft hatte, und der Greis sagte ihr, der Gefangene habe gewünscht, sie zu sprechen, sie solle aber überlegen, ob der Zeitpunkt günstig gewählt sei, da der Gefangene unmittelbar vor einer für ihn hochwichtigen Konferenz stehe.

Sie sagte kurz, man brauche ihn ja nur zu fragen.

Ein Beamter ging weg und kehrte mit dem Gefangenen zurück. Die Unterredung fand in Anwesenheit des höheren Beamten statt. Bevor der Nolaner, der sie schon unter der Tür anlächelte, etwas sagen konnte, stieß die Alte hervor:

»Warum führen Sie sich dann so auf, wenn Sie im Freien herumgehen wollen?«

Einen Augenblick schien der kleine Mann verdutzt. Er hatte dieses Vierteljahr sehr viele Fragen beantwortet und den Abschluß seiner letzten Unterredung mit der Frau des Schneiders kaum im Gedächtnis behalten.

»Es ist kein Geld für mich gekommen«, sagte er schließlich, »ich habe zweimal darum geschrieben, aber es ist nichts gekommen. Ich habe mir gedacht, ob ihr den Mantel zurücknehmen würdet.«

»Ich wußte ja, daß es dazu kommen würde«, sagte sie verächtlich. »Und er ist nach Maß gearbeitet und zu klein für die meisten.«

Der Nolaner sah gepeinigt auf die alte Frau.

»Das habe ich nicht bedacht«, sagte er und wandte sich an den Geistlichen.

»Könnte man nicht alle meine Habseligkeiten verkaufen und das Geld diesen Leuten aushändigen?«

»Das wird nicht möglich sein«, mischte sich der Beamte, der ihn geholt hatte, der große Dicke, in das Gespräch. »Darauf erhebt Herr Mocenigo Anspruch. Sie haben lange auf seine Kosten gelebt.«

»Er hat mich eingeladen«, erwiderte der Nolaner müde.

Der Greis hob seine Hand.

»Das gehört wirklich nicht hierher. Ich denke, daß der Mantel zurückgegeben werden soll.«

»Was sollen wir mit ihm anfangen?« sagte die Alte störrisch.

Der Greis wurde ein wenig rot im Gesicht. Er sagte langsam: »Liebe Frau, ein wenig christliche Nachsicht würde Ihnen nicht schlecht anstehen. Der Angeklagte steht vor einer Unterredung, die für ihn Leben oder Tod bedeuten kann. Sie können kaum verlangen, daß er sich allzusehr für Ihren Mantel interessiert.«

Die Alte sah ihn unsicher an. Sie erinnerte sich plötzlich, wo sie stand. Sie erwog, ob sie nicht gehen sollte, da hörte sie hinter sich den Gefangenen mit leiser Stimme sagen:

»Ich meine, daß sie es verlangen kann.«

Und als sie sich zu ihm umwandte, sagte er noch: »Sie müssen das alles entschuldigen. Denken Sie auf keinen Fall, daß mir Ihr Verlust gleichgültig ist. Ich werde eine Eingabe in der Sache machen.«

Der große Dicke war auf einen Wink des Greises aus dem Zimmer gegangen. Jetzt kehrte er zurück, breitete die Arme aus und sagte: »Der Mantel ist überhaupt nicht mit eingeliefert worden. Der Mocenigo muß ihn zurückbehalten haben.«

Der Nolaner erschrak deutlich. Dann sagte er fest:

»Das ist nicht recht. Ich werde ihn verklagen.«

Der Greis schüttelte den Kopf.

»Beschäftigen Sie sich lieber mit dem Gespräch, das Sie in ein paar Minuten zu führen haben werden. Ich kann es nicht länger zulassen, daß hier wegen ein paar Skudi herumgestritten wird.«

Der Alten stieg das Blut in den Kopf. Sie hatte, während der Nolaner sprach, geschwiegen und maulend in eine Ecke des Zimmers geschaut. Aber jetzt riß ihr wieder die Geduld.

»Paar Skudi!« schrie sie. »Das ist ein Monatsverdienst! Sie können leicht Nachsicht üben. Sie trifft kein Verlust!«

In diesem Augenblick trat ein hochgewachsener Mönch in die Tür.

»Der Prokurator ist gekommen«, sagte er halblaut, verwundert auf die schreiende alte Frau schauend.

Der große Dicke faßte den Nolaner am Ärmel und führte ihn hinaus. Der Gefangene blickte über die schmale Schulter zurück auf die Frau, bis er über die Schwelle geführt war. Sein mageres Gesicht war sehr blaß.

Die Alte ging verstört die Steintreppe des Gebäudes hinunter. Sie wußte nicht, was sie denken sollte. Schließlich tat der Mann, was er konnte.

Sie ging nicht in die Werkstätte, als eine Woche später der große Dicke den Mantel brachte. Aber sie horchte an der Tür, und da hörte sie den Beamten sagen: »Er hat tatsächlich noch die ganzen letzten Tage sich um den Mantel gekümmert. Zweimal machte er eine Eingabe, zwischen den Verhören und den Unterredungen mit den Stadtbehörden, und mehrere Male verlangte er eine Unterredung in dieser Sache mit dem Nuntius. Er hat es durchgesetzt. Der Mocenigo mußte den Mantel herausgeben. Übrigens hätte er ihn jetzt gut brauchen können, denn er wird ausgeliefert und soll noch diese Woche nach Rom abgehen.«

Das stimmte. Es war Ende Januar.

Die unwürdige Greisin

Meine Großmutter war zweiundsiebzig Jahre alt, als mein Großvater starb. Er hatte eine kleine Lithographenanstalt in einem badischen Städtchen und arbeitete darin mit zwei, drei Gehilfen bis zu seinem Tod. Meine Großmutter besorgte ohne Magd den Haushalt, betreute das alte, wacklige Haus und kochte für die Mannsleute und Kinder.

Sie war eine kleine magere Frau mit lebhaften Eidechsenaugen, aber langsamer Sprechweise. Mit recht kärglichen Mitteln hatte sie fünf Kinder großgezogen – von den sieben, die sie geboren hatte. Davon war sie mit den Jahren kleiner geworden.

Von den Kindern gingen die zwei Mädchen nach Amerika, und zwei der Söhne zogen ebenfalls weg. Nur der jüngste, der eine schwache Gesundheit hatte, blieb im Städtchen. Er wurde Buchdrucker und legte sich eine viel zu große Familie zu.

So war sie allein im Haus, als mein Großvater gestorben war.

Die Kinder schrieben sich Briefe über das Problem, was mit ihr zu geschehen hätte. Einer konnte ihr bei sich ein Heim anbieten, und der Buchdrucker wollte mit den Seinen zu ihr ins Haus ziehen. Aber die Greisin verhielt sich abweisend zu den Vorschlägen und wollte nur von jedem ihrer Kinder, das dazu imstande war, eine kleine geldliche Unterstützung annehmen. Die Lithographenanstalt, längst veraltet, brachte fast nichts beim Verkauf, und es waren auch Schulden da.

Die Kinder schrieben ihr, sie könne doch nicht ganz allein leben, aber als sie darauf überhaupt nicht einging, gaben sie nach und schickten ihr monatlich ein bißchen Geld. Schließlich, dachten sie, war ja der Buchdrucker im Städtchen geblieben.

Der Buchdrucker übernahm es auch, seinen Geschwistern mitunter über die Mutter zu berichten. Seine Briefe an meinen Vater und was dieser bei einem Besuch und nach dem Begräbnis meiner Großmutter zwei Jahre später erfuhr, geben mir ein Bild von dem, was in diesen zwei Jahren geschah.

Es scheint, daß der Buchdrucker von Anfang an enttäuscht war, daß meine Großmutter sich weigerte, ihn in das ziemlich große und nun leerstehende Haus aufzunehmen. Er wohnte mit vier Kindern in drei Zimmern. Aber die Greisin hielt überhaupt nur eine sehr lose Verbindung mit ihm aufrecht. Sie lud die Kinder jeden Sonntagnachmittag zum Kaffee, das war eigentlich alles.

Sie besuchte ihren Sohn ein- oder zweimal in einem Vierteljahr und half der Schwiegertochter beim Beereneinkochen. Die junge Frau entnahm einigen ihrer Äußerungen, daß es ihr in der kleinen Wohnung des Buchdruckers zu eng war. Dieser konnte sich nicht enthalten, in seinem Bericht darüber ein Ausrufezeichen anzubringen.

Auf eine schriftliche Anfrage meines Vaters, was die alte Frau denn jetzt so mache, antwortete er ziemlich kurz, sie besuche das Kino.

Man muß verstehen, daß das nichts Gewöhnliches war, jedenfalls nicht in den Augen ihrer Kinder. Das Kino war vor dreißig Jahren noch nicht, was es heute ist. Es handelte sich um elende, schlecht gelüftete Lokale, oft in alten Kegelbahnen eingerichtet, mit schreienden Plakaten vor dem Eingang, auf denen Morde und Tragödien der Leidenschaft angezeigt waren. Eigentlich gingen nur Halbwüchsige hin oder, des Dunkels wegen, Liebespaare. Eine einzelne alte Frau mußte dort sicher auffallen.

Und so war noch eine andere Seite dieses Kinobesuches zu bedenken. Der Eintritt war gewiß billig, da aber das Vergnügen ungefähr unter den Schleckereien rangierte, bedeutete es »hinausgeworfenes Geld«. Und Geld hinauswerfen, war nicht respektabel.

Dazu kam, daß meine Großmutter nicht nur mit ihrem

Sohn am Ort keinen regelmäßigen Verkehr pflegte, sondern auch sonst niemanden von ihren Bekannten besuchte oder einlud. Sie ging niemals zu den Kaffeegesellschaften des Städtchens. Dafür besuchte sie häufig die Werkstatt eines Flickschusters in einem armen und sogar etwas verrufenen Gäßchen, in der, besonders nachmittags, allerlei nicht besonders respektable Existenzen herumsaßen, stellungslose Kellnerinnen und Handwerksburschen. Der Flickschuster war ein Mann in mittleren Jahren, der in der ganzen Welt herumgekommen war, ohne es zu etwas gebracht zu haben. Es hieß auch, daß er trank. Er war jedenfalls kein Verkehr für meine Großmutter.

Der Buchdrucker deutete in einem Brief an, daß er seine Mutter darauf hingewiesen, aber einen recht kühlen Bescheid bekommen habe. »Er hat etwas gesehen«, war ihre Antwort, und das Gespräch war damit zu Ende. Es war nicht leicht, mit meiner Großmutter über Dinge zu reden, die sie nicht bereden wollte.

Etwa ein halbes Jahr nach dem Tod des Großvaters schrieb der Buchdrucker meinem Vater, daß die Mutter jetzt jeden zweiten Tag im Gasthof esse.

Was für eine Nachricht! Großmutter, die zeit ihres Lebens für ein Dutzend Menschen gekocht und immer nur die Reste aufgegessen hatte, aß jetzt im Gasthof! Was war in sie gefahren?

Bald darauf führte meinen Vater eine Geschäftsreise in die Nähe, und er besuchte seine Mutter.

Er traf sie im Begriffe, auszugehen. Sie nahm den Hut wieder ab und setzte ihm ein Glas Rotwein mit Zwieback vor. Sie schien ganz ausgeglichener Stimmung zu sein, weder besonders aufgekratzt noch besonders schweigsam. Sie erkundigte sich nach uns, allerdings nicht sehr eingehend, und wollte hauptsächlich wissen, ob es für die Kinder auch Kirschen gäbe. Da war sie ganz wie immer. Die Stube war natürlich peinlich sauber, und sie sah gesund aus.

Das einzige, was auf ihr neues Leben hindeutete, war,

daß sie nicht mit meinem Vater auf den Gottesacker gehen wollte, das Grab ihres Mannes zu besuchen. »Du kannst allein hingehen«, sagte sie beiläufig, »es ist das dritte von links in der elften Reihe. Ich muß noch wohin.«

Der Buchdrucker erklärte nachher, daß sie wahrscheinlich zu ihrem Flickschuster mußte. Er klagte sehr.

»Ich sitze hier in diesen Löchern mit den Meinen und habe nur noch fünf Stunden Arbeit und schlecht bezahlte, dazu macht mir mein Asthma wieder zu schaffen, und das Haus in der Hauptstraße steht leer.«

Mein Vater hatte im Gasthof ein Zimmer genommen, aber erwartet, daß er zum Wohnen doch von seiner Mutter eingeladen werden würde, wenigstens pro forma, aber sie sprach nicht davon. Und sogar als das Haus voll gewesen war, hatte sie immer etwas dagegen gehabt, daß er nicht bei ihnen wohnte und dazu das Geld für das Hotel ausgab!

Aber sie schien mit ihrem Familienleben abgeschlossen zu haben und neue Wege zu gehen, jetzt, wo ihr Leben sich neigte. Mein Vater, der eine gute Portion Humor besaß, fand sie ›ganz munter‹ und sagte meinem Onkel, er solle die alte Frau machen lassen, was sie wolle.

Aber was wollte sie?

Das nächste, was berichtet wurde, war, daß sie eine Bregg bestellt hatte und nach einem Ausflugsort gefahren war, an einem gewöhnlichen Donnerstag. Eine Bregg war ein großes, hochrädriges Pferdegefährt mit Plätzen für ganze Familien. Einige wenige Male, wenn wir Enkelkinder zu Besuch gekommen waren, hatte Großvater die Bregg gemietet. Großmutter war immer zu Hause geblieben. Sie hatte es mit einer wegwerfenden Handbewegung abgelehnt, mitzukommen.

Und nach der Bregg kam die Reise nach K., einer größeren Stadt, etwa zwei Eisenbahnstunden entfernt. Dort war ein Pferderennen, und zu dem Pferderennen fuhr meine Großmutter.

Der Buchdrucker war jetzt durch und durch alarmiert. Er

wollte einen Arzt hinzugezogen haben. Mein Vater schüttelte den Kopf, als er den Brief las, lehnte aber die Hinzuziehung eines Arztes ab.

Nach K. war meine Großmutter nicht allein gefahren. Sie hatte ein junges Mädchen mitgenommen, eine halb Schwachsinnige, wie der Buchdrucker schrieb, das Küchenmädchen des Gasthofs, in dem die Greisin jeden zweiten Tag speiste.

Dieser ›Krüppel‹ spielte von jetzt ab eine Rolle.

Meine Großmutter schien einen Narren an ihr gefressen zu haben. Sie nahm sie mit ins Kino und zum Flickschuster, der sich übrigens als Sozialdemokrat herausgestellt hatte, und es ging das Gerücht, daß die beiden Frauen bei einem Glas Rotwein in der Küche Karten spielten.

»Sie hat dem Krüppel jetzt einen Hut gekauft mit Rosen drauf«, schrieb der Buchdrucker verzweifelt. »Und unsere Anna hat kein Kommunionskleid!«

Die Briefe meines Onkels wurden ganz hysterisch, handelten nur von der ›unwürdigen Aufführung unserer lieben Mutter‹ und gaben sonst nichts mehr her. Das Weitere habe ich von meinem Vater.

Der Gastwirt hatte ihm mit Augenzwinkern zugeraunt: »Frau B. amüsiert sich ja jetzt, wie man hört.«

In Wirklichkeit lebte meine Großmutter auch diese letzten Jahre keineswegs üppig. Wenn sie nicht im Gasthof aß, nahm sie meist nur wenig Eierspeise zu sich, etwas Kaffee und vor allem ihren geliebten Zwieback. Dafür leistete sie sich einen billigen Rotwein, von dem sie zu allen Mahlzeiten ein kleines Glas trank. Das Haus hielt sie sehr rein, und nicht nur die Schlafstube und die Küche, die sie benutzte. Jedoch nahm sie darauf ohne Wissen der Kinder eine Hypothek auf. Es kam niemals heraus, was sie mit dem Geld machte. Sie scheint es dem Flickschuster gegeben zu haben. Er zog nach ihrem Tod in eine andere Stadt und soll dort ein größeres Geschäft für Maßschuhe eröffnet haben.

Genau betrachtet lebte sie hintereinander zwei Leben.

Das eine, erste, als Tochter, als Frau und als Mutter, und das zweite einfach als Frau B., eine alleinstehende Person ohne Verpflichtungen und mit bescheidenen, aber ausreichenden Mitteln. Das erste Leben dauerte etwa sechs Jahrzehnte, das zweite nicht mehr als zwei Jahre.

Mein Vater brachte in Erfahrung, daß sie im letzten halben Jahr sich gewisse Freiheiten gestattete, die normale Leute gar nicht kennen. So konnte sie im Sommer früh um drei Uhr aufstehen und durch die leeren Straßen des Städtchens spazieren, das sie so für sich ganz allein hatte. Und den Pfarrer, der sie besuchen kam, um der alten Frau in ihrer Vereinsamung Gesellschaft zu leisten, lud sie, wie allgemein behauptet wurde, ins Kino ein!

Sie war keineswegs vereinsamt. Bei dem Flickschuster verkehrten anscheinend lauter lustige Leute, und es wurde viel erzählt. Sie hatten dort immer eine Flasche ihres eigenen Rotweins stehen, und daraus trank sie ihr Gläschen, während die anderen erzählten und über die würdigen Autoritäten der Stadt loszogen. Dieser Rotwein blieb für sie reserviert, jedoch brachte sie mitunter der Gesellschaft stärkere Getränke mit.

Sie starb ganz unvermittelt, an einem Herbstnachmittag in ihrem Schlafzimmer, aber nicht im Bett, sondern auf dem Holzstuhl am Fenster. Sie hatte den ›Krüppel‹ für den Abend ins Kino eingeladen, und so war das Mädchen bei ihr, als sie starb. Sie war vierundsiebzig Jahre alt.

Ich habe eine Fotografie von ihr gesehen, die sie auf dem Totenbett zeigt und die für die Kinder angefertigt worden war.

Man sieht ein winziges Gesichtchen mit vielen Falten und einen schmallippigen, aber breiten Mund. Viel Kleines, aber nichts Kleinliches. Sie hatte die langen Jahre der Knechtschaft und die kurzen Jahre der Freiheit ausgekostet und das Brot des Lebens aufgezehrt bis auf den letzten Brosamen.

Der Augsburger Kreidekreis

Zu der Zeit des Dreißigjährigen Krieges besaß ein Schweizer Protestant namens Zingli eine große Gerberei mit einer Lederhandlung in der freien Reichsstadt Augsburg am Lech. Er war mit einer Augsburgerin verheiratet und hatte ein Kind mit ihr. Als die Katholischen auf die Stadt zumarschierten, rieten ihm seine Freunde dringend zur Flucht, aber, sei es, daß die kleine Familie ihn hielt, sei es, daß er seine Gerberei nicht im Stich lassen wollte, er konnte sich jedenfalls nicht entschließen, beizeiten wegzureisen.

So war er noch in der Stadt, als die kaiserlichen Truppen sie stürmten, und als am Abend geplündert wurde, versteckte er sich in einer Grube im Hof, wo die Farben aufbewahrt wurden. Seine Frau sollte mit dem Kind zu ihren Verwandten in die Vorstadt ziehen, aber sie hielt sich zu lange damit auf, ihre Sachen, Kleider, Schmuck und Betten zu packen, und so sah sie plötzlich, von einem Fenster des ersten Stockes aus, eine Rotte kaiserlicher Soldaten in den Hof dringen. Außer sich vor Schrecken ließ sie alles stehen und liegen und rannte durch eine Hintertür aus dem Anwesen.

So blieb das Kind im Hause zurück. Es lag in der großen Diele in seiner Wiege und spielte mit einem Holzball, der an einer Schnur von der Decke hing.

Nur eine junge Magd war noch im Hause. Sie hantierte in der Küche mit dem Kupferzeug, als sie Lärm von der Gasse her hörte. Ans Fenster stürzend, sah sie, wie aus dem ersten Stock des Hauses gegenüber von Soldaten allerhand Beutestücke auf die Gasse geworfen wurden. Sie lief in die Diele und wollte eben das Kind aus der Wiege nehmen, als sie das Geräusch schwerer Schläge gegen die eichene Haustür hörte. Sie wurde von Panik ergriffen und rannte die Treppe hinauf.

Die Diele füllte sich mit betrunkenen Soldaten, die alles

kurz und klein schlugen. Sie wußten, daß sie sich im Haus eines Protestanten befanden. Wie durch ein Wunder blieb bei der Durchsuchung und Plünderung Anna, die Magd, unentdeckt. Die Rotte verzog sich, und aus dem Schrank herauskletternd, in dem sie gestanden war, fand Anna auch das Kind in der Diele unversehrt. Sie nahm es hastig an sich und schlich mit ihm auf den Hof hinaus. Es war inzwischen Nacht geworden, aber der rote Schein eines in der Nähe brennenden Hauses erhellte den Hof, und entsetzt erblickte sie die übel zugerichtete Leiche des Hausherrn. Die Soldaten hatten ihn aus seiner Grube gezogen und erschlagen.

Erst jetzt wurde der Magd klar, welche Gefahr sie lief, wenn sie mit dem Kind des Protestanten auf der Straße aufgegriffen wurde. Sie legte es schweren Herzens in die Wiege zurück, gab ihm etwas Milch zu trinken, wiegte es in den Schlaf und machte sich auf den Weg in den Stadtteil, wo ihre verheiratete Schwester wohnte.

Gegen zehn Uhr nachts drängte sie sich, begleitet vom Mann ihrer Schwester, durch das Getümmel der ihren Sieg feiernden Soldaten, um in der Vorstadt Frau Zingli, die Mutter des Kindes, aufzusuchen. Sie klopften an die Tür eines mächtigen Hauses, die sich nach geraumer Zeit auch ein wenig öffnete. Ein kleiner alter Mann, Frau Zinglis Onkel, steckte den Kopf heraus. Anna berichtete atemlos, daß Herr Zingli tot, das Kind aber unversehrt im Haus sei. Der Alte sah sie kalt aus fischigen Augen an und sagte, seine Nichte sei nicht mehr da, und er selber habe mit dem Protestantenbankert nichts zu schaffen. Damit machte er die Tür wieder zu. Im Weggehen sah Annas Schwager, wie sich ein Vorhang in einem der Fenster bewegte, und er gewann die Überzeugung, daß Frau Zingli da war. Sie schämte sich anscheinend nicht, ihr Kind zu verleugnen.

Eine Zeitlang gingen Anna und ihr Schwager schweigend nebeneinander her. Dann erklärte sie ihm, daß sie in die Gerberei zurück und das Kind holen wolle. Der Schwager, ein ruhiger, ordentlicher Mann, hörte sie erschrocken an und suchte ihr die gefährliche Idee auszureden. Was hatte sie mit diesen Leuten zu tun? Sie war nicht einmal anständig behandelt worden.

Anna hörte ihm still zu und versprach ihm, nichts Unvernünftiges zu tun. Jedoch wollte sie unbedingt noch schnell in die Gerberei schauen, ob dem Kind nichts fehle. Und sie wollte allein gehen.

Sie setzte ihren Willen durch. Mitten in der zerstörten Halle lag das Kind ruhig in seiner Wiege und schlief. Anna setzte sich müde zu ihm und betrachtete es. Sie hatte nicht gewagt, ein Licht anzuzünden, aber das Haus in der Nähe brannte immer noch, und bei diesem Licht konnte sie das Kind ganz gut sehen. Es hatte einen winzigen Leberfleck am Hälschen.

Als die Magd einige Zeit, vielleicht eine Stunde, zugesehen hatte, wie das Kind atmete und an seiner kleinen Faust saugte, erkannte sie, daß sie zu lange gesessen und zu viel gesehen hatte, um noch ohne Kind weggehen zu können. Sie stand schwerfällig auf, und mit langsamen Bewegungen hüllte sie es in die Leinendecke, hob es auf den Arm und verließ mit ihm den Hof, sich scheu umschauend, wie eine Person mit schlechtem Gewissen, eine Diebin.

Sie brachte das Kind, nach langen Beratungen mit Schwester und Schwager, zwei Wochen darauf aufs Land in das Dorf Großaitingen, wo ihr älterer Bruder Bauer war. Der Bauernhof gehörte der Frau, er hatte nur eingeheiratet. Es war ausgemacht worden, daß sie es vielleicht nur dem Bruder sagen sollte, wer das Kind war, denn sie hatten die junge Bäuerin nie zu Gesicht bekommen und wußten nicht, wie sie einen so gefährlichen kleinen Gast aufnehmen würde.

Anna kam gegen Mittag im Dorf an. Ihr Bruder, seine Frau und das Gesinde saßen beim Mittagessen. Sie wurde nicht schlecht empfangen, aber ein Blick auf ihre neue Schwägerin veranlaßte sie, das Kind sogleich als ihr eigenes vorzustellen. Erst nachdem sie erzählt hatte, daß ihr Mann in einem entfernten Dorf eine Stellung in einer Mühle habe und sie dort mit dem Kind in ein paar Wochen erwarte, taute die Bäuerin auf, und das Kind wurde gebührend bewundert.

Nachmittags begleitete sie ihren Bruder ins Gehölz, Holz sammeln. Sie setzten sich auf Baumstümpfe, und Anna schenkte ihm reinen Wein ein. Sie konnte sehen, daß ihm nicht wohl in seiner Haut war. Seine Stellung auf dem Hof war noch nicht gefestigt, und er lobte Anna sehr, daß sie seiner Frau gegenüber den Mund gehalten hatte. Es war klar, daß er seiner jungen Frau keine besonders großzügige Haltung gegenüber dem Protestantenkind zutraute. Er wollte, daß die Täuschung aufrechterhalten wurde.

Das war nun auf die Länge nicht leicht.

Anna arbeitete bei der Ernte mit und pflegte ›ihr‹ Kind zwischendurch, immer wieder vom Feld nach Hause laufend, wenn die andern ausruhten. Der Kleine gedieh und wurde sogar dick, lachte, so oft er Anna sah, und suchte kräftig den Kopf zu heben. Aber dann kam der Winter, und die Schwägerin begann sich nach Annas Mann zu erkundigen.

Es sprach nichts dagegen, daß Anna auf dem Hof blieb, sie konnte sich immer nützlich machen. Das schlimme war, daß die Nachbarn sich über den Vater von Annas Jungen wunderten, weil der nie kam, nach ihm zu sehen. Wenn sie keinen Vater für ihr Kind zeigen konnte, mußte der Hof bald ins Gerede kommen.

An einem Sonntagmorgen spannte der Bauer an und hieß Anna laut mitkommen, ein Kalb in einem Nachbardorf abzuholen. Auf dem ratternden Fahrzeug teilte er ihr mit, daß er für sie einen Mann gesucht und gefunden hätte. Es war ein todkranker Häusler, der kaum den ausgemergelten Kopf vom schmierigen Laken heben konnte, als die beiden in seiner niedrigen Hütte standen.

Er war willig, Anna zu ehelichen. Am Kopfende des Lagers stand eine gelbhäutige Alte, seine Mutter. Sie sollte ein Entgelt für den Dienst, der Anna erwiesen wurde, bekommen.

Das Geschäft war in zehn Minuten ausgehandelt, und Anna und ihr Bruder konnten weiterfahren und ihr Kalb erstehen. Die Verehelichung fand Ende derselben Woche statt. Während der Pfarrer die Trauungsformel murmelte, wandte der Kranke nicht ein einziges Mal den glasigen Blick auf Anna. Ihr Bruder zweifelte nicht, daß sie den Totenschein in wenigen Tagen haben würden. Dann war Annas Mann und Kindsvater auf dem Weg zu ihr in einem Dorf bei Augsburg irgendwie gestorben, und niemand würde sich wundern, wenn die Witwe im Haus ihres Bruders bleiben würde.

Anna kam froh von ihrer seltsamen Hochzeit zurück, auf der es weder Kirchenglocken noch Blechmusik, weder Jungfern noch Gäste gegeben hatte. Sie verzehrte als Hochzeitsschmaus ein Stück Brot mit einer Scheibe Speck in der Speisekammer und trat mit ihrem Bruder dann vor die Kiste, in der das Kind lag, das jetzt einen Namen hatte. Sie stopfte das Laken fester und lachte ihren Bruder an.

Der Totenschein ließ allerdings lange auf sich warten.

Es kam weder die nächste noch die übernächste Woche Bescheid von der Alten. Anna hatte auf dem Hof erzählt, daß ihr Mann jetzt auf dem Weg zu ihr sei. Sie sagte nunmehr, wenn man sie fragte, wo er bliebe, der tiefe Schnee machte wohl die Reise beschwerlich. Aber nachdem weitere drei Wochen vergangen waren, fuhr ihr Bruder doch, ernstlich beunruhigt, in das Dorf bei Augsburg.

Er kam spät in der Nacht zurück. Anna war noch auf und lief zur Tür, als sie das Fuhrwerk auf den Hof knarren hörte. Sie sah, wie langsam der Bauer ausspannte, und ihr Herz krampfte sich zusammen.

Er brachte üble Nachricht. In die Hütte tretend, hatte er den Todgeweihten beim Abendessen am Tisch sitzend vorgefunden, in Hemdsärmeln, mit beiden Backen kauend. Er war wieder völlig gesundet.

Der Bruder sah Anna nicht ins Gesicht, als er weiter berichtete. Der Häusler, er hieß übrigens Otterer, und seine

Mutter schienen über die Wendung ebenfalls überrascht und waren wohl noch zu keinem Entschluß gekommen, was zu geschehen hätte. Otterer habe keinen unangenehmen Eindruck gemacht. Er hatte wenig gesprochen, jedoch einmal seine Mutter, als sie darüber jammern wollte, daß er nun ein ungewünschtes Weib und ein fremdes Kind auf dem Hals habe, zum Schweigen verwiesen. Er aß bedächtig seine Käsespeise weiter während der Unterhaltung und aß noch, als der Bauer wegging.

Die nächsten Tage war Anna natürlich sehr bekümmert. Zwischen ihrer Hausarbeit lehrte sie den Jungen gehen. Wenn er den Spinnrocken losließ und mit ausgestreckten Ärmchen auf sie zugewackelt kam, unterdrückte sie ein trockenes Schluchzen und umklammerte ihn fest, wenn sie ihn auffing.

Einmal fragte sie ihren Bruder: Was ist er für einer? Sie hatte ihn nur auf dem Sterbebett gesehen und nur abends, beim Schein einer schwachen Kerze. Jetzt erfuhr sie, daß ihr Mann ein abgearbeiteter Fünfziger sei, »halt so, wie ein Häusler ist«. Bald darauf sah sie ihn. Ein Hausierer hatte ihr mit einem großen Aufwand an Heimlichkeit ausgerichtet, daß ›ein gewisser Bekannter‹ sie an dem und dem Tag zu der und der Stunde bei dem und dem Dorf, da wo der Fußweg nach Landsberg abgeht, treffen wolle. So begegneten die Verehelichten sich zwischen ihren Dörfern wie die antiken Feldherren zwischen ihren Schlachtreihen, im offenen Gelände, das vom Schnee bedeckt war.

Der Mann gefiel Anna nicht.

Er hatte kleine graue Zähne, sah sie von oben bis unten an, obwohl sie in einem dicken Schafspelz steckte und nicht viel zu sehen war, und gebrauchte dann die Wörter ›Sakrament der Ehe‹. Sie sagte ihm kurz, sie müsse sich alles noch überlegen, bat ihn aber, er möchte ihr durch irgendeinen Händler oder Schlächter, der durch Großaitingen kam, vor ihrer Schwägerin ausrichten lassen, er werde jetzt bald kommen und sei nur auf dem Weg erkrankt.

Otterer nickte in seiner bedächtigen Weise. Er war über einen Kopf größer als sie und blickte immer auf ihre linke Halsseite beim Reden, was sie aufbrachte.

Die Botschaft kam aber nicht, und Anna ging mit dem Gedanken um, mit dem Kind einfach vom Hof zu gehen und weiter südwärts, etwa in Kempten oder Sonthofen, eine Stellung zu suchen. Nur die Unsicherheit der Landstraßen, über die viel geredet wurde, und daß es mitten im Winter war, hielt sie zurück.

Der Aufenthalt auf dem Hof wurde nachgerade schwierig. Die Schwägerin stellte am Mittagstisch vor allem Gesinde mißtrauische Fragen nach ihrem Mann. Als sie einmal sogar, mit falschem Mitleid auf das Kind sehend, laut ›armes Wurm‹ sagte, beschloß Anna, doch zu gehen, aber da wurde das Kind krank.

Es lag unruhig mit hochrotem Kopf und trüben Augen in seiner Kiste, und Anna wachte ganze Nächte über ihm in Angst und Hoffnung. Als es sich wieder auf dem Wege zur Besserung befand und sein Lächeln zurückgefunden hatte, wurde eines Vormittags an die Tür geklopft, und herein trat Otterer.

Es war niemand außer Anna und dem Kind in der Stube, so daß sie sich nicht verstellen mußte, was ihr bei ihrem Schrecken auch wohl unmöglich gewesen wäre. Sie standen eine gute Weile wortlos, dann äußerte Otterer, er habe die Sache seinerseits überlegt und sei gekommen, sie zu holen. Er erwähnte wieder das Sakrament der Ehe.

Anna wurde böse. Mit fester, wenn auch unterdrückter Stimme sagte sie dem Mann, sie denke nicht daran, mit ihm zu leben, sie sei die Ehe nur eingegangen ihres Kindes wegen und wolle von ihm nichts, als daß er ihr und dem Kind seinen Namen gebe.

Otterer blickte, als sie von dem Kind sprach, flüchtig nach der Richtung der Kiste, in der es lag und brabbelte, trat aber nicht hinzu. Das nahm Anna noch mehr gegen ihn ein.

Er ließ ein paar Redensarten fallen: sie solle sich alles

noch einmal überlegen, bei ihm sei Schmalhans Küchenmeister, und seine Mutter könne in der Küche schlafen. Dann kam die Bäuerin herein, begrüßte ihn neugierig und lud ihn zum Mittagessen. Den Bauern begrüßte er, schon am Teller sitzend, mit einem nachlässigen Kopfnicken, weder vortäuschend, er kenne ihn nicht, noch verratend, daß er ihn kannte. Auf die Fragen der Bäuerin antwortete er einsilbig und seine Blicke nicht vom Teller erhebend, er habe in Mering eine Stelle gefunden, und Anna könne zu ihm ziehen. Jedoch sagte er nichts mehr davon, daß dies gleich sein müsse.

Am Nachmittag vermied er die Gesellschaft des Bauern und hackte hinter dem Haus Holz, wozu ihn niemand aufgefordert hatte. Nach dem Abendessen, an dem er wieder schweigend teilnahm, trug die Bäuerin selber ein Deckbett in Annas Kammer, damit er dort übernachten konnte, aber da stand er merkwürdigerweise schwerfällig auf und murmelte, daß er noch am selben Abend zurück müsse. Bevor er ging, starrte er mit abwesendem Blick in die Kiste mit dem Kind, sagte aber nichts und rührte es nicht an.

In der Nacht wurde Anna krank und verfiel in ein Fieber, das wochenlang dauerte. Die meiste Zeit lag sie teilnahmslos, nur ein paarmal gegen Morgen, wenn das Fieber etwas nachließ, kroch sie zu der Kiste mit dem Kind und stopfte die Decke zurecht.

In der vierten Woche ihrer Krankheit fuhr Otterer mit einem Leiterwagen auf dem Hof vor und holte sie und das Kind ab. Sie ließ es wortlos geschehen.

Nur sehr langsam kam sie wieder zu Kräften, kein Wunder bei den dünnen Suppen in der Häuslerhütte. Aber eines Morgens sah sie, wie schmutzig das Kind gehalten war, und stand entschlossen auf.

Der Kleine empfing sie mit seinem freundlichen Lächeln, von dem ihr Bruder immer behauptet hatte, er habe es von ihr. Er war gewachsen und kroch mit unglaublicher Geschwindigkeit in der Kammer herum, mit den Händen aufpatschend und kleine Schreie ausstoßend, wenn er auf das Gesicht niederfiel. Sie wusch ihn in einem Holzzuber und gewann ihre Zuversicht zurück.

Schon nach wenigen Tagen freilich konnte sie das Leben mit Otterer nicht mehr aushalten. Sie wickelte den Kleinen in ein paar Decken, steckte ein Brot und etwas Käse ein und lief weg.

Sie hatte vor, nach Sonthofen zu kommen, kam aber nicht weit. Sie war noch recht schwach auf den Beinen, die Landstraße lag unter der Schneeschmelze, und die Leute in den Dörfern waren durch den Krieg sehr mißtrauisch und geizig geworden. Am dritten Tag ihrer Wanderung verstauchte sie sich den Fuß in einem Straßengraben und wurde nach vielen Stunden, in denen sie um das Kind bangte, auf einen Hof gebracht, wo sie im Stall liegen mußte. Der Kleine kroch zwischen den Beinen der Kühe herum und lachte nur, wenn sie ängstlich aufschrie. Am Ende mußte sie den Leuten des Hofs den Namen ihres Mannes sagen, und er holte sie wieder nach Mering.

Von nun an machte sie keinen Fluchtversuch mehr und nahm ihr Los hin. Sie arbeitete hart. Es war schwer, aus dem kleinen Acker etwas herauszuholen und die winzige Wirtschaft in Gang zu halten. Jedoch war der Mann nicht unfreundlich zu ihr, und der Kleine wurde satt. Auch kam ihr Bruder mitunter herüber und brachte dies und jenes als Präsent, und einmal konnte sie dem Kleinen sogar ein Röcklein rot einfärben lassen. Das, dachte sie, mußte dem Kind des Färbers gut stehen.

Mit der Zeit wurde sie ganz zufrieden gestimmt und erlebte viele Freude bei der Erziehung des Kleinen. So verging das Jahr.

Aber eines Tages ging sie ins Dorf Sirup holen, und als sie zurückkehrte, war das Kind nicht in der Hütte, und ihr Mann berichtete ihr, daß eine feingekleidete Frau in einer Kutsche vorgefahren sei und das Kind geholt habe. Sie taumelte an die Wand vor Entsetzen, und am selben Abend noch machte sie sich, nur ein Bündel mit Eßbarem tragend, auf den Weg nach Augsburg.

Ihr erster Gang in der Reichsstadt war zur Gerberei. Sie wurde nicht vorgelassen und bekam das Kind nicht zu sehen. Schwester und Schwager versuchten vergebens, ihr Trost zuzureden. Sie lief zu den Behörden und schrie außer sich, man habe ihr Kind gestohlen. Sie ging so weit, anzudeuten, daß Protestanten ihr Kind gestohlen hätten. Sie erfuhr daraufhin, daß jetzt andere Zeiten herrschten und zwischen Katholiken und Protestanten Friede geschlossen worden sei.

Sie hätte kaum etwas ausgerichtet, wenn ihr nicht ein besonderer Glücksumstand zu Hilfe gekommen wäre. Ihre Rechtssache wurde an einen Richter verwiesen, der ein ganz besonderer Mann war.

Es war das der Richter Ignaz Dollinger, in ganz Schwaben berühmt wegen seiner Grobheit und Gelehrsamkeit, vom Kurfürsten von Bayern, mit dem er einen Rechtsstreit der freien Reichsstadt ausgetragen hatte, ›dieser lateinische Mistbauer‹ getauft, vom niedrigen Volk aber in einer langen Moritat löblich besungen.

Von Schwester und Schwager begleitet kam Anna vor ihn. Der kurze, aber ungemein fleischige alte Mann saß in einer winzigen kahlen Stube zwischen Stößen von Pergamenten und hörte sie nur ganz kurz an. Dann schrieb er etwas auf ein Blatt, brummte: »Tritt dorthin, aber mach schnell!« und dirigierte sie mit seiner kleinen plumpen Hand an eine Stelle des Raums, auf die durch das schmale Fenster das Licht fiel. Für einige Minuten sah er genau ihr Gesicht an, dann winkte er sie mit einem Stoßseufzer weg.

Am nächsten Tag ließ er sie durch einen Gerichtsdiener holen und schrie sie, als sie noch auf der Schwelle stand, an: »Warum hast du keinen Ton davon gesagt, daß es um eine Gerberei mit einem pfundigen Anwesen geht?«

Anna sagte verstockt, daß es ihr um das Kind gehe.

»Bild dir nicht ein, daß du die Gerberei schnappen

kannst«, schrie der Richter. »Wenn der Bankert wirklich deiner ist, fällt das Anwesen an die Verwandten von dem Zingli.«

Anna nickte, ohne ihn anzuschauen. Dann sagte sie: »Er braucht die Gerberei nicht.«

»Ist es deiner?« bellte der Richter.

»Ja«, sagte sie leise. »Wenn ich ihn nur so lange behalten dürfte, bis er alle Wörter kann. Er weiß erst sieben.«

Der Richter hustete und ordnete die Pergamente auf seinem Tisch. Dann sagte er ruhiger, aber immer noch in ärgerlichem Ton:

»Du willst den Knirps, und die Ziege da mit ihren fünf Seidenröcken will ihn. Aber er braucht die rechte Mutter.«

»Ja«, sagte Anna und sah den Richter an.

»Verschwind«, brummte er. »Am Samstag halt ich Gericht.«

An diesem Samstag war die Hauptstadt und der Platz vor dem Rathaus am Perlachturm schwarz von Menschen, die dem Prozeß um das ›Protestantenkind‹ beiwohnen wollten. Der sonderbare Fall hatte von Anfang an viel Aufsehen erregt, und in Wohnungen und Wirtshäusern wurde darüber gestritten, wer die echte und wer die falsche Mutter war. Auch war der alte Dollinger weit und breit berühmt wegen seiner volkstümlichen Prozesse mit ihren bissigen Redensarten und Weisheitssprüchen. Seine Verhandlungen waren beliebter als Plärrer und Kirchweih.

So stauten sich vor dem Rathaus nicht nur viele Augsburger; auch nicht wenige Bauersleute der Umgebung waren da. Freitag war Markttag, und sie hatten in Erwartung des Prozesses in der Stadt übernachtet.

Der Saal, in dem der Richter Dollinger verhandelte, war der sogenannte Goldene Saal. Er war berühmt als einziger Saal von dieser Größe in ganz Deutschland, der keine Säulen hatte; die Decke war an Ketten im Dachfirst aufgehängt.

Der Richter Dollinger saß, ein kleiner runder Fleischberg, vor dem geschlossenen Erztor der einen Längswand. Ein gewöhnliches Seil trennte die Zuhörer ab. Aber der Richter saß auf ebenem Boden und hatte keinen Tisch vor sich. Er hatte selber vor Jahren diese Anordnung getroffen; er hielt viel von Aufmachung.

Anwesend innerhalb des abgeseilten Raums waren Frau Zingli mit ihrem Onkel, die zugereisten Schweizer Verwandten des verstorbenen Herrn Zingli, zwei gutgekleidete würdige Männer, aussehend wie wohlbestallte Kaufleute, und Anna Otterer mit ihrer Schwester. Neben Frau Zingli sah man eine Amme mit dem Kind.

Alle, Parteien und Zeugen, standen. Der Richter Dollinger pflegte zu sagen, daß die Verhandlungen kürzer ausfielen, wenn die Beteiligten stehen müßten. Aber vielleicht ließ er sie auch nur stehen, damit sie ihn vor dem Publikum verdeckten, so daß man den Richter höchstens sah, wenn man sich auf die Fußzehen stellte und den Hals ausrenkte.

Zu Beginn der Verhandlung kam es zu einem Zwischenfall. Als Anna das Kind erblickte, stieß sie einen Schrei aus und trat vor, und das Kind wollte zu ihr, strampelte heftig in den Armen der Amme und fing an zu brüllen. Der Richter ließ es aus dem Saal bringen.

Dann rief er Frau Zingli auf.

Sie kam vorgerauscht und schilderte, ab und zu ein Sacktüchlein an die Augen lüftend, wie bei der Plünderung die kaiserlichen Soldaten ihr das Kind entrissen hätten. Noch in derselben Nacht war die Magd in das Haus ihres Onkels gekommen und hatte berichtet, das Kind sei noch im Haus, wahrscheinlich in Erwartung eines Trinkgelds. Eine Köchin ihres Onkels habe jedoch, in die Gerberei geschickt, das Kind nicht vorgefunden, und sie nehme an, die Person (sie deutete auf Anna) habe sich seiner bemächtigt, um irgendwie Geld erpressen zu können. Sie wäre wohl auch über kurz oder lang mit solchen Forderungen hervorgekommen, wenn man ihr nicht zuvor das Kind abgenommen hätte.

Der Richter Dollinger rief die beiden Verwandten des Herrn Zingli auf und fragte sie, ob sie sich damals nach

Herrn Zingli erkundigt hätten und was ihnen von Frau Zingli erzählt worden sei.

Sie sagten aus, Frau Zingli habe sie wissen lassen, ihr Mann sei erschlagen worden, und das Kind habe sie einer Magd anvertraut, bei der es in guter Hut sei. Sie sprachen sehr unfreundlich von ihr, was allerdings kein Wunder war, denn das Anwesen fiel an sie, wenn der Prozeß für Frau Zingli verlorenging.

Nach ihrer Aussage wandte sich der Richter wieder an Frau Zingli und wollte von ihr wissen, ob sie nicht einfach bei dem Überfall damals den Kopf verloren und das Kind im Stich gelassen habe.

Frau Zingli sah ihn mit ihren blassen blauen Augen wie verwundert an und sagte gekränkt, sie habe ihr Kind nicht im Stich gelassen.

Der Richter Dollinger räusperte sich und fragte sie interessiert, ob sie glaube, daß keine Mutter ihr Kind im Stich lassen könnte.

Ja, das glaube sie, sagte sie fest.

Ob sie denn glaube, fragte der Richter weiter, daß einer Mutter, die es doch tue, der Hintern verhauen werden müßte, gleichgültig, wie viele Röcke sie darüber trage?

Frau Zingli gab keine Antwort, und der Richter rief die frühere Magd Anna auf. Sie trat schnell vor und wiederholte mit leiser Stimme, was sie schon bei der Voruntersuchung gesagt hatte. Sie redete aber, als ob sie zugleich horchte, und ab und zu blickte sie nach der großen Tür, hinter die man das Kind gebracht hatte, als füchtete sie, daß es immer noch schreie.

Sie sagte aus, sie sei zwar in jener Nacht zum Haus von Frau Zinglis Onkel gegangen, dann aber nicht in die Gerberei zurückgekehrt, aus Furcht vor den Kaiserlichen und weil sie Sorgen um ihr eigenes, lediges Kind gehabt habe, das bei guten Leuten im Nachbarort Lechhausen untergebracht gewesen sei.

Der alte Dollinger unterbrach sie grob und schnappte, es

habe also zumindest eine Person in der Stadt gegeben, die so etwas wie Furcht verspürt habe. Er freue sich, das feststellen zu können, denn es beweise, daß eben zumindest eine Person damals einige Vernunft besessen habe. Schön sei es allerdings von der Zeugin nicht gewesen, daß sie sich nur um ihr eigenes Kind gekümmert habe, andererseits aber heiße es ja im Volksmund, Blut sei dicker als Wasser, und was eine rechte Mutter sei, die gehe auch stehlen für ihr Kind, das sei aber vom Gesetz streng verboten, denn Eigentum sei Eigentum, und wer stehle, der lüge auch, und lügen sei ebenfalls vom Gesetz verboten. Und dann hielt er eine seiner weisen und derben Lektionen über die Abgefeimtheit der Menschen, die das Gericht anschwindelten, bis sie blau im Gesicht seien, und nach einem kleinen Abstecher über die Bauern, die die Milch unschuldiger Kühe mit Wasser verpanschten, und den Magistrat der Stadt, der zu hohe Marktsteuern von den Bauern nehme, der überhaupt nichts mit dem Prozeß zu tun hatte, verkündete er, daß die Zeugenaussage geschlossen sei und nichts ergeben habe.

Dann machte er eine lange Pause und zeigte alle Anzeichen der Ratlosigkeit, sich umblickend, als erwarte er von irgendeiner Seite her einen Vorschlag, wie man zu einem Schluß kommen könnte.

Die Leute sahen sich verblüfft an, und einige reckten die Hälse, um einen Blick auf den hilflosen Richter zu erwischen. Es blieb aber sehr still im Saal, nur von der Straße herauf konnte man die Menge hören.

Dann ergriff der Richter wieder seufzend das Wort.

»Es ist nicht festgestellt worden, wer die rechte Mutter ist«, sagte er. »Das Kind ist zu bedauern. Man hat schon gehört, daß die Väter sich oft drücken und nicht die Väter sein wollen, die Schufte, aber hier melden sich gleich zwei Mütter. Der Gerichtshof hat ihnen so lange zugehört, wie sie es verdienen, nämlich einer jeden geschlagene fünf Minuten, und der Gerichtshof ist zu der Überzeugung gelangt, daß beide wie gedruckt lügen. Nun ist aber, wie gesagt, auch noch das Kind zu bedenken, das eine Mutter haben muß. Man muß also, ohne auf bloßes Geschwätz einzugehen, feststellen, wer die rechte Mutter des Kindes ist.«

Und mit ärgerlicher Stimme rief er den Gerichtsdiener und befahl ihm, eine Kreide zu holen.

Der Gerichtsdiener ging und brachte ein Stück Kreide.

»Zieh mit der Kreide da auf dem Fußboden einen Kreis, in dem drei Personen stehen können«, wies ihn der Richter an.

Der Gerichtsdiener kniete nieder und zog mit der Kreide den gewünschten Kreis.

»Jetzt bring das Kind«, befahl der Richter.

Das Kind wurde hereingebracht. Es fing wieder an zu heulen und wollte zu Anna. Der alte Dollinger kümmerte sich nicht um das Geplärr und hielt seine Ansprache nur in etwas lauterem Ton.

»Diese Probe, die jetzt vorgenommen werden wird«, verkündete er, »habe ich in einem alten Buch gefunden, und sie gilt als recht gut. Der einfache Grundgedanke der Probe mit dem Kreidekreis ist, daß die rechte Mutter an ihrer Liebe zum Kind erkannt wird. Also muß die Stärke dieser Liebe erprobt werden. Gerichtsdiener, stell das Kind in diesen Kreidekreis!«

Der Gerichtsdiener nahm das plärrende Kind von der Hand der Amme und führte es in den Kreis. Der Richter fuhr fort, sich an Frau Zingli und Anna wendend:

»Stellt auch ihr euch in den Kreidekreis, faßt jede eine Hand des Kindes, und wenn ich ›los‹ sage, dann bemüht euch, das Kind aus dem Kreis zu ziehen. Die von euch die stärkere Liebe hat, wird auch mit der größeren Kraft ziehen und so das Kind auf ihre Seite bringen.«

Im Saal war es unruhig geworden. Die Zuschauer stellten sich auf die Fußspitzen und stritten sich mit den vor ihnen Stehenden.

Es wurde aber wieder totenstill, als die beiden Frauen in den Kreis traten und jede eine Hand des Kindes faßte. Auch das Kind war verstummt, als ahnte es, um was es ging. Es hielt sein tränenüberströmtes Gesichtchen zu Anna emporgewendet. Dann kommandierte der Richter »los«.

Und mit einem einzigen heftigen Ruck riß Frau Zingli das Kind aus dem Kreidekreis. Verstört und ungläubig sah Anna ihm nach. Aus Furcht, es könne Schaden erleiden, wenn es an beiden Ärmchen zugleich in zwei Richtungen gezogen würde, hatte sie es sogleich losgelassen.

Der alte Dollinger stand auf.

»Und somit wissen wir«, sagte er laut, »wer die rechte Mutter ist. Nehmt der Schlampe das Kind weg. Sie würde es kalten Herzens in Stücke reißen.« Und er nickte Anna zu und ging schnell aus dem Saal zu seinem Frühstück.

Und in den nächsten Wochen erzählten sich die Bauern der Umgebung, die nicht auf den Kopf gefallen waren, daß der Richter, als er der Frau aus Mering das Kind zusprach, mit den Augen gezwinkert habe.

Cäsar und sein Legionär

1 Cäsar

Seit Anfang März wußte der Diktator, daß die Tage der Diktatur gezählt waren.

Ein Fremder, aus einer der Provinzen kommend, hätte die Hauptstadt vielleicht imposanter denn je gefunden. Die Stadt war außerordentlich gewachsen; ein buntes Gemisch von Völkern füllte die platzenden Quartiere; mächtige Regierungsbauten standen vor der Vollendung; die City brodelte von Projekten; das Geschäftsleben zeigte normale Züge; Sklaven waren billig.

Das Regime schien gefestigt. Der Diktator war eben zum Diktator auf Lebenszeit ernannt worden und bereitete nunmehr *das größte seiner Unternehmen vor,* die Eroberung des Ostens, den lange erwarteten persischen Feldzug, einen wahren zweiten Alexanderzug.

Cäsar wußte, daß er den Monat nicht überleben würde. Er stand auf dem Gipfel seiner Macht. Vor ihm lag also der Abgrund.

Die große Senatssitzung am 13. März, in der der Diktator in einer Rede gegen die »drohende Haltung der persischen Regierung« Stellung nahm und Mitteilung davon machte, daß er in Alexandria, der Hauptstadt Ägyptens, ein Heer zusammengezogen hatte, enthüllte eine merkwürdig indifferente, ja kühle Haltung des Senats. Während der Rede kursierte unter den Senatoren eine ominöse Liste der Summen, welche der Diktator unter falschem Namen in spanischen Banken deponiert hatte: *Der Diktator verschiebt sein Privatvermögen (110 Millionen) ins Ausland!* Glaubte er nicht an seinen Krieg? Oder beabsichtigte er überhaupt nicht einen Krieg gegen Persien, sondern einen Krieg gegen Rom?

Der Senat bewilligte die Kriegskredite, einstimmig, wie gewöhnlich.

Im Palais der Kleopatra, dem Zentrum aller Intrigen, den Osten betreffend, sind führende Militärs versammelt. Die ägyptische Königin ist die eigentliche Inspiratorin des persischen Krieges. Brutus und Cassius sowie andere junge Offiziere gratulieren ihr zum Triumph der Kriegspolitik im Senat. Ihr Einfall, die ominöse Liste kursieren zu lassen, wird gebührend bewundert und belacht. Der Diktator wird sich wundern, wenn er versuchen wird, die bewilligten Kredite in der City aufzunehmen...

Tatsächlich hat Cäsar, dem die Kälte des Senats bei aller Willfährigkeit nicht entgangen ist, Gelegenheit, auch bei der City eine höchst irritierende Haltung festzustellen. In der Handelskammer führt er die Finanzleute vor eine riesige Landkarte, aufgehängt an der Wand, und erläutert ihnen seine Feldzugspläne für Persien und Indien. Die Herren nikken, beginnen aber dann von Gallien zu sprechen, das seit Jahren erobert ist, in dem aber schon wieder blutige Aufstände ausgebrochen sind. Die »Neue Ordnung« funktioniert nicht. Ein Vorschlag kommt: Könnte man den neuen Krieg nicht lieber erst im Herbst beginnen? Cäsar antwortete nicht, geht brüsk hinaus. Die Herren erheben die Hände zum römischen Gruß. Jemand murmelt: »Keine Nerven mehr, der Mann.«

Wollen sie plötzlich keinen Krieg mehr?

Anfragen ergeben eine verblüffende Tatsache: Die Rüstungsbetriebe bereiten fieberhaft den Krieg vor; ihre Aktien gehen sprunghaft in die Höhe; auch die Sklavenpreise ziehen an...

Was bedeutet das? Sie wollen den Krieg des Diktators und verweigern ihm das Geld dafür?

Gegen Abend weiß Cäsar, was es bedeutet: *Sie wollen den Krieg, aber nicht mit ihm.*

Er gibt den Befehl, fünf Bankiers zu verhaften, jedoch ist er tief erschüttert, einem Nervenzusammenbruch nahe, zum Erstaunen seines Adjutanten, der ihn inmitten blutiger Schlachten vollständig ruhig gesehen hat. Er beruhigt sich etwas, als Brutus kommt, den er sehr liebt. Immerhin fühlt er sich nicht stark genug, ein Dossier einzusehen, das ihm sein Gewährsmann in der City geschickt hat. Es enthält Namen von Verschworenen, darunter den des Brutus. Sie bereiten einen Anschlag auf sein Leben vor. Die Furcht, in dem dicken Dossier (»Es ist so sehr dick, schrecklich dick«) auch vertraute Namen zu finden, hält den Diktator ab, es zu öffnen. Brutus benötigt ein Glas Wasser, als Cäsar es endlich ungeöffnet seinem Sekretär zurückgibt – zu späterer Lektüre.

Größte Bestürzung bricht im Palais der Kleopatra aus, als Brutus bleich und verstört berichtet, daß ein Dossier über das Komplott existiert. Jeden Augenblick kann Cäsar es lesen. Kleopatra beruhigt mit Mühe die Anwesenden, an ihre Soldatenehre appellierend, und gibt selber den Befehl zu packen.

Bei Cäsar ist inzwischen der Polizeiädil zum Vortrag erschienen. Er ist der dritte in diesem Jahr, das erst zwei Monate lang ist, die zwei Vorgänger sind als in Komplotte verwickelt abgesetzt worden. Der Ädil garantiert die persönliche Sicherheit des Diktators – trotz der Aufregung, die in der City über die Verhaftung der Bankiers entstanden ist, für die sich übrigens einflußreiche Kreise verwenden ... Der persische Krieg, von dessen baldiger Einleitung der Ädil überzeugt zu sein scheint, wird seiner Ansicht nach die Opposition zum Verstummen bringen. Während er die umfangreichen Schutzmaßnahmen auseinandersetzt, die er für nötig hält, sieht Cäsar durch ihn hindurch wie in einer Vision, wie er sterben wird; denn er wird sterben.

Er wird sich zum Porticus des Pompejus tragen lassen, dort aussteigen, Bittsteller abfertigen, in den Tempel gehen, den oder jenen der Senatoren mit einem Blick suchen und begrüßen, sich auf einen Stuhl setzen. Einige Zeremonien werden abgewickelt werden, er sieht sie vor sich. Dann werden die Verschworenen – in Cäsars Vision haben sie keine Gesichter, nur weiße Flecken, wo die Gesichter sitzen müßten – auf ihn zutreten, unter einem Vorwand. Jemand wird ihm was zu lesen geben, er wird danach greifen, sie werden über ihn herfallen, *er wird sterben*.

Nein, es wird für ihn keinen Krieg im Osten mehr geben. Das größte aller seiner Unternehmen wird nicht mehr stattfinden: *es hat darin bestanden, lebend auf ein Schiff zu kommen*, das ihn zu seinen Truppen nach Alexandria führen könnte, zu dem einzigen Ort, wo er vielleicht sicher wäre.

Wenn die Wachen spätabends einige Herren in die Gemächer des Diktators gehen sehen, denken sie immer noch, es seien Generäle und Feldinspektoren, die den persischen Krieg besprechen wollen. Aber es sind nur Ärzte, der Diktator braucht ein Schlafmittel.

Der nächste Tag, es ist der 14. März, verläuft wirr und peinvoll. Bei dem morgendlichen Ritt in der Reitschule hat Cäsar einen großen Einfall. Senat und City sind gegen ihn, was weiter? *Er wird sich an das Volk wenden!*

War er nicht einmal der große Volkstribun, die weise Hoffnung der Demokratie? Da gab es doch ein riesiges Programm, mit dem er den Senat zu Tode erschreckte. Aufteilung der Landgüter, Siedlungen für die Armen.

Die Diktatur? Keine Diktatur mehr! Der große Cäsar wird abdanken, sich ins Privatleben zurückziehen, zum Beispiel nach Spanien...

Ein müder Mann hat das Pferd bestiegen, sich willenlos im Kreis der Reitschule herumtragen lassen, dann hat sich seine Haltung (bei bestimmten Gedanken – an das Volk) gestrafft, er hat die Zügel angezogen, das Pferd herangenommen, es in Schweiß geritten; ein erfrischter, neuer Mann verläßt die Reitschule.

Nicht viele von denen, die das große Spiel spielen, fühlen heute morgen so zuversichtlich wie Cäsar...

Die Verschworenen erwarten die Verhaftung. Brutus stellt Wachen in seinen Gärten aus, an verschiedenen Punkten stehen Pferde bereit. In manchen Häusern werden Papyri verbrannt. In ihrem Palais am Tiber bereitet sich Kleopatra auf den Tag des Todes vor. Cäsar muß das Dossier jetzt längst gelesen haben. Sie macht sorgfältig Toilette, läßt ihre Sklaven frei, verteilt Präsente. Die Schergen müssen bald kommen.

Die Opposition hat gestern zugeschlagen. Heute muß der Gegenschlag des Regimes erfolgen.

Beim Lever des Diktators zeigt es sich, wie der Gegenschlag aussehen wird.

In Gegenwart mehrerer Senatoren spricht Cäsar von seinem neuen Plan. Er wird Wahlen ausschreiben, abdanken. Seine Parole: *Gegen den Krieg!* Der römische Bürger wird italischen Boden erobern, nicht persischen. Denn wie lebt der römische Bürger, der Beherrscher der Welt? Cäsar beschreibt es.

Steinerne Gesichter nehmen die furchtbare Beschreibung der Not des gemeinen römischen Bürgers entgegen. Der Diktator hat die Maske fallen lassen; er will den Mob aufwiegeln. Eine halbe Stunde später wird es die ganze City wissen. Die Feindschaften zwischen City und Senat, zwischen den Bankiers und den Offizieren werden verschwinden, alle werden sich in einem einig sein: weg mit Cäsar!

Cäsar weiß, daß er mit seiner Rede einen Fehler begangen hat, bevor sie zu Ende ist. Er hätte natürlich nicht zu offen sein dürfen. Er wechselt abrupt das Thema und versucht es mit seinem altbewährten Charme. Seine Freunde werden nichts zu fürchten haben. Ihre Landgüter sind sicher. Man wird den Pächtern helfen, zu Land zu kommen, aber das wird der Staat machen, aus Staatsmitteln. Man wird einen schönen Sommer bekommen, sie werden seine Gäste in Bajä sein.

Wenn sie sich für die Einladung bedankt haben und gegangen sind, ordnet Cäsar die Entlassung und Verhaftung des Polizeiädilen an, der die verhafteten Bankiers schon am gestrigen Abend wieder freigelassen hat. Dann schickt er seinen Sekretär aus, die Stimmung in den demokratischen

Kreisen zu sondieren. Jetzt kommt alles auf die Haltung des Volkes an.

Die demokratischen Kreise, das sind die Politiker der längst aufgelösten Handwerkerclubs, die in der großen Zeit der Republik die Hauptrolle bei den Wahlen gespielt haben. Cäsars Diktatur hat diesen Apparat, einst mächtig, zerbrochen und aus einem Teil der Clubmitglieder eine Zivilgarde gebildet, die sogenannten Straßenclubs. Auch sie sind aufgelöst worden. Aber jetzt sucht der Sekretär Titus Rarus die plebejischen Politiker auf, um ihre Stimmung zu sondieren.

Er spricht mit einem früheren Obmann der Tünchnergilde, dann mit einem früheren Wahleinpeitscher, der Kneipenwirt ist. Die beiden Männer zeigen sich ungeheuer vorsichtig, abgeneigt, über Politik zu reden. Sie verweisen auf den alten Carpo, den früheren Führer der Bauarbeiter, einen Mann, der am meisten Einfluß haben muß, *da er im Gefängnis sitzt.*

Inzwischen hat Cäsar großen Besuch bekommen: Kleopatra. Die Königin hat die Spannung nicht mehr ausgehalten. Sie muß wissen, wie es um sie steht. Sie ist aufgemacht für den Tod, alle Künste Ägyptens sind aufgeboten worden, ihre Schönheit, berühmt in drei Kontinenten, zu mobilisieren. Der Diktator scheint Zeit zu haben. Er ist zu ihr wie immer in den letzten Jahren, von ausgesuchter Höflichkeit, bereit, jederzeit einen Rat zu geben, hin und wieder andeutend, daß er auf der Stelle wieder ihr Liebhaber sein könnte, falls sie das wünschen sollte, unerreichter Kenner weiblicher Schönheit, der er ist. Aber kein Wort von Politik. Sie setzen sich ins Atrium und füttern die Goldfische, sprechen vom Wetter. Er lädt sie für den Sommer nach Bajä...

Sie ist nicht beruhigt. Er scheint noch nicht mit den Vorbereitungen zum Losschlagen fertig zu sein, das ist wahrscheinlich alles. Sie geht mit starrem Gesicht weg. Cäsar geleitet sie bis zu ihrer Sänfte, dann begibt er sich in die Büros, wo die Juristen und Sekretäre fieberhaft an dem Entwurf des neuen Wahlgesetzes arbeiten. Der Entwurf muß geheim bleiben: niemand hat die Erlaubnis, den Palast zu verlassen. *Diese Verfassung wird die freieste sein, die Rom je erlebt hat.*

Freilich kommt jetzt alles auf das Volk an...

Da Rarus merkwürdig lange ausbleibt – was kann es da schon zu verhandeln geben, die Plebejer müssen doch mit beiden Händen zufassen, wenn der Diktator ihnen diese einmalige Chance gibt –, beschließt Cäsar, zum Hunderennen zu gehen. Er fühlt das Bedürfnis, selber mit dem Volk Kontakt zu suchen, und das Volk ist beim Hunderennen zu finden. – Die Arena ist noch nicht ganz gefüllt. Cäsar begibt sich nicht in die große Loge, er nimmt weiter oben, unter der Menge, Platz. Er braucht kaum zu befürchten, daß er erkannt wird, die Leute haben ihn immer nur von weitem gesehen.

Cäsar sieht einige Zeit zu, dann setzt er auf einen bestimmten Hund. Neben ihm hat sich ein Mann niedergesetzt, dem gibt er seine Gründe an, warum er gerade auf diesen Hund gesetzt hat. Der Mann nickt. Eine Reihe weiter vorn entsteht ein kleiner Streit. Einige Leute scheinen auf falschen Plätzen zu sitzen. Neuangekommene vertreiben sie davon. Cäsar versucht, mit seinen Nachbarn ins Gespräch zu kommen, sogar über Politik. Sie antworten einsilbig, und dann erkennt er, daß sie wissen, wer er ist: er sitzt unter seinen Geheimpolizisten.

Ärgerlich steht er auf und geht weg. Der Hund, auf den er gesetzt hat, hat übrigens gewonnen...

Vor der Arena begegnet er seinem Sekretär, der ihn sucht. Er hat keine guten Nachrichten. Niemand will verhandeln. Überall herrscht Furcht und Haß. Meistens das letztere. Der Mann, dem man vertraut, ist Carpo, der Bauarbeiter. Cäsar hört finster zu. Er steigt in seine Sänfte und läßt sich ins Mamertinische Gefängnis tragen. Er wird Carpo sprechen.

Carpo muß erst gesucht werden. Es gibt so sehr viele ehemalige plebejische Gefangene in diesen Kasematten, sie verfaulen zu Dutzenden hier. Aber nach einigem Hin und Her wird der Bauarbeiter Carpo an langen Stricken aus einem Loch herausgewunden, und nun kann der Diktator den Mann sprechen, zu dem das Volk Roms Vertrauen hat.

Sie sitzen sich gegenüber und betrachten sich. Carpo ist ein alter Mann, vielleicht ist er nicht älter als Cäsar, aber er sieht jedenfalls achtzigjährig aus. Sehr alt, sehr verfallen, aber nicht gebrochen. Cäsar entwickelt ihm ohne Umschweife seinen unerhörten Plan, die Demokratie wieder einzuführen, Wahlen auszuschreiben, sich selbst ins Privatleben zurückzuziehen usw. usw.

Der alte Mann schweigt. Er sagt nicht ja, er sagt nicht nein, er schweigt. Er sieht Cäsar starr an und gibt keinen Laut von sich. Als Cäsar aufbricht, wird er wieder mit den langen Stricken in sein Loch hinuntergelassen. Der Traum von der Demokratie ist ausgeträumt. Es ist klar: wenn einen Umsturz, dann wollen sie ihn nicht mit ihm. Sie kennen ihn zu gut.

Wenn der Diktator in sein Haus zurückkehrt, hat der Sekretär einige Mühe, den Wachen begreiflich zu machen, wer er ist. Sie sind neu. Der neue Ädil hat die römischen Wachen entfernt und eine Negerkohorte in den Palast geworfen. Die Neger sind sicherer, sie verstehen nicht Lateinisch und können also schwerer aufgehetzt, von der Stimmung in der Stadt angesteckt werden. Cäsar weiß nun, wie die Stimmung in der Stadt ist...

Die Nacht im Palast verläuft unruhig. Cäsar steht mehrere Male auf und geht durch den weitläufigen Palast. Die Neger trinken und singen. Niemand kümmert sich um ihn, niemand erkennt ihn. Er hört einem ihrer traurigen Lieder zu und geht hinaus in die Ställe, sein Lieblingspferd zu besuchen. Das Pferd erkennt ihn jedenfalls... Das ewige Rom liegt in unruhigem Schlummer. Vor den Toren der Nachtasyle stehen noch ruinierte Handwerker an um drei Stunden Schlaf und lesen große, halbzerrissene Plakate, die Soldaten für einen Krieg im Osten warben, der nicht mehr stattfinden wird. In den Gärten der jeunesse dorée sind die

Wachen von gestern nacht verschwunden. Aus den Palästen dringen trunkene Stimmen. Durch ein südliches Stadttor zieht eine kleine Kavalkade: die Königin von Ägypten verläßt tief verschleiert die Hauptstadt... Zwei Uhr nachts erinnert sich Cäsar an etwas, steht auf und geht im Nachtgewand in den Flügel des Palastes, wo die Juristen immer noch an der neuen Verfassung arbeiten. Er schickt sie schlafen.

Gegen Morgen wird Cäsar mitgeteilt, daß sein Sekretär Rarus in der Nacht ermordet worden ist. Seine Gespräche mit plebejischen Politikern sind anscheinend ausgespitzelt worden, und aus dem Dunkeln haben mächtige Hände zugegriffen. Wessen Hände? Die Listen mit den Namen der Verschworenen, die in seinem Besitz waren, sind verschwunden.

Er ist im Palast ermordet worden. Also ist der Palast nicht mehr sicher für Anhänger des Diktators. Ist er es noch für den Diktator selber?

Cäsar steht lange vor dem Feldbett, auf dem der tote Sekretär liegt, sein letzter Vertrauter, dem dieses Vertrauen das Leben gekostet hat.

Aus der Kammer tretend, wird er von einem betrunkenen Wachsoldaten angerempelt, der sich nicht entschuldigt. Cäsar blickt sich mehrmals nervös um, wenn er den Gang hinuntergeht.

Im Atrium, das sonderbar verwaist liegt – niemand ist zum Lever erschienen –, stößt er auf einen Boten des Antonius; der Konsul und sein Henchman lassen ihm sagen, er solle heute keinesfalls in den Senat gehen. Seine persönliche Sicherheit sei dort bedroht. Cäsar läßt dem Antonius ausrichten, er werde nicht in den Senat gehen. – Er läßt sich statt dessen zum Haus der Kleopatra tragen, vorbei an der langen Reihe der allmorgendlichen Bittsteller vor seinem Palast. Vielleicht würde Kleopatra seinen Feldzug finanzieren? Dann brauchte er weder die City noch das Volk.

Kleopatra ist nicht zu Hause. Das Haus ist geschlossen. Sie scheint auf lange weggegangen zu sein... Zurück in den

Palast. Das Tor steht merkwürdigerweise offen. Es stellt sich heraus, daß die Wache abgezogen ist. Der Herr der Welt beugt sich aus seiner Sänfte und blickt auf sein Haus, das er nicht mehr zu betreten wagt.

Er könnte von Antonius eine Schutzwache beordern. Aber er mißtraut jeder Schutzwache. Besser, er geht ohne Schutzwache, so braucht er jedenfalls diese nicht zu fürchten. Wohin geht er?

Er gibt den Befehl. Er geht in den Senat.

Er liegt zurückgelehnt in seiner Sänfte, weder nach rechts noch nach links blickend. Er läßt sich zum Porticus des Pompejus tragen. Er steigt aus. Er fertigt Bittsteller ab. Er geht in den Tempel. Er sucht den oder jenen Senator mit dem Blick und begrüßt ihn. Er setzt sich auf seinen Stuhl. Einige Zeremonien werden abgewickelt. Dann treten die Verschworenen auf ihn zu, unter einem Vorwand. Sie haben keine weißen Flecken mehr auf den Hälsen wie im Traum von vor zwei Tagen; sie haben alle Gesichter, die seiner besten Freunde. Jemand gibt ihm was zu lesen, er greift danach. Sie fallen über ihn her.

2 Cäsars Legionär

Im Morgengrauen fährt ein Ochsenkarren durch die frühlingsgrüne Campagna auf Rom zu. Es ist der zweiundfünfzigjährige Pächter und cäsarische Veteran Terentius Scaper mit Familie und Hausrat. Ihre Gesichter sind sorgenvoll. Sie sind wegen Pachtschulden von ihrem kleinen Gütchen gejagt worden. Nur die achtzehnjährige Lucilia sieht der großen kalten Stadt freudig entgegen: ihr Verlobter lebt dort.

Sich der Stadt nähernd, merken sie, daß besondere Ereignisse hier bevorstehen. Die Kontrolle an den Schlagbäumen ist verschärft, und gelegentlich werden sie von Militärpatrouillen angehalten. Gerüchte von einem bevorstehenden großen Krieg in Asien laufen um. Der alte Soldat gewahrt die ihm vertrauten Werbebuden, noch leer der frühen Stunden wegen; er lebt auf. Cäsar plant neue Siegeszüge. Terentius Scaper kommt eben zurecht. Es ist der 13. März des Jahres 44.

Gegen neun Uhr vormittags rollt der Ochsenkarren durch den Porticus des Pompejus. Eine Volksmenge erwartet hier die Ankunft Cäsars und der Senatoren zu einer Sitzung im Tempel, auf der der Senat »eine wichtige Erklärung des Diktators« entgegennehmen soll. Der Krieg wird allgemein diskutiert, jedoch versuchen zu Scapers Erstaunen Militärpatrouillen, die Leute zum Weitergehen zu veranlassen. Jede Diskussion verstummt, wenn die Soldaten erscheinen. Der Veteran ist einzig bemüht, seinen Karren durchzubringen. Halbwegs durch, steht er im Karren auf und schreit laut nach hinten »Heil Cäsar!« Verwundert konstatiert er, daß niemand seinen Ruf aufnimmt.

Etwas irritiert bringt er seine kleine Familie in einem billigen Gasthof der Vorstadt unter und macht sich auf, seinen künftigen Schwiegersohn aufzusuchen, den Sekretär Cäsars, Titus Rarus. Er lehnt die Begleitung Lucilias ab. Er hat zunächst mit dem jungen Mann »ein Hühnchen zu rupfen«.

Er stellt fest, daß es ziemlich schwierig ist, in Cäsars Palast auf dem Forum einzudringen. Die Kontrolle, besonders auf Waffen, ist recht scharf. Dicke Luft.

Drinnen erfährt er, daß der Diktator über zweihundert Sekretäre hat. Den Namen Rarus kennt niemand.

In der Tat hat Rarus seinen Chef seit drei Jahren nicht mehr im Bibliotheksflügel des Palastes begrüßt. Er ist Cäsars literarischer Sekretär und hat an seinem Werk über die Grammatik mitgearbeitet. Das Werk liegt unberührt, der Diktator hat keine Zeit mehr für derlei. Rarus ist außer sich vor Freude, als der alte Soldat hereinstampft. Was, Lucilia ist hier in Rom? Ja, sie ist hier, aber da ist kein Grund zur Freude. Die Familie ist auf die Straße geworfen worden. Hauptsächlich durch Lucilias Schuld. Sie hätte dem Pachtherrn, dem Lederfabrikanten Pompilius, gegenüber ruhig etwas entgegenkommender sein können... Um so mehr, als Rarus sich überhaupt nicht mehr sehen ließ! Der junge Mann verteidigt sich leidenschaftlich. Er hat keinen Urlaub bekommen. Er wird alles tun, der Familie zu helfen. Er wird bei der Administration Vorschuß nehmen. Er wird seine Verbindungen für Terentius Scaper ausnützen. Warum soll der Veteran nicht Hauptmann werden, schließlich steht ein großer Krieg bevor!

Trampeln und Schwerterklirren auf dem Korridor, die Tür fliegt auf: auf der Schwelle steht Cäsar.

Der kleine Sekretär steht wie erstarrt unter dem forschenden Blick des großen Mannes. Seit drei Jahren zum ersten Mal wieder Cäsar in seinem Arbeitsraum! Er ahnt nicht, daß *sein Schicksal soeben auf die Schwelle getreten ist.*

Cäsar ist nicht gekommen, an seiner Grammatik zu arbeiten. Die Sache ist, er ist auf der Suche nach einem Menschen, dem er vertrauen kann, also einem Menschen, der schwer zu finden ist in diesem Palast. An der Bibliothek vorübergehend, ist ihm sein literarischer Sekretär eingefallen, ein junger Mann, der mit Politik nichts zu tun hat. Vielleicht ist er also nicht bestochen...

Zwei Leibwächter untersuchen Scaper nach Waffen und werfen ihn hinaus. Er geht stolz weg: sein künftiger Schwiegersohn scheint doch nicht der Letzte in diesem Palast zu sein. Der große Cäsar sucht ihn auf, das ist ein günstiges Zeichen.

Auch Rarus wird nach Waffen untersucht. Dann aber gibt der Diktator ihm einen Auftrag. Er soll, am besten auf Umwegen, zu einem gewissen spanischen Bankier gehen und ihn befragen, woher die mysteriösen Widerstände in der City gegen Cäsars Krieg im Osten kommen.

Der Veteran wartet inzwischen vor dem Palast auf den jungen Mann. Als er nicht herauskommt – in der Tat benutzt er einen Hinterausgang –, geht Scaper weg, seine Familie von der günstigen Wendung zu benachrichtigen. Unterwegs kommt er an einem Werbebüro vorbei. Nur junge

Burschen melden sich zum Waffendienst. Es wird gut sein, Protektion zu haben und Hauptmann zu werden. Zum Soldaten ist er wohl schon zu alt.

Er trudelt noch in einige Schänken, und wenn er in dem kleinen Gasthof in der Vorstadt ankommt, ist er ein wenig beschwipst. Er ist sehr der *Hauptmann* Terentius Scaper, und sein Zorn wendet sich gegen Lucilias jungen Mann, der immer noch nicht erschienen ist. Der hochgekommene Herr Sekretär hat also keine Zeit, seine Braut zu begrüßen? Und wovon soll die Familie leben? Mindestens dreihundert Sesterzien sind sofort nötig. Lucilia wird sich bequemen müssen, den Lederfabrikanten aufzusuchen, Geld bei ihm auszuborgen. Lucilia weint. Sie versteht nicht, daß Rarus nicht kommt. Herr Pompilius wird nicht zögern, ihr die dreihundert Sesterzien zu geben, aber er wird es nicht umsonst tun. Ihr Vater wird sehr böse. Es besteht kein Zweifel mehr, daß der junge Mann nicht mehr »zieht«. Man muß ihm Feuer unter den Hintern machen. Man darf ihm nicht zeigen, daß man auf ihn angewiesen ist. Er soll sehen, daß es noch andere Leute gibt, die Lucilia zu schätzen wissen. Lucilia geht weinend weg, sich immerfort nach Rarus umschauend.

Rarus ist in diesem Augenblick wieder zurück im Palast. Er hat von dem spanischen Bankier ein Dossier erhalten und es Cäsar abgeliefert. Jetzt versucht er, bei der Administration einen Vorschuß abzuheben. Er erlebt einen tiefen Schock. Anstatt daß er Geld bekommt, wird er verhört. Wo ist er gewesen? Was war der Auftrag des Diktators? Er weigert sich zu antworten und erfährt, daß er entlassen ist.

Lucilia ist erfolgreicher. Im Kontor der Lederfabrik wird ihr allerdings zuerst gesagt, daß Herr Pompilius verhaftet sei. Die aufgeregten Sklaven besprechen noch das unglaubliche Vorkommnis, begreiflich nur, weil der Prinzipal in der letzten Zeit häufig seine wütende Gegnerschaft zum Diktator ausgedrückt hat, als Herr Pompilius lächelnd eintritt. »Selbstverständlich« konnte man ihn und die anderen Herrn der City nicht im Gefängnis halten. Zum Glück gibt es noch gewisse Einflüsse bei der Polizei. Herr Cäsar ist nicht mehr ganz so mächtig in diesen Tagen...

Lucilia ist nicht zurück, als Rarus endlich im Gasthof ankommt. Der Veteran ist verstimmt, und die Familie will nicht mit der Sprache heraus, wo Lucilia ist. Rarus hat auch die dreihundert Sesterzien nicht gebracht. Er wagt nicht zu gestehen, daß er entlassen ist, und gibt kleinlaut vor, er sei lediglich nicht dazu gekommen, in die Administration zu gehen. Dann kommt eine verweinte Lucilia und stürzt ihm in die Arme. Aber Terentius Scaper sieht keinen Grund, besonderen Takt walten zu lassen. Er fragt Lucilia schamlos nach dem Erfolg ihres Bettelgangs. Ohne Rarus in die Augen zu sehen, gibt sie ihrem Vater die dreihundert Sesterzien. Rarus kann sich leicht selber sagen, woher das Geld ist: Lucilia war bei dem Lederfabrikanten!

Rasend reißt der junge Mann dem alten Mann das Geld aus der Hand. Er wird es morgen dem Herrn Pompilius zurückbringen. Spätestens acht Uhr morgen früh wird er Lucilia genug Geld in den Gasthof bringen. Und dann wird er mit ihrem Vater zu dem Kommandanten der Palastwache gehen und über die Hauptmannsstelle reden.

Der Veteran gibt grollend seine Zustimmung. Schließlich kann es dem Vertrauten des Beherrschers der Welt nicht schwerfallen, der Familie eines alten verdienten Legionärs auf die Beine zu helfen...

Am nächsten Morgen wartet die Familie Scaper jedoch vergebens auf Rarus.

Er ist in aller Frühe zu Cäsar geholt worden. Der Diktator hat mit ihm zusammen in der Bibliothek eine alte, vor vielen Jahren gehaltene Rede hervorgekramt, in der er sein demokratisches Programm entwickelt hatte. Danach ist der Sekretär in die Vorstädte gegangen, um bei verschiedenen plebejischen Politikern zu sondieren, was sie zu einer Wiedereinführung der Demokratie sagen würden. Der Diktator hat übrigens befohlen, die Palastwache zu wechseln und ihren Chef, der Rarus am Tag vorher verhört hat, zu verhaften.

Terentius Scaper beginnt, schwarz zu sehen. Er glaubt nicht mehr an den Verlobten seiner Tochter. Sie hat die ganze Nacht durch geweint und in einem Ausbruch ihm und der Mutter ins Gesicht geschrien, was der Lederfabrikant von ihr verlangt hat. Ihre Mutter hat ihre Partei ergriffen. Der Veteran beschließt, sich auf einem Werbebüro als Soldat anwerben zu lassen. Nach langem Zögern gesteht er der Familie, daß er sich für die Musterung zu alt glaubt. Die Familie hilft ihm bereitwillig bei der Verjüngung. Lucilia leiht ihm ihren Schminkstift, und der kleine Sohn überwacht seinen Gang.

Aber wenn er, so repräsentabel gemacht, vor dem Werbebüro ankommt, ist es geschlossen. Die jungen Männer davor besprechen erregt das Gerücht, der Krieg im Osten sei abgeblasen. Niedergeschmettert kehrt der Veteran aus zehn cäsarischen Kriegen in den Schoß seiner Familie zurück und findet einen Brief des Rarus an Lucilia vor, in dem steht, daß große Ereignisse bevorstünden. Eben jetzt werde ein Gesetz vorbereitet, durch welches die Veteranen Cäsars Pachthöfe und Staatszuschüsse erhalten sollen. Die Familie ist außer sich vor Freude. Der Brief des Rarus, am Morgen geschrieben, ist überholt, wenn Terentius Scaper ihn liest. Die Recherchen des Sekretärs haben ergeben, daß die früheren plebejischen Politiker, jahrelang von Cäsar verfolgt, kein Vertrauen mehr in seine politischen Schachzüge haben.

Rarus, der sich übrigens verfolgt sieht, sucht seinen Herrn vergebens im Palast und trifft ihn erst am späten Nachmittag im Zirkus beim Hunderennen. Auf dem Weg in den Palast berichtet er Cäsar die bestürzende Tatsache. Nach einem langen Schweigen macht er, sich plötzlich klar über die ungeheure Gefahr, in der der Diktator schwebt, einen verzweifelten Vorschlag: Cäsar solle die Stadt noch in dieser Nacht insgeheim verlassen und versuchen, nach Brundisium zu entkommen, um von dort mit einem Schiff Alexandria und sein Heer zu erreichen. Er verspricht, ein Ochsengespann für ihn bereitzustellen. – Der Diktator, verfallen in seinem Sänftensitz zurückgelehnt, antwortet ihm nicht.

Aber Rarus hat beschlossen, diese Flucht vorzubereiten. Die Dämmerung sinkt über das riesige, unruhige, von Gerüchten brodelnde Rom, als er am Porticus des Südens mit der Torwache verhandelt. Ein Ochsenkarren wird nach Mitternacht durchpassieren, ohne Passierschein. Er gibt den Wachhabenden alles Geld, das er bei sich trägt. Es sind genau dreihundert Sesterzien.

Gegen neun erscheint er im Gasthof bei den Scapers. Er umarmt Lucilia. Er bittet die Familie, ihn mit Terentius Scaper allein zu lassen. Dann geht er auf den Veteranen zu und fragt ihn:

»Was würdest du tun für Cäsar?«

»Wie steht's mit einem Pachthof?« fragte Scaper.

»Damit ist es aus«, sagt Rarus.

»Und mit der Hauptmannsstelle ist es auch aus?« fragt Scaper.

»Und mit der Hauptmannsstelle ist es auch aus«, sagt Rarus.

»Aber du bist noch Sekretär bei ihm?«

»Ja.«

»Und triffst ihn?«

»Ja.«

»Und du kannst ihn nicht dazu bringen, daß er etwas für mich tut?«

»Er kann für niemand mehr etwas tun. Alles ist zusammengebrochen. Er wird morgen erschlagen werden wie eine Ratte. Also: was willst du für ihn tun?« fragte der Sekretär.

Der alte Veteran starrt ihn ungläubig an. Der große Cäsar aus? So aus, daß er, Terentius Scaper, ihm helfen muß?

»Wie soll ich ihm helfen können?« fragt er heiser.

»Ich habe ihm deinen Ochsenkarren versprochen«, sagt der Sekretär ruhig. »Du mußt ab Mitternacht am Porticus des Südens auf ihn warten.«

»Sie werden mich nicht durchlassen mit dem Karren.«

»Sie werden. Ich habe ihnen dreihundert Sesterzien dafür bezahlt.«

»Dreihundert Sesterzien? Unsere?«

»Ja.«

Der alte Mann starrt ihn einen Augenblick fast zornig an. Dann kommt in seinen Blick die maulende Unsicherheit der ein halbes Leben lang Gedrillten, und er wendet sich murmelnd ab.

Er murmelt: »Vielleicht ist es ein grad so gutes Geschäft wie jedes andere. Ist er erst draußen, wird er sich revanchieren können.«

Er ist in seine Lebenshaltung zurückgefallen: er hat wieder *Hoffnung*.

Es ist für Rarus schwerer, mit Lucilia fertig zu werden. Seit sie ihn in Rom wiedersah, ist er nie mit ihr allein gewesen. Weder er noch ihr Vater haben ihr gesagt, was ihn immerfort weghält in diesen Tagen. Nun erfährt sie es. Ihr junger Mann ist mit Cäsar zusammen. Er ist der einzige Vertraute des Beherrschers der Welt.

Aber kann er nicht mit ihr eine Viertelstunde in eine Schänke in die Kupferschmiedgasse gehen? Kann nicht Cäsar für eine Viertelstunde selber durchkommen?

Rarus nimmt sie mit in die Kupferschmiedgasse. Aber sie kommen nicht in die Schänke. Rarus merkt plötzlich, daß er wieder verfolgt wird. Zwei dunkle Individuen beschatten ihn, wohin er auch geht, seit dem Morgen. So trennen sich die Liebenden vor dem Gasthof. Lucilia geht zu ihrer Mutter zurück und erzählt ihr strahlend, wie nahe ihr junger Mann dem großen Cäsar steht.

Währenddem versucht der junge Mann vergebens, die Verfolger abzuschütteln.

Vor Mitternacht wird er wissen, was es bedeutet, in die Nähe der Mächtigen zu geraten.

Gegen elf Uhr ist Rarus wieder im Palast auf dem Forum.

Ein Negerregiment hat die Palastwache bezogen. Die Soldaten sind größtenteils betrunken.

In seinem kleinen Zimmer hinter der Bibliothek sucht er fieberhaft jenes Dossier durch, das ihm der spanische Bankier am Tag zuvor für Cäsar übergeben hat. Cäsar hat es nicht gelesen. In diesem Dosier stehen die Namen der Verschworenen. Er findet sie alle. Brutus, Cassius, die ganze jeunesse dorée Roms, viele darunter, die Cäsar für seine Freunde hält. Er muß unbedingt das Dossier lesen, sofort, noch in dieser Nacht. Es wird ihn dazu bringen, Terentius Scapers Ochsenkarren aufzusuchen.

Er nimmt das Dossier an sich und macht sich auf den Weg. Die Korridore liegen halb dunkel, vom andern Flügel herüber kommt trunkener Gesang. Am Eingang zum Atrium stehen zwei riesige Neger auf Wache. Sie wollen ihn nicht passieren lassen. Was er sagt, verstehen sie nicht.

Er versucht es in einer anderen Richtung, der Palast ist riesig. Auch hier Negerwachen und kein Durchkommen. Er versucht Korridore und Vorgärten, in die man durch Fenster steigend gelangt, aber alles ist versperrt. Erschöpft in sein Zimmer zurückkehrend, vermeint er den Rücken eines Mannes weiter unten im Korridor zu erkennen. Es ist einer seiner Verfolger.

Von Angst erfaßt stürzt er in sein Zimmer, blockiert die Tür. Er macht nicht Licht und schaut aus dem Fenster in den Hof. Da sitzt vor seinem Fenster der zweite Verfolger. Der kalte Schweiß bricht ihm aus.

Er sitzt lange im dunklen Raum, horchend. Einmal klopft es an der Tür. Rarus öffnet nicht. So sieht er den Mann nicht, der nach einigem Warten von seiner Tür weggeht: Cäsar.

Ab Mitternacht hält Terentius Scapers Ochsenkarren vor dem Porticus des Südens. Der Veteran hat Frau und Kindern nur mitgeteilt, er habe eine Fuhre zu machen, die ein paar Tage von Rom weg führen werde. Lucilia und ihre Mutter sollten zu Rarus gehen, der für sie sorgen würde.

Jedoch kommt niemand an den Porticus des Südens in dieser Nacht, den Ochsenkarren zu besteigen.

In der Frühe des 15. März wird dem Diktator berichtet, daß sein Sekretär nachts im Palast ermordet worden ist. Die Liste mit den Namen der Verschworenen ist verschwunden. Cäsar wird die Träger dieser Namen an diesem Vormittag im Senat treffen und unter ihren Dolchstößen zusammenbrechen.

Ein Ochsenkarren, geführt von einem alten Soldaten und ruinierten Pächter, wird zu einem Gasthof in der Vorstadt zurückrollen, wo eine kleine Familie warten wird, der der große Cäsar dreihundert Sesterzien schuldet…

Anmerkungen

Die Geschichte von einem, der nie zu spät kam

Entstehung: 1913.

Erstdruck: *Die Ernte*, Augsburg, Nr. 1, August 1913, S. 5-7 (Teil 1), und Nr. 3, Oktober 1913, S. 2-4 (Fortsetzung und Schluß).

Im Erstdruck ist diese Prosasatire mit »Eugen Brecht« gezeichnet; Brecht benutzt seinen ersten Vornamen. *Die Ernte* ist die von ihm und seinen Freunden herausgegebene Schülerzeitschrift des Augsburger Realgymnasiums gewesen.

Bargan läßt es sein

Entstehung: 1919.

Erstdruck: *Der Neue Merkur*, Monatshefte, hg. v. Efraim Frisch, München, Heft 6, September 1921, S. 394-407.

»Auch kriege ich viele Verbindungen, die Leute kennen alle die Novelle im *Merkur* und reden einiges davon und wollen mir alle noch behilflich sein.« (Brecht in einem Brief aus Berlin an Paula Banholzer in Augsburg, Anfang Dezember 1921.)

Der Javameier

Entstehung: 1921.

Erstdruck (aus dem Nachlaß): *Prosa 1. Geschichten 1*, Frankfurt 1965, S. 73-84.

»Ich schwimme, trinke Limonaden, lese Detektivgeschichten, schreibe auch selber eine, den *Javameier*. Es ist spaßig, Ingenieur zu sein.« (Brecht, *Tagebuch*, Juli 1921.)

Bargans Jugend (Fragment)

Entstehung: 1922.

Erstdruck (aus dem Nachlaß): *Geschichten*, Frankfurt 1962 (Bibliothek Suhrkamp 81), S. 26-29.

Die höflichen Chinesen

Entstehung: 1925.

Erstdruck: *Berliner Börsen-Courier*, 9. Mai 1925.

»Diese kleine Geschichte hat Brecht fürs Radio aufgezeichnet und wird sie mit der Mazeppa-Ballade am Montag innerhalb der Veranstaltung der ›Novembergruppe‹ in den Sender sprechen.« (Vorbemerkung zum Erstdruck.)

Das Thema behandelt Brecht später auch in seinem Gedicht *Legende von der Entstehung des Buches Tao-te-king auf dem Weg des Lao-tse in die Emigration* (1938).

Der Kinnhaken

Entstehung: 1925.

Erstdruck (mit Illustrationen von Gustav Kamelhard): *Scherls Magazin*, Berlin, Heft 1, 6. Januar 1926, S. 48-50.

Der Lebenslauf des Boxers Samson-Körner (Fragment)

Entstehung: 1925/26.

Erstdruck (in vier Fortsetzungen; mit Zeichnungen von Otto Schmalhausen) unter dem Titel *Der Lebenslauf des Boxers Samson-Körner. Erzählt von ihm selber, aufgeschrieben von Bert Brecht* in: *Die Arena. Das Sportmagazin*, Berlin, 1926, Heft 1, Oktober, S. 32-36; Heft 2, November, S. 98-103; Heft 3, Dezember, S. 176-180; 1927, Heft 1, Januar, S. 22-27.

»Samson-Körner ist ein großartiger und bedeutsamer Typus. Ich wollte ihn für mich festhalten. Die einfachste Methode war, mir von ihm sein Leben erzählen zu lassen. Ich halte allerhand von der Wirklichkeit. Allerdings sind solche Wirklichkeiten wie Samson-Körner an den Fingern herzuzählen: Glücksfälle. Was mir bei Samson-Körner zuerst auffiel, war, daß er nach einem ganz nichtdeutschen sportlichen Prinzip zu boxen schien. Er boxte sachlich. Das hat einen großen plastischen Charme. Es ist schlechthin unnachahmlich, wie Samson-Körner beispielsweise eine einfache Fahrkarte in seiner Tasche verstaut. Darum ist er auch ein ganz beträchtlicher Filmschauspieler. [...] Es ist mehr ein Vergnügen. Ich bitte ihn mir zu erzählen, wobei ich größten Wert auf seine Ansichten lege. Die Ansichten der Leute interessieren mich überhaupt mehr als ihre Gefühle. Die Gefühle werden meist von den Ansichten hervorgerufen. Sie laufen mit. Die Ansichten hingegen sind entscheidend. Nur die Erfahrung ist zuweilen in höherem Grade primär. Aber man weiß, daß nicht jede Ansicht ihre Quelle in der Erfahrung hat.« (Brecht in einem Interview von Bernard Guillemin über seine damaligen Arbeiten; erschienen in: *Die literarische Welt*, 30. Juli 1926.)

Nordseekrabben

Entstehung: 1926.

Erstdruck (unter dem Titel: *»Nordseekrabben« oder Die moderne Bauhaus-Wohnung*): *Münchner Neueste Nachrichten*, 9. Januar 1927.

Das Paket des lieben Gottes

Entstehung: 1926.

Erstdruck: *Magdeburgische Zeitung*, Tägliche Unterhaltungs-Beilage, 25. Dezember 1926. Gleichzeitig mit dem Untertitel *Eine Novelle*: *Münchner Neueste Nachrichten*, 25./26. Dezember 1926.

Die Bestie

Entstehung: 1928.

Erstdruck: *Berliner Illustrirte Zeitung*, Nr. 50, 9. Dezember 1928, S. 2161-2163.

Angeregt zu dieser Geschichte wird Brecht durch folgenden Zeitungsartikel (ohne Quellenangabe, im Nachlaß):

»Ein Wiedererkennen

Die russische Filmgesellschaft Mosropom-Ruß-Film drehte vor kurzem den Film *Der weiße Adler*, der die Pogrome in Südrußland vor dem Kriege darstellt und die Haltung der damaligen Polizei brandmarkt. Für die Rolle des berüchtigten Gouverneurs *Muratow*, der als Urheber dieser Metzeleien gilt, war der Moskauer Schauspieler

Kochalow gewonnen worden. Kurz vor der ersten Aufnahme verzichtete jedoch die Filmregie auf seine Mitwirkung, da die Rolle von einem neu entdeckten Darsteller gemimt werden sollte, der dem Gouverneur täuschend ähnlich sah und der für ein geringes Entgelt sich der Gesellschaft verpflichten wollte. In der Uniform eines kaiserlichen Gouverneurs betrat der allen unbekannte Darsteller den Aufnahmeraum und man war gerade dabei die Szene zu drehen, in der Muratow die Deputation der Israeliten empfing, die ihn beschwor, dem weiteren Morden Einhalt zu gebieten. Unter den Komparsen befanden sich zwei alte jüdische Einwohner der Stadt, die s. Zt. Mitglieder der genannten Deputation gewesen waren. Man hatte die Greise engagiert, um die Aufnahme noch naturgetreuer und charakteristischer zu gestalten. Plötzlich ertönte ein markerschütternder Schrei. Die beiden Juden hatten in der Person des neuen Schauspielers den wirklichen Muratow *erkannt*, der aus Not die Rolle seines eigenen ›Ich‹ übernommen hatte, um auf der Leinwand sein früheres Tun wiederzugeben. M. L.«

Brecht beteiligt sich mit dieser Geschichte an einem Preisausschreiben der *Berliner Illustrirten Zeitung* (10. Juni 1928) und erhält den 1. Preis.

Verfilmung: *Die Bestie* (Buch: Werner Hecht, Regie: Christa Mühl), 1983.

Safety First

Entstehung: 1933.

Erstdruck (aus dem Nachlaß): *Prosa 1. Geschichten 1*, Frankfurt 1965, S. 230-244.

Verfilmung: *Die Rache des Kapitäns Mitchel* (Buch: Werner Hecht, Regie: Christa Mühl), 1979.

Der Arbeitsplatz oder Im Schweiße deines Angesichts sollst du kein Brot essen

Entstehung: 1933.

Erstdruck (aus dem Nachlaß): *Geschichten*, Frankfurt 1962 (Bibliothek Suhrkamp 81), S. 67-72.

Verfilmung: *Tod und Auferstehung des Wilhelm Hausmann* (Buch: Werner Hecht, Regie: Christa Mühl), 1977.

Leben und Taten des Giacomo Ui aus Padua (Fragment)

Entstehung: 1934.

Erstdruck (aus dem Nachlaß): *Prosa 1. Geschichten 1*, Frankfurt 1965, S. 277-288.

Das Manuskript dieser Geschichte hat keinen Titel; Brecht nennt ihn aber an anderer Stelle, als er den Text dem Verlag Allert de Lange in Amsterdam, in dem zu dieser Zeit gerade sein *Dreigroschenroman* erscheint, anbietet: »Es ist eine satirische Arbeit *Leben und Taten des Giacomo Ui aus Padua*, eine im Stil altitalienischer Chroniken abgefaßte Geschichte des Hitleraufstiegs.« (Brecht aus Dänemark in einem Brief an Walter Landauer vom Verlag Allert de Lange, Amsterdam, Oktober 1934.)

Walter Benjamin schreibt am 27. September 1934 während eines Besuchs bei Brecht im dänischen Exil in sein Tagebuch über dessen damalige Projekte: »Seine Planungen greifen weiter aus. Er steht dabei vor einer Alternative. Auf der einen Seite warten Prosavorwürfe. Der kleinere des Ui – eine Satire auf Hitler im Stile der Historiographen der Renaissance – und der große des Tui-Romans.« (Walter Benjamin, *Versuche über Brecht*, Frankfurt 1981, S. 160.)

Der Soldat von La Ciotat

Entstehung: 1935.

Erstdruck (unter dem Titel *L'Homme Statue*): *Internationale Literatur*, Moskau, 1937, Nr. 2, S. 32f.

Weitere Drucke (unter dem Titel *Der Denkmalsmensch*): *Deutsches Volksecho*, New York, 1937, Nr. 17, 12. Juni 1937; (unter dem Titel *Der Soldat von La Ciotat*): *Kalendergeschichten*, Halle 1948 bzw. Berlin 1949, S. 113-116.

Typoskripttitel im Nachlaß Brechts: *Eine unerklärliche Krankheit*, außerdem: *27. September*; in einer weiteren Notiz: *Der Poilu von La Ciotat.*

Brecht hält sich Ende der zwanziger und Anfang der dreißiger Jahre mehrfach an der französischen Riviera auf, u. a. entsteht die Endfassung von Brechts und Kurt Weills *Dreigroschenoper* im Badeort Le Lavandou; das Hafenstädtchen La Ciotat (auf halber Strecke zwischen Marseille und dem Kriegshafen Toulon) ist nur unweit entfernt. Ein erster Entwurf für die Geschichte des *Soldaten von La Ciotat* stammt aus dem Jahre 1929 (vgl. Brechts Notizbuch aus diesem Jahr). Eine der vorliegenden Fassung vorangehende aus dem Jahre 1935 mit dem Titel 27. *September* nennt den aktuellen Anlaß für die neuerliche Aufnahme der früheren Idee, den Einmarsch von italienischen Truppen in Abessinien (Äthiopien):

»In der Zeitung *Politiken* [Kopenhagen] steht heute, daß bei den italienischen Truppen in Eritrea die Kriegsbegeisterung groß ist und daß Seuchen herrschten. Vor meinen Augen stand wieder, wie oft in letzter Zeit, ein merkwürdiges Bild, das ich vor Jahren gesehen habe: Der Poilu [Soldat] von La Ciotat.«

Der verwundete Sokrates

Entstehung: Dezember 1938.

Erstdruck: *Kalendergeschichten*, Halle 1948 bzw. Berlin 1949, S. 119-145.

»Drei Novellen geschrieben *(Mantel des Nolaners, Der verwundete Sokrates, Die Trophäen des Lukullus)*.« (Brecht, *Arbeitsjournal*, 12. Februar 1939.)

Das Experiment

Entstehung: Anfang 1939.

Erstdruck: *Kalendergeschichten*, Halle 1948 bzw. Berlin 1949, S. 41-58.

Der Mantel des Ketzers

Entstehung: Anfang 1939.

Erstdruck (unter dem Titel *Der Mantel des Nolaners*): *Internationale Literatur*, Moskau, 9, 1939, Nr. 8, S. 76-81.

Wiederabdruck (unter dem Titel *Der Mantel des Ketzers*): *Kalendergeschichten*, Halle 1948 bzw. Berlin 1949, S. 60-74.

»Drei Novellen geschrieben *(Mantel des Nolaners, Der verwundete Sokrates, Die Trophäen des Lukullus)*.« (Brecht, *Arbeitsjournal*, 12. Februar 1939.)

Die unwürdige Greisin

Entstehung: 1939.

Erstdruck: *Kalendergeschichten*, Halle 1948 bzw. Berlin 1949, S. 147-155.

Verfilmungen: *La Vieille dame indigne* (1964, Regie: René Allio); *Die unwürdige Greisin* (Fernsehen der DDR, 1985, Regie: Karin Hercher, mit Hanne Hiob in der Titelrolle).

Vorbild für die Darstellung der Titelfigur ist das Leben von Brechts Großmutter Karoline Brecht, geb. Wurzler, aus Achern/Baden (vgl. Brechts Gedicht *Der Großmutter zum 80. Geburtstag*; vgl. auch die Erinnerungen von Brechts Bruder: Walter Brecht, *Unser Leben in Augsburg, damals*, Frankfurt 1984, besonders S. 186-190).

Der Augsburger Kreidekreis

Entstehung: Januar 1940.

Erstdruck: *Internationale Literatur*, Moskau, 11, 1941, Nr. 6, S. 18-27.

Wiederabdruck: *Das Goldene Tor*, 1948, Heft 1.

»Ich lege den beiden letzten Bänden der Nexöschen *Erinnerungen* auch noch eine Erzählung von mir bei, *Der Augsburger Kreidekreis* [...]. Vielleicht könnte sie auch russisch veröffentlicht werden?« (Brecht in einem Brief an Michail J. Apletin vom sowjetischen Schriftstellerverband, 20. November 1940.)

Das Motiv des Kreidekreises, auf das Alte Testament der Bibel (1 Könige 3,16-28), auf das chinesische Stück vom Kreidekreis des Li Hsing-dau und auf Klabunds Drama *Der Kreidekreis* zurückgehend, benutzt Brecht zuerst 1925/26 in der Szene *Das Elefantenkalb* von *Mann ist Mann*. Vor der Behandlung in der vorliegenden Geschichte und später in seinem Stück *Der kaukasische Kreidekreis* (1944) plant er – nach dem Namen seines Exilorts auf der dänischen Ostseeinsel Fünen – einen *Fünischen Kreidekreis*. Der dänische Journalist Frederik Martner, seit 1934 mit Brecht bekannt, berichtet:

»Gleichzeitig kam er darauf, in der dänischen Geschichte nach einem brauchbaren Ereignis für den Rahmen eines fünischen Kreidekreises zu suchen. [...] Natürlich sollte die Handlung in eine Zeit verlegt werden, wo das Volk sich gegen den Tyrannen aufgelehnt hatte [...].«

(Zitiert nach Harald Engberg, *Brecht auf Fünen. Exil in Dänemark 1933-1939*, Wuppertal 1974, S. 99.)

Cäsar und sein Legionär

Entstehung: 1942.

Erstdruck: *Kalendergeschichten*, Halle 1948 bzw. Berlin 1949, S. 83-109.

Ende 1937 beginnt Brecht, an einem Stück über *Die Geschäfte des Herrn Julius Caesar* zu arbeiten, in der ersten Jahreshälfte 1938 schreibt er an einem Roman gleichen Titels; beide Projekte bleiben unvollendet. Im amerikanischen Exil entsteht Brechts Filmexposé *Caesars letzte Tage* – bestehend aus den Teilen *Wie Caesar starb* und *Caesars Soldat*; nachdem sich die Pläne zu einem Film in Hollywood zerschlagen haben, schreibt Brecht die beiden Teile des Filmexposés zu zwei Erzählungen um: *Die Iden des März* (im Exposé: *Wie Caesar starb*) und *Caesars Soldat*. Im Erstdruck erhalten diese beiden Geschichten die Titel *1/Cäsar* und *2/Cäsars Legionär* und werden unter dem Haupttitel *Cäsar und sein Legionär* zusammengefaßt.

Literatur

Boie-Grotz, Kirsten, *Brecht – der unbekannte Erzähler*, Stuttgart 1978.

Brandt, Helmut, *Zur Erneuerung des Erzählens in den Geschichten Bertolt Brechts*, in: *Erzählte Welt. Studien zur Epik des 20. Jahrhunderts*, hg. v. Helmut Brandt und Nodar Kakabadse, Berlin und Weimar 1978, S. 169-209.

Buono, Franco, *Zur Prosa Brechts*, Frankfurt 1973.

Dyck, Joachim, *Ideologische Korrektur der Wirklichkeit. Brechts Filmästhetik am Beispiel seiner Erzählung »Die Bestie«*, in: *Brecht-Diskussion*, Kronberg/Ts. 1974, S. 207-260.

Helmetag, Charles H., *»Die unwürdige Greisin« im Deutschunterricht*, in: *Die Unterrichtspraxis. For the Teaching of German, Philadelphia: American Association of Teachers of German*, 20, 1987, S. 235-239.

Ignasiak, Detlef, *Bertolt Brechts »Kalendergeschichten«. Kurzprosa 1935-1956*, Berlin 1982.

Knopf, Jan, *Geschichten zur Geschichte. Kritische Tradition des »Volkstümlichen« in den Kalendergeschichten Hebels und Brechts*, Stuttgart 1973.

Knopf, Jan, *Gemeine Geschichte oder der Kammerdiener als Historiograph. Notizen zu Brechts »Kalendergeschichten«*, in: *Bertolt Brecht II*. Sonderband aus der Reihe Text + Kritik, München 1973, S. 97-108.

Knopf, Jan, *Die deutsche Kalendergeschichte. Ein Arbeitsbuch*, Frankfurt 1983.

Knopf, Jan, *Brecht-Handbuch. Lyrik, Prosa, Schriften*, Stuttgart 1984.

Krusche, Dietrich, *Kommunikation im Erzähltext. 1. Analysen. Zur Anwendung wirkästhetischer Theorie*, München 1978.

Minder, Robert, *Brecht und die wiedergefundene Großmutter*, in: R. M., *Dichter in der Gesellschaft. Erfahrungen mit deutscher und französischer Literatur*, Frankfurt 1966, S. 191-209.

Mittenzwei, Werner, *Das Leben des Bertolt Brecht oder Der Umgang mit den Welträtseln*, 2 Bände, Frankfurt 1987.

Müller, Klaus-Detlef, *Brecht-Kommentar zur erzählenden Prosa*, München 1980.

Schwimmer, Helmut, *Bertolt Brechts Kalendergeschichten. Interpretationen*, München 1963.

Tauscher, Rolf, *Brechts Faschismuskritik in den Prosaarbeiten und Gedichten der ersten Exiljahre*, Berlin 1981.

Thöming, Jürgen C., *Kontextfragen und Rezeptionsbedingungen bei Brechts frühen Geschichten und Kalendergeschichten*, in: *Bertolt Brecht II*. Sonderband aus der Reihe Text + Kritik, München 1973, S. 74-96.

Bertolt Brecht
im Suhrkamp Taschenbuch Verlag

Der aufhaltsame Aufstieg des Arturo Ui. es 144

Aufstieg und Fall der Stadt Mahagonny. Oper. es 21

Ausgewählte Gedichte. Auswahl von Siegfried Unseld. Nachwort von Walter Jens. es 86

Baal. Drei Fassungen. Kritisch ediert und kommentiert von Dieter Schmidt. es 170

Baal. Der böse Baal der asoziale. Texte, Varianten, Materialien. Kritisch ediert und kommentiert von Dieter Schmidt. es 248

Regel. Drei Lehrstücke. es 817

›Biberpelz‹ und ›Roter Hahn‹. Zwei Stücke von Gerhart Hauptmann in der Bearbeitung des Berliner Ensembles. es 634

Der Brotladen. Ein Stückfragment. Bühnenfassung und Texte aus dem Fragment. es 339

Buckower Elegien. Mit Kommentaren von Jan Knopf. es 1397

Bertolt Brechts Dreigroschenbuch. Texte, Materialien, Dokumente. 2 Bde. Hg. von Siegfried Unseld. st 87

Die Dreigroschenoper. es 229

Einakter und Fragmente. es 449

Frühe Stücke. Baal. Trommeln in der Nacht. Im Dickicht der Städte. st 201

Furcht und Elend des Dritten Reiches. es 392

Gedichte. Ausgewählt von Autoren. Mit einem Geleitwort von Ernst Bloch. st 251

Gedichte für Städtebewohner. Herausgegeben und mit einem Nachwort versehen von Franco Buono. st 640

Gedichte über die Liebe. Ausgewählt von Werner Hecht. st 1001

Gedichte und Lieder aus Stücken. es 9

Gesammelte Gedichte. Bd. 1-4. 4 Bde. in Kassette. es 835-838

Die Geschäfte des Herrn Julius Caesar. Romanfragment. es 332

Geschichten vom Herrn Keuner. st 16

Die Gesichte der Simone Machard. es 369

Die Gewehre der Frau Carrar. es 219

Der gute Mensch von Sezuan. Parabelstück. es 73

Hauspostille. Mit Anleitungen, Gesangsnoten und einem Anhang. Radierungen von Christoph Meckel. it 617

Die heilige Johanna der Schlachthöfe. es 113

Herr Puntila und sein Knecht Matti. Volksstück. es 105

Im Dickicht der Städte. Erstfassung und Materialien. Ediert und kommentiert von Gisela E. Bahr. es 246

Der Jasager und Der Neinsager. Vorlagen, Fassungen, Materialien. Herausgegeben und mit einem Nachwort versehen von Peter Szondi. es 171

12/1/1.89

Bertolt Brecht
im Suhrkamp Taschenbuch Verlag

Der kaukasische Kreidekreis. es 31
Leben des Galilei. Schauspiel. es 1
Leben Eduards des Zweiten von England. Vorlage, Texte und Materialien. Ediert von Reinhold Grimm. es 245
Brecht-Liederbuch. Herausgegeben und kommentiert von Fritz Hennenberg. st 1216
Mann ist Mann. Die Verwandlung des Packers Galy Gay in den Militärbaracken von Kilkoa im Jahre neunzehnhundertfünfundzwanzig. Lustspiel. es 259
Die Maßnahme. Kritische Ausgabe mit einer Spielanleitung von Reiner Steinweg. es 415
Die Mutter. es 200
Mutter Courage und ihre Kinder. Eine Chronik aus dem Dreißigjährigen Krieg. es 49
Der Ozeanflug. Die Horatier und die Kuratier. Die Maßnahme. es 222
Prosa. Bd. 1-4. es 182-185
›Die Rundköpfe und die Spitzköpfe‹. Bühnenfassung, Einzelszenen, Varianten. Hg. von Gisela E. Bahr. es 605
Schriften zur Politik und Gesellschaft 1919-1956. st 199
Schweyk im zweiten Weltkrieg. es 132
Stücke. Bearbeitungen. Bd. 1/2. es 788/789
Die Tage der Commune. es 169
Tagebücher 1920-1922. Autobiographische Aufzeichnungen 1920-1954. Hg. von Herta Ramthun. es 979
Trommeln in der Nacht. Komödie. es 490
Der Tui-Roman. Fragment. es 603
Über den Beruf des Schauspielers. Hg. von Werner Hecht. es 384
Über die bildenden Künste. Hg. von Jost Hermand. es 691
Über experimentelles Theater. Hg. von Werner Hecht. es 377
Über Lyrik. es 70
Über Politik auf dem Theater. Hg. von Werner Hecht. es 465
Über Politik und Kunst. Hg. von Werner Hecht. es 442
Über Realismus. Hg. von Werner Hecht. es 485
Das Verhör des Lukullus. Hörspiel. es 740

Materialien

Brecht im Gespräch. Diskussionen, Dialoge, Interviews. Hg. von Werner Hecht. es 771
Brechts ›Antigone‹. Hg. von Werner Hecht. stm. st 2075
Brechts ›Aufhaltsamer Aufstieg des Arturo Ui‹. Hg. von Raimund Gerz. stm. st 2029

12/2/1.89

Bertolt Brecht
im Suhrkamp Taschenbuch Verlag

Brecht-Journal. Hg. von Jan Knopf. es 1191

Brecht-Journal 2. Hg. von Jan Knopf. es 1396

Brechts ›Dreigroschenoper‹. Hg. von Werner Hecht. stm. st 2056

Brechts ›Gewehre der Frau Carrar‹. Hg. von Klaus Bohnen. stm. st 2017

Brechts ›Guter Mensch von Sezuan‹. Hg. von Jan Knopf. stm. st 2021

Die heilige Johanna der Schlachthöfe. Bühnenfassung, Fragmente, Varianten. Kritisch ediert von Gisela E. Bahr. es 427

Brechts ›Heilige Johanna der Schlachthöfe‹. Hg. von Jan Knopf. stm. st 2049

Brechts ›Herr Puntila und sein Knecht Matti‹. Hg. von Hans Peter Neureuter. stm. st 2064

Brechts ›Kaukasischer Kreidekreis‹. Hg. von Werner Hecht. stm. st 2054

Materialien zu Brechts ›Leben des Galilei‹. Zusammengestellt von Werner Hecht. es 44

Brechts ›Leben des Galilei‹. Hg. von Werner Hecht. stm. st 2001

Bertolt Brecht. Leben und Werk im Bild. Mit autobiographischen Texten, einer Zeittafel und einem Essay von Lion Feuchtwanger. it 406

Brechts ›Mann ist Mann‹. Hg. von Carl Wege. stm. st 2023

Brechts Modell der Lehrstücke. Zeugnisse, Diskussion, Erfahrungen. Hg. von Reiner Steinweg. es 751

Materialien zu Brechts ›Mutter Courage und ihre Kinder‹. Zusammengestellt von Werner Hecht. es 50

Brechts ›Mutter Courage und ihre Kinder‹. Hg. von Klaus-Detlef Müller. stm. st 2016

Brechts Romane. Hg. von Wolfgang Jeske. stm. st 2042

Materialien zu Bertolt Brechts ›Schweyk im zweiten Weltkrieg‹. Vorlagen (Bearbeitungen), Varianten, Fragmente, Skizzen, Brief- und Tagebuchnotizen. Ediert und kommentiert von Herbert Knust. es 604

Bertolt Brecht. Sein Leben in Bildern und Texten. Mit einem Vorwort von Max Frisch. Hg. von Werner Hecht. it 1122

Brechts ›Tage der Commune‹. Hg. von Wolf Siegert. stm. st 2031

Brechts Theaterarbeit. Seine Inszenierung des ›Kaukasischen Kreidekreises‹ 1954. Hg. von Werner Hecht. stm. st 2062

Brechts Theorie des Theaters. Hg. von Werner Hecht. stm. st 2074

12/3/1.89